곤혹린
울 개처럼
혼자서가라 인도

이 책은 한국문화예술위원회 전남문화예술재단의 일부 보조금 후원을 받아 발간하였습니다.

곤 푸린 흘개처럼 혼자서가라 인도

2016년 3월 14일 제1판 제1쇄 인쇄
2016년 3월 21일 제1판 제1쇄 발행

지은이　　송성영
펴낸이　　강봉구

편집　　　김윤철
디자인　　비단길
인쇄제본　(주)아이엠피

펴낸곳　　작은숲출판사
등록번호　제406-2013-0000801호
주소　　　413-170 경기도 파주시 신촌로 21-30(신촌동)
서울사무소 100-250 서울시 중구 퇴계로 32길 34
전화　　　070-4067-8560
팩스　　　0505-499-8560
홈페이지　http://cafe.daum.net/littlef2010
페이스북　http://www.facebook.com/littlef2010
이메일　　littlef2010@daum.net

©송성영

ISBN 978-89-97581-86-3　　03810
값은 뒤표지에 있습니다.

50에 무작정 떠나는 여행

곤 뜨린 물개처럼 혼자서 가라 인도

송성영 지음

작은숲

흔히들 인도는 해외 배낭여행을 떠나는 사람들의 마지막 코스
라고 한다. 그럼에도 인도를 첫 해외 배낭여행지로 삼았다. 게다
가 나는 힌디 어는 말할 것도 없고 영어조차 제대로 못 하는 수
염발 허연 중년 사내였다. 그것도 160여 일 동안, 250만 원의 경
비로 인도 각지와 네팔 그리고 티베트의 옛 땅, 오래된 미래 '라
다크'와 '스피티'를 헤매고 다녔다. 좀 더 깊숙한 인도, 한국인은
물론이고 외국인 여행자조차 만나기 힘든 오지를 찾아다니면서
인도 여행의 경고장이나 다름없는 안내서를 어느 순간 쓰레기
통에 던져 버렸다.

그렇게 끈 풀린 개처럼 떠돌아다니며 힌두교, 시크교, 이슬람
교, 그리고 티베트 불교인들과 순례자, 수행자, 농부, 노동자를
비롯한 수많은 아이들을 만났다. 그들과 언어 소통이 순탄치 않
아 깊이 있는 대화를 나눌 수 없었다. 하지만 그것이 오히려 다

행이라는 생각이 들 때가 많았다. 언어 대신 그들과 가슴으로 만날 수 있었기 때문이다.

때론 말과 언어에 스스로 갇히는 경우가 많다. 입과 귀를 닫고 있으면 내 안에서 들려오는 소리와 타인의 가슴에서 우러나오는 소리를 들을 수 있다. 그 소리들을 두 권의 책으로 엮어 내고자 한다. 이번 책은 어리바리한 배낭여행 초보자인 중년 사내가 낯선 인도 땅에서 좌충우돌 적응해 가는 과정을 담아냈다.

출국장을 못 찾아서,
쉰넷 중년 남자의 굴욕

3월 14일. 인천 공항. 촌놈, 어리바리한 모습을 감추려고 탑승 수속 대기실 앞에서 짐짓 아무렇지도 않은 듯 폼 잡고 앉아 있다. 묵직한 배낭에 비스듬히 기대서 떡 하니 다리까지 꼬고 있다. 불과 며칠 전, 산에 처박혀 있던 촌놈에게는 수많은 사람의 온갖 표정과 형형색색 옷차림조차 낯설게 다가온다.

사람들을 물끄러미 지켜보면서 내가 왜 여기에 와 있는지 점검에 들어간다. 6개월 인도 비자로 160여 일에 걸쳐 인도와 네팔을 헤매고 다닐 작정이다. 본래 6

해외 여행객으로 붐비는 인천 공항 출국장 모습

개월을 꽉 채울 예정이었는데 미리 비자를 받아 놓아 20일 정도를 까먹었다.

비자 발급 절차가 2014년 3월 3일부터 바뀐다하여한남동 인도 대사관에 직접 방문해 지문 날인과 안면 사진을 찍어야 됨 그 번거로움을 피하기 위해 여행사를 통해 2월 중하순경에 비자를 신청했던 것이다. 떠나기 전에 아쉬움이 있다면 그게 전부였다.

여행 영어? 인천 공항에서 간단하게 테스트

인도행을 결심했을 때 사전 지식 없이 무작정 나설까 하다가 주변 사람들이 소개해 준 이런저런 인도 관련 인터넷 카페를 기웃거렸다. 당장 비행기 탑승 수속을 어떻게 할 것이며 그와 함께 이어지는 복잡한 절차에 따른 탑승하기까지가 문제였기 때문이다. 인도 여행 관련 인터넷 카페는 아주 상세한 부분까지 알려 주고 있었지만, 그 온갖 자료들이 머릿속에 깊이 파고들지 못했다.

해외여행은 오래 전 일본에 며칠 다녀온 것이 전부였다. 그것도 〈오마이뉴스〉에서 주최한 한일 시민기자 교류 행사에 곁다리로 따라나선 것. 해외여행 경험이 많은 동료 시민기자들 뒤꽁무니만 졸졸 따라다녔기에 별 문제가 없었는데 이제는 전혀 다르다. 혼자서 모든 것을 해결해 나가야 하는 '단독 비행'이다.

낯선 땅 인도를 돌아다니는 것은 둘째 치고 당장 인천 공항에서의 비행기 탑승조차 까마득했다. 하여 인터넷 카페를 통해 몇몇 친구를 사귀었다. 생면부지, 목소리조차 듣지 못한 그 친구들과 카카오톡이하 카톡을 통해 문자를 주고받으며 공항에서 만나기로 했는데 자꾸만 길이 어긋나고 있었다.

카톡도 이번에 인도 여행을 준비하면서 불과 일주일 전부터 본격적으로 사용하기 시작했던 것이기에 낯설기는 마찬가지였다. 속으로는 뭘 어째야 할지 몰라 하고 있었다. 하지만 내 겉모습은 생판 달랐다. 긴 머리에 덥수룩한 수염. 마을 산책 나서는 평소 옷차림, 대충 차려입은 차림새만 봐서는 외국을 제집 드나들 듯 하는 완전 베테랑 해외 배낭여행자처럼 생겨 먹었다.

지난 2006년 12월 15일 오후 4시경 김포 공항에서. 이 털고무신의 주인공이 바로 나다. 일본에 놀러 가면서 이렇게 마실 가듯 폼 잡을 수 있었던 것도 다 해외여행 경험이 많은 동료 시민기자들 덕분이었다.

수속 절차를 밟기 위해 무한정 카톡 친구의 소식을 기다리고 있는데 내 자리 바로 옆에 스물댓 살 먹어 보이는 인도 청년이 그 큰 눈을 때굴때굴 굴리며 배시시 앉는다. 이번 여행길에서 사용해야 할 언어 영어, 시험 삼아 아주 간단한 영어 몇 마디를 던졌다.

"인도 사람이냐? 1시 50분 비행기를 탈 예정인가? 나도 그렇다."

영문법과 전혀 상관없는 단어 몇 개를 나열하는 괴발개발 영어다. 그래도 대충 알아듣는 눈치다. 인도 청년은 나보고 어느 나라 사람이냐고 묻는다. 한번 알아 맞춰 보라는 식으로 여유를 부리며 슬쩍 웃기만 했더니 다시 묻는다.

"혹시 네팔 사람 아닙니까?"

"아니요, 한국 사람입니다."

"인도에 얼마나 많이 다녀왔습니까?"

"처음 가는 길입니다."

초행길이라고 하자, 그는 내 차림새와 생김새를 슬쩍 훑어본다. 그렇게 이런저런 아주 기초적인 영어 회화를 나누면서 대충 그의 신상을 알 수 있었다. 그는 델리에 있는 삼성전자에서 일하고 있는데 경북 구미로 출장을 왔다는 것이다. 그리고 고향이 델리 근처에 있는 어느 작은 도시라고 한다.

저 친구 집에 놀러 가 볼까 싶었는데 그 이상의 깊이 있는 대화는 할 수 없었다.

주변 사람들에게 내가 영어를 거의 모른다고 말하면 그냥 겸손한 말로 그러겠지 여긴다. 하지만 사실이 그렇다.

영어 회화를 구사한 것은 거의 30여 년만에 처음이고 그 까마득히 오래된 영어 실력은 중학교 초급 수준에 불과하다. 요즘 아이들 영어 실력으로 따지자면 초등학교 수준에 불과할 것이다. 거기에 나이만큼 달라붙어 있는 '눈치코치'가 큰 몫을 하고 있을 뿐이다.

그 인도 청년과의 대화가 막다른 벽 앞에 다다를 무렵 나는 멋쩍은 웃음을 던지며 아주아주 오랜만에 구사하는 영어며 내가 가장 잘하는 대화는 '미소'와 '침묵'이라고 말해 줬다. 이 말에 그가 검은 피부에 흰 치아를 드러내며 환하게 웃는다.

인도 청년과의 아주 짧은 대화였지만, 인도 사람과 대충 '말이 통한다'는 것이 내게 용기를 주기에 충분했다. 자리를 털고 일어나 입국 수속장으로 나서는 인도 청년의 뒤를 묵직한 배낭을 짊어지고, 자신만만하게 따라나섰다.

해외여행 '까짓것……,' 호기롭게 출국장을 찾아 나섰다

그때 만나기로 약속했던 카톡 친구로부터 문자가 날아왔다. 입국 수속을 밟고 있다는 것이었다. 그 친구들의 도움을 받고자 했지만, 누가 누군지 알 수 없었다. 내 위치를 알려 줬지만, 카톡 친구 역시 나를 찾지 못하고 있었다.

출국장을 찾아 줄을 섰다. 카톡을 통해 세 명이 함께 있다는 문자를 따라 대충 눈을 굴렸는데 찾아 낼 수 없었다. 다시 문자가 날아왔다. 이번에는 자신들은 수하물 검사소에 있는데 비행 시간이 20여 분 앞당겨진다니 서둘러야 한다는 내용이었다. 수하물 검사소는 또 뭐란 말인가? 거기에다가 완행버스도 아닌 것이, 비행 시간을 앞으로 당기다니 도통 이해할 수 없는 노릇이었다.

입국 수속 절차에 따라 비행기 표를 받아 들고 서둘러 수하물 검사소를 찾았다. 대체 어디가 수하물 검사소인가? 한참을 찾아 헤매다가 혼잡스러운 시장바

닥처럼 줄이 이어져 있는 수하물 검사소를 찾았다. 수하물 검사를 마칠 무렵, 다시 문자가 날아왔다. 그 친구들은 이미 수하물 검사를 마치고 출국장으로 들어서고 있다고 한다.

한참을 헤매다가 안내소를 찾아 거기서 일러준 번호를 따라 출국장을 찾아갔다. 하지만 어림짐작으로 찾아간 곳은 '에어 인디아' 비행기를 타는 출국장이 아닌 듯싶었다.

혹시나 싶어 카톡 친구들을 찾아 두 눈을 이리저리 굴렸지만 내가 앉아 있던 출국장에는 몇몇 사람이 전부였다. '여기가 아닌개벼……' 싶어 다시 안내소를 찾아가 물었더니 10여 분 넘게 엉뚱한 곳에 앉아 있었다는 것을 알았다.

안내원은 내가 앉아 있던 바로 앞에서 에스컬레이터를 타고 내려가라 한다. 다시 그 장소 앞으로 다가왔다. 낯선 장소 낯선 건물들 낯선 상점들, 오가는 수많은 낯선 사람들. 아, 갑자기 머릿속이 하얗다.

평소 엘리베이터나 에스컬레이터를 타는 일이 거의 없는 나는 잠시 엘리베이터와 에스컬레이터 중간 지점에 서서 그 두 자동 기계의 차이점을 혼동하고 있었다. 심호흡을 하고 나서 내가 알고자 하는 그 두 자동 기계의 차이점을 포기하고 한참을 우두커니 서 있었다.

아프리카인가 아마존인가, 아무튼 어느 원주민들이 선교사의 짐을 지고 세월아 내월아 쉬엄쉬엄 목적지를 향해 걸어가자 선교사가 물었다.

"왜 계속 가지 않고 자꾸만 쉬어 가는가?"

"내 지친 영혼이 쉬어 가자 한다."

내가 인도로 떠나는 것도 마찬가지였다. 내 지친 영혼이 쉬어 가자는 것이다.

나는 길게 심호흡을 하고 자동 기계에서 빠져나와 무지막지하게 내 영혼을 뒤흔들고 있는 혼돈을 즐기기로 작정했다. 어느 순간 자동 기계 시스템이 멈추고 사람들이 내 주변을 슬로 모션으로 지나가고 있는 듯 했다.

에스컬레이터를 타고 대략 3층 아래로 내려가 전철처럼 생긴 기차를 떠밀리듯 타고 내려 다시 에스컬레이터를 타고 3층까지 올라갔다. 그리고 걷고 또 걸었다. 나를 포함한 사람들은 거대한 자동 기계의 부속품처럼 질서 정연하게 움직였다.

국내 항공에서도 이렇게 헤매고 있는데 말귀조차 못 알아듣는 그 복잡하고 낯선 인도 땅을 어찌 가겠다는 것인가. 또다시 현기증이 몰려와 그 자리에 우뚝 섰다. 사람들 틈바구니에 서서 또다시 길게 호흡을 가다듬었다. 저만치 에어 인디아 출국장 번호가 보였다.

낯선 세계, 물질과 물질로 이루어진 본래의 모든 것들이 단순하게 정리되어 다가왔고 나는 그렇게 자동 시스템의 부속품이 되어 그 복잡한 세계에 조금씩 스며들고 있었다.

다시 카톡 친구로부터 문자가 날아왔다. 그 친구 역시 나를 찾기 위해 헤매고 있는 모양이다. 그 친구들이 대기하고 있는 곳은 출국장 부근 핫도그 가게 뒤편이라고 한다. 비행기 타는 공항에서도 핫도그를 파는구나 싶어 신기했지만, 핫도그는 대체 어디서 팔고 있는지 도무지 그들 모습이 보이지 않는다.

내 인상착의를 문자로 날리고 핫도그 가게를 찾아 헤매고 있는데 저만치에서 자그마한 여학생 하나가 손짓하다가 잠시 멈칫 하더니 고개를 꾸벅 숙인다. 반갑다. 하지만 아주 어린 여학생들이다. 셋 다 이제 갓 스물을 넘긴 대학생이거나 최소한 20대 중반은 넘어 보이지 않는다.

아들과 동갑……, 당황스러운 인도 여행 동행들

이들도 당황스러운 모양이다. 설마 했나 보다. 혹시 젊은 청년으로 오해할까 봐 부러 내 아이디를 '아저씨'라고 했는데 저렇게까지 수염이 허연 아저씨인 줄은 꿈에도 몰랐다는 표정들이다. 비로소 내 나이를 떠올렸다. 오십넷인가, 갑자기 나이조차 헷갈렸다. 넷이든 셋이든 다섯이든 무슨 상관있겠는가. 하지만 홀로 배낭여행자의 나이로는 분명 적은 나이가 아니다. 대부분 내 나이쯤 되면 안내자가 따라붙는 여행사를 통해 일정을 잡곤 할 것이다.

이들 중에 제일 나이가 어려 보이는 녀석이 까르르 웃으며 당돌하게 말한다. 아직 얼굴에 여드름조차 채 가시지 않은 어린 여학생이다.

"가장 어린 저하고, 가장 나이가 많은 연장자가 만났네요."

"나는 오십댄데 거기는 몇 살여?"

"이번에 고등학교 졸업했어요."

"잉? 우리 아들하고 같네. 너 참 대단하다."

이번에 고등학교를 갓 졸업한 아이, 거기다가 한 살 일찍 학교에 들어가 열아홉 살이라고 한다. 또 다른 한 명은 대학을 갓 졸업했고 나머지 한 명은 같은 대학을 다니다가 휴학계를 냈다고 한다. 두 명은 오랜 친구이며 고등학교를 갓 졸업한 아이는 나처럼 인도 여행 관련 인터넷 카페를 통해 만났다고 한다.

"근디, 인도 여행 경험 있는 사람?"

그들은 잠시 서로의 얼굴을 마주보며 이구동성으로 말했다.

"없는데요?"

"아이구 나두 처음인디……."

"정말요!"

"나는 그쪽 일행들만 단단히 믿고 있었는디……."

"저희들도요."

모두가 초행길이었다. 서로가 서로를 믿고 있었던 것이다. 녀석들도 공항 대합실에서 만난 인도 청년처럼 당황한 눈치였다. 내 겉모습과는 생판 다르게 '인도여행 초짜라니' 하는 표정들이었다.

"일단 뱅기부터 타고 보자. 어떻게 되겠지……."

공항에서 쪼그려 잘 걸,
이 야밤에 여자 셋과……

160여 일의 인도 · 네팔 여행 기간 중에 최소 사나흘 정도는 인도 여행 경험자를 따라나설 작정이었는데 처음 만난 사람들 모두 첫 여행길이라니 난감했다. 일단 비행기를 탈 수 있는 데까지 왔다. 그것만 해도 어디인가. 그래도 이들의 영어 실력은 나보다 낫겠지 싶어 한결 든든했다.

20여 분 앞당겨 출발한다던 에어 인디아는 제 시간에 하늘을 날았다. 좌석표에 따라 카톡 친구들과 저만치 따로 앉았다. 내 좌석 주변에는 불교 성지 순례객들이 우르르 앉았는데, 옆자리는 60대 초반의 부부였다.

어찌 하다가 근대 한국 선불교를 중흥시켰던 경허 스님 얘기가 나왔다. 지난해 가을 어느 대중 매체에 경허 스님에 관한 글을 올렸기에 어느 정도 경허 스님에 대한 지식이 있었다. 높은 산사에서 세상을 내려다보지 않고 낮은 저잣거리 민초들과 더불어 계율에 걸림 없는 삶을 살다 간 경허 스님 덕분에 그 노부부와 쉽게 친분을 쌓았다.

중간 기착지인 홍콩에 도착한 비행기 안은 마치 시장 바닥 같다. 일부 승객들이 내리자 곧바로 승무원들이 기내 물품에 일일이 꼬리표를 매달고 사람의 몸에도 번호표를 붙여 준다.

밖으로 나갈 수 없었기에 기내 안에서 아마 한 시간 정도 대기하고 있었나 싶다. 그 사이 홍콩에서 새로운 승객들이 탑승했다. 하지만 비수기라 그런지 마지막 칸은 반도 채 차지 않았다. 불교 성지 순례팀의 안내자 말로는 성수기인 11월에서 2월 인도행 비행기는 빈틈없이 자리가 꽉 찬다고 한다.

현실과 이상 사이에서 늘 꿈을 꾸고 있었다

비행기가 활주로를 타고 움직인다. 큰 날개에 붙어 있는 깃털처럼 생긴 아주 작은 금속 날개가 슬며시 움직인다. 홍콩에서 비행기 안내원도 바뀌었다. 안내 원들이 무표정하게 수신호로 비상시 대피 요령을 알려 준다. 하지만 그 기계적 인 동작과 무표정이 '비행기 사고 나면 이런 요령 필요 없으니 다들 알아서 생존 하슈'라고 말하는 듯하다.

비행기 창밖으로 흰구름이 깔려 있다. 꿈속 같은 풍경들, 날개에 일부가 가려 아쉽긴 했지만 구름 깔린 창밖 풍경이 숨 막히게 다가왔다. 비로소 하늘을 난다 는 느낌이 들었다. 나는 피터팬이나 손오공처럼 구름 위를 날고 있다. 솜털처럼 부드럽게 깔린 구름 위로 기차게 난다. 비행기는 현실과 이상의 중간층을 날고

구름 위를 날고 있는 비행기. 현실과 이상의 중간 지대를 날고 있었다.

있다. 나는 그 현실과 이상 사이에서 늘 꿈을 꾸었다.

깃털이 무거우면 자유롭게 날 수가 없다. 최소한의 것으로 생활하는 소박한 삶, 자본의 노예에서 벗어날 수 있는 그 소박한 삶이야말로 나를 바꾸고 세상을 바꿀 수 있는 첫걸음이라 믿어 왔다. 그 생활 속에서 부조리한 세상에 큰 걸림 없이 자유로운 삶을 살고 싶었다. 가족이라는 공동체를 바탕으로 그 삶의 방식을 공유하는 사람들과 더불어 자유로운 삶을 향한 날개를 달고 싶었다.

티격태격 아이들 엄마와 그 길을 함께 걸으며 나름 행복을 찾아 나갔다. 하지만 그녀에게는 분명 힘든 여정이었다. 결혼 생활 18년째 접어들 무렵, 그 길을 함께 가는 것을 원치 않았다. 남들처럼 물질적으로 누리고 싶은 것을 누리며 자신만의 길을 자유롭게 걸어가고 싶어 했다. 나는 소박한 일상이 자유로운 삶을 살아가는 데 가벼운 깃털이 될 것이라 여겼지만, 그녀에겐 그런 삶의 방식이 해가 거듭될수록 오히려 무거운 짐이었다.

어디서부터 풀어 나가야 할까? 답이 보이지 않았다. 1년이 넘는 갈등과 심한 다툼 끝에 나는 결국 그녀가 원하는 대로 집을 나왔다. 집을 나서는 순간, 농사짓고 아이들과 함께 공부하며 글 쓰는 일 등, 내가 그동안 누렸던 모든 걸 버려야 했다.

입바른 소리만 하다가 쫓겨난 고집불통 유배자처럼 산중에 처박혀 수없이 되물었다. '어떻게 살아야 할까? 작은 연못에도 우주가 있듯 모든 해법이 내 안에 있다고 믿었기에 나는 결혼 이후 가족이라는 테두리 안에서 모든 것을 찾으려 했다.

몇몇 주변 사람들은 그녀가 원하는 대로 이혼하면 모든 게 해결된다고 했지만 사랑하는 자식들에게 그 아픔을 떠안겨 줄 수는 없었다. 내 삶을 바꾸더라도 가족이라는 공동체를 깨뜨릴 수는 없었다.

10여 년 동안 그녀가 내 삶의 방식대로 살았으니, 이제 그녀의 삶에 내가 맞춰 살겠노라 타협을 했다. 하지만 집을 나서기 전 다툼 끝에 서로가 내뱉은 험한 말에 상처 입은 그녀는 내 고집스런 생활 방식이 하루아침에 바뀔 거라 믿지 않았

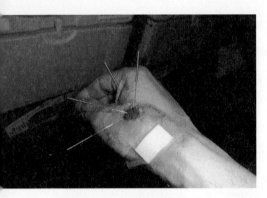

산 생활을 하면서 펄펄 끓는 가마솥에 데인 손등. 옆자리에 앉은 한의사가 사혈을 하고 침을 놔 주었다.

다. 나와 한 지붕 밑에서 살기를 원치 않았다.

진퇴양난이었다. 대체 내 삶에서 뭐가 문제일까. 나는, 저만 바르고 옳다고 핏대 세우다가 몰락한 얼치기 진보주의자와 다름없었다. 이제 어떤 방식으로 살아야 할까? 은산철벽주장이 너무 강하여 아무리 설득해도 결코 굽히지 않는 고집이나 그런 사람을 비유하여 가리키는 말 의 화두처럼 앞이 보이지 않았다. 가진 걸 털어 인도행을 결심한 것도 그 해답의 실마리를 찾기 위함인지도 모른다.

기내에서 받은 영어로 된 문서, 너무 낯설다

나는 태연한 척 의자 등받이에 허리를 깊이 파묻고 있지만 출국 전 펄펄 끓는 가마솥 물에 덴 손등의 화상처럼 몸과 마음은 온통 상처투성이였다. 내 옆자리에 앉은 사람은 한의사였다. 화상 입은 내 손등을 보더니 침구를 꺼냈다.

"아이구 이렇도록 아무 조치도 안 했슈? 먼저 화기부터 뽑아내야겠슈."

화기를 빼내기 위해 사혈을 하고 여기저기 따끔한 침을 놓는다. 그 맘씨 좋은 한의사 아저씨 말에, 나는 화기를 뽑아낼 곳이 어디 손등뿐이겠는가 싶었다. 정작 뽑아내야 할 것은 지난 1년 동안 아이들 엄마와 심한 갈등으로 생긴 내 안의 '화'였다.

충남 청양에서 3대째 한의원을 대물림하고 있다는 한의사 아저씨와 '인류가 만든 가장 큰 욕망의 덩어리는 핵발전소'라는 것에 동감하면서 이런저런 얘기를 나누는데 기내에서 용지를 나눠 준다. 인도 입국 관련 간단한 설문지다. 온통 영어로 된 문서가 낯설다. 문서를 받아든 순간 '플라이트^{비행}'라는 그 쉬운 단어조차 해석이 되질 않았다.

인도행을 결심할 무렵 큰 아들^{송인효} 녀석이 스마트폰에 번역기를 다운받아 주었다. 하지만 비행기 탑승과 동시에 정지됐으니 번역기는 쓸 수 없다. 설문지는 정확한 답을 요구했지만 나는 대충 적었다. 입국 심사대에서 지적당하면 다시 쓰면 될 일이다.

드디어 인도 시각으로 자정을 넘긴 시간. 델리, 마하트마 간디 공항에 도착했다. 입국 심사대에서 결국 설문지를 다시 작성했다. 진땀을 뻘뻘 흘리며 두 차례에 걸쳐 퇴짜를 맞았다. 마치 영어 시험 받아쓰기에 나머지 공부하는 꼴이었다. 하지만 그 어떤 일이든 닥치면 해결되기 마련이다.

입국 심사장에서 빠져나와 나보다 영어 실력이 월등할 수밖에 없는 젊은 카톡 친구들을 다시 만났다. 그들이나 나나 공항에서 하룻밤을 보내고 아침에 델리 숙소로 찾아갈 계획이었다. 카톡 친구들과 함께 공항에서 하룻밤을 보내며 나눠 먹을 요량으로 기내에서 나눠 주는 빵 몇 개를 '꼬불쳐' 놓기까지 했다.

공항에서 밤을 보내기로 한 것은 이런저런 인도 여행 안내서와 인도 여행자들 사이에 떠도는 좋지 않은 소문 때문이었다. 배낭여행자들의 숙소가 몰려 있는 델리 빠하르간지를 늦은 밤에 찾아가면 범죄의 표적이 될 수 있다는 것이다.

그럼에도 우리는 아무 생각 없이 사람들 행렬을 따라 공항 밖으로 나왔다. 인도에 첫발을 딛는 순간부터 인도 여행 안내서에서 벗어난 셈이다. 공항 밖에서는 수많은 인도 사람들이 큰 눈을 굴리며 길 안내자가 돼 주겠다고 손을 내밀었다. 그냥 공항 대합실에 쪼그려 자빠져 잘 것을 대체 어쩌겠다고 빠져나왔을까 하는 생각이 스쳤다. 후회할 겨를도 없이 앞만 보고 공항 밖으로 걸어 나왔다. 세 명의 카톡 친구 역시 내 뒤를 따라나섰다.

나는 그 겁 없는 세 여자들에게 내 뒤에 바싹 붙어 오라며 인도인들의 눈을 피해 앞만 보고 걸었다. 방패막이처럼 앞장선 내게 끈질기게 접근하는 사람은 아무도 없었다. 아마 인도 여행에 익숙한 여행자, 혹은 현지인처럼 생긴 내 겉모습 때문이기도 했으리라.

무식하면 용감하다고 나는 공항 입구 길 건너 택시 승차권 판매소로 당당하게 다가갔다. 인도 다람살라에서 오랫동안 생활했던 티벳 승려이기도 한 막냇동생, 중연 스님티벳명 텐지 랍뗀 스님에게서 귀동냥한 영어로 말했다.

"트레인 스테이션, 빠하르간지 바자르 사이트!"

사실 '사이트'는 운전기사에게 해야 했을 말이었다. 그만큼 긴장하고 있었다. 뉴델리 역까지 4백 루피. 다행히 말이 통하는 인천 공항에서 환전해 온, 루피라는 지폐를 난생처음 사용했다.

인도 관련 온갖 악 소문들이 떠오른 이유

나는 초짜로 보이지 않기 위해 무덤덤하게 여자 셋과 함께 혼란스럽게 대기하고 있는 인도 택시, 오토릭샤를 잡아타고 다시 한 번 "빠하르간지 바자르 사이트!"를 두 차례나 반복해서 말했다.

외국인 배낭여행객 숙소가 몰려 있는 인도 빠하르간지 밤거리

중연 스님이 잘못하면 운전기사가 여행자 숙소 쪽이 아닌 뉴델리 역 반대편에 내려 줄 수도 있으니 '사이트'를 강조하라고 했기 때문이다. 운전기사는 "오케이, 노 프라블럼"을 되풀이했다.

택시가 출발한다. 두 눈에 잔뜩 힘이 들어간 인상이 그리 좋지 않아 보이는 운전기사는 출발하면서 "인도 택시는 아주 빠르다, 걱정하지 마라."라고 일러 준다. 오토릭샤가 급회전을 해 가며 시내 중심지로 접어들었다. 수많은 자동차들 사이를 곡예하듯 빠져나간다. 여기저기서 빵빵거리는 소리, 몇 센티미터 사이로 아슬아슬 빠져나가는 차량들……. 하지만 총알택시의 곡예 운전은 큰 위협이 되지 않았다.

또다시 인도에 대한 온갖 괴소문들이 떠올랐기 때문이다. 늦은 밤에 택시를 잘 못 타면 기사가 목적지와는 전혀 다른 곳에 내려 주거나, 자신의 패거리들이 득실거리는 으슥한 곳으로 데리고 가 송두리째 털어 간다는……. 앞자리에 앉아 있던 나는 검은 피부에 번들거리는 운전기사의 눈빛을 훔쳐보다가 비로소 나 혼자가 아님을 깨달았다.

비상 상황이 발생하면 '썩어도 준치'라고, 특수 부대 출신인 나 혼자 몸은 어떻게 위기를 모면할 수 있겠지만 아, 저 뒤의 '혹'들은 어떻게 한단 말인가. 곡예 운전에 잔뜩 겁에 질린 저 세 명의 여자들, 적어도 이 순간만큼은 내가 책임져야만 했다.

공항에서 하룻밤을 보내고 나올 것이지 어쩌자고 낯설고 낯선, 그것도 모두가 초행길인 험악하기 이를 데 없다는 자정이 훨씬 넘은 인도 밤길을 나섰단 말인가. 비로소 후회가 몰려왔다. 하지만 이미 엎질러진 물이었다.

'인도 여행 경험자를 따라가면 되겠지…….' 하는 막연한 심정으로 시작한 인도행. 하지만 현실은 전혀 달랐다. 누군가의 혹이 되고 싶었는데 인도에 첫발을 내딛는 순간부터 오히려 내가 인도 여행 초보자들, 그것도 여자 셋을 혹처럼 달고 있었다.

인도 밤거리 험악한 소문보다
내가 더 무섭다고?

'절대로 늦은 시간 인도 밤거리를 다니지 마라.'는 인도 여행서가 자꾸만 떠올랐다. 그 불안감을 감추고 웃음 띤 표정으로 고개를 돌려 뒷좌석에 쪼르르 앉아 있는 세 여자의 표정을 살폈다. 그들도 불안한 기색을 감추고 애써 웃음을 내보인다.

승객들이 어떤 심정인지, 그러거나 말거나 오토릭샤 기사는 무엇이 그리 급한지 자동차와 자동차 사이의 비좁은 공간을 이리저리 잘도 피해 가며 달린다. 조금이라도 여유가 생기면 뱀장어 머리통처럼 생긴 오토릭샤의 앞머리를 들이민다. 차선이 따로 없다. 우리가 타고 있는 오토릭샤뿐만 아니라 모든 자동차들이 똑같은 방식으로 달린다.

4차선에 다섯 대의 차량이 어깨를 나란히 하고 달린다. 그럼에도 단 한 번의 접촉 사고 없이 잘도 빠져나간다. 자동차라는 무지막지한 칼날에 스치지도 베이지도 않고 휙휙 날아다니며 잘도 헤쳐 나가는 무림의 고수들이다.

4차선에 다섯 대의 차량이 휙휙…… '무림의 고수들'

10여 년 전 가족과 함께 조랑말이나 다름없는 소형 자동차를 끌고 서울로 기어 들어 갔다가 혼쭐이 난 경험이 있다. 차선을 바꿔야 하는데 도무지 끼어들 틈이 없어 목적지와는 상관없는 한강 다리를 건너 다시 되돌아와야 했던 뼈아픈 기억이 있다.

이제까지 나는 서울의 운전자들이야말로 끼어들기의 최고 고수들인 줄 알고 살아왔다. 하지만 불과 몇 센티미터 간격으로 거침없이 빠져나가고 들어서는 인도의 운전자들에 비하면 서울의 운전자들은 하수에 불과하다.

나는 엉뚱한 곳에 하차해 봉변을 당할 수 있다는 인도 여행서의 경고장을 머릿속에 새기고, 여전히 오토릭샤 기사의 표정을 예의 주시한다. 그는 이따금 하품을 하거나 졸음을 참기 위해 두 눈을 꿈벅꿈벅 거린다. 때로는 고개를 흔들고 눈꺼풀이 내려앉고 있는 두 눈을 비벼 가며 여전히 무표정으로 달린다.

졸음을 쫓고 있는 그의 모습이 오히려 안심이 되었다. 인상은 험악한 수준이었지만 나쁜 마음을 품은 사람처럼 보이지 않는다. 문득 델리 공항에서 출발할 때 오토릭샤에 시동을 걸면서 했던 그의 말이 떠오른다.

"인도 택시는 아주 빠르다. 걱정하지 마라."

그 말을 다시 떠올리자 한결 마음이 가벼워진다. 나쁜 짓을 할 사람 같으면 그런 말을 하지 않았을 것이다. 그런 생각이 스치자 젊은 운전자가 안쓰럽게 다가왔다. 새벽 두 시가 다 되어 가는 이 늦은 시간까지 졸음을 참아 가며 운전을 해야만 하는 그에게는 어떤 가족들이 있을까? 무사고 운전을 빌고 있을 그의 가족이 떠올랐다.

여행자들의 거리, 빠하르간지(이하 빠간) 바자르 앞에는 뉴델리 역이 자리하고 있다. 그래서 그런지 빠간 바자르 사이트는 혼잡했다. 사람 하나 들어갈 틈 없이 자동차들로 빼곡하다. 우리가 빠간 바자르 코앞에서 내리려 하자 오토릭샤 기사는 혼잡한 도로에서 비껴 난 다소 여유 있는 장소에 안전하게 내려 준다.

나쁜 마음을 가진 것은 그가 아니라 나였다는 생각에 뻔뻔한 낯짝으로 그와 눈 마주치기가 부끄러웠다. 나는 배낭을 챙기면서 그에게 거듭 고맙다는 인사를 했다. '당신의 신에게 경배를 드린다.'는 '나마스테'라는 인도식 인사도 빼놓지 않았다. 그를 의심했던 미안한 마음에 택시 요금표와 함께 40루피 정도를 얹어 주었다.

팁을 받아 든 그는 입꼬리를 올려 슬며시 웃더니 이내 무표정이다. 그만큼 그는 그 복잡한 도로를 달리는 차량들 틈 사이를 이리저리 피해 다니며 우리를 안전한 목적지까지 인도하기 위해 피곤한 운전을 했던 것이다. 그는 우리가 인도에 도착해 처음으로 만난 인도 사람이었고 내가 겪은 인도의 첫인상이기도 했다.

20여 년 전, 나는 이 길을 걷고자 했다

하지만 우리는 긴장을 늦출 수 없었다. 예약되지 않은 낯선 게스트하우스를 찾아 밤거리를 헤매야 한다. 새벽 한 시가 넘은 이 시간에 문을 연 숙소가 있을까? 장담할 수 없다. 숙소를 찾지 못하면 큰 낭패다. 이 세 여자를 데리고 어디서 날밤을 샌단 말인가. 나는 그 불안감을 감추고 애써 웃는 표정으로 세 여자들에게 다짐을 놓듯 말했다.

"이제부터가 문제여, 내가 앞장설 테니께 내 뒤를 바싹 따라와, 따로 떨어져 오지 말고 잉."

"예!"

오리무중의 정글 숲을 헤쳐 나가는 골목대장이라도 된 듯 의미심장한 어투로 말하자 세 여자들이 배시시 웃으며 이구동성으로 대답한다.

'사람 사는 곳이 뭐 다를 게 있겠는가.'라는 배짱으로 번뜩이는 눈빛들을 피해 앞만 보고 똑바로 걸었다아마 내 눈빛이 거리의 눈빛들보다 더 번들거렸을 것이다. 유흥가가 즐비한 새벽 두 시가 넘은 한국의 거리 또한 위험하다면 더 위험한 거리가 아니겠는가.

나는 위풍당당하게 앞장서 걸으며 세 여자에게 거듭 강조했다.

"누가 말 걸고 그래도 그냥 앞만 보고 걸어 잉."

"정말로 인도에 처음 오시는 거예요?"

"인도에 아주 익숙하신 거 같은데……."

"정말로 인도에 처음 오시는 거냐?"며 거듭 물어 오자 내 어깨에 힘이 들어갔다. 내친김에 폼 나게 "어쩌면 전생에 왔을 수도 있지."라고 말하려다가 그만두었다. 사실 이 길이 처음이 아닌 듯싶을 정도로 발걸음을 내딛을 때마다 너무나 익숙한 풍경들이 눈앞으로 다가왔다. 20여 년 전 나는 이 길을 걷고자 했다.

1990년대 초반 한국 사회는 새로운 시대의 변혁을 꿈꾸며 가열찬 투쟁을 전개해 나갔고 그 투쟁의 대열에 동참하다가 한 발짝 뒤로 물러나거나 앞서간 일부 사람들은 마음공부에 관심을 쏟았다. 그들의 마음공부에는 먼저 자기 자신의 혁명을 일으키지 않으면 세상은 쉽게 바뀌지 않는다는 의중이 깔려 있었다. 그리고 그들 중 더러는 자신을 바로 보기 위해 인도로 떠났다.

그 무렵 나는 2년도 채 못 버티고 문을 닫곤 했던 영세한 신문사와 잡지사 기자 생활을 청산하고 여기저기 산사를 떠돌아다니기 시작했다. 산문 앞에 서성거리며 나는 누구인가?라는 물음에 쩔쩔매고 있었다. 그 물음을 풀기 위해 좀 더 깊이 있게 붓다를 만나고 싶었다. 승려가 되기 전에 아무도 아는 사람 없는 곳에서 나를 송두리째 발가벗겨 내던져 놓고 싶었다. 그 길목에서 생각해 낸 것이 아무런 대책 없이 떠나는 인도 고행 길이었다.

인도 고행 길을 작정하고 비행기 표를 구하려 할 무렵 선배의 소개로 인도행을 준비하고 있다는 여자를 만났다. 그림을 전공한 그녀는 인도에서 만다라 그림을 배우고 싶어 했다. 하지만 그녀에게는 인도행을 위한 준비 기간이 필요했다. 그 준비 기간을 보내면서 우리는 급속도로 가까워졌고 급기야 큰아이가 생겼다.

그녀의 뱃속에서는 신의 선물처럼 큰아이가 건강하게 자라고 있었고 우리는 인도행 대신 결혼을 선택했다. 대부분의 부부 생활이 그렇듯이 연애 공간이 아닌 생활 공간으로 접어들자 살아온 이력이 너무나 달랐던 만큼 서로 다른 성품이

확연히 드러나기 시작했다. 한동안 우리의 결혼 생활은 그야말로 인도 고행 길이나 다름없었다.

만약 그녀를 만나지 않았다면 20여 년 전 나는 이 길, 인도 델리 여행자들의 거리 빠하르간지 바자르를 지금처럼 배낭을 걸쳐 메고 똑같이 걷고 있을 것이었다. 뒤따라오던 누군가가 "인도에 아주 익숙하신 거 같아요?"라고 말했을 때 나는 20여 년 전 젊은 청춘으로 되돌아가 그 젊은 혈기로 이 길을 걷고 있다는 착각이 들었던 것이다.

마음자리는 시간과 공간을 초월한다. 변하지 않는 마음자리는 과거와 현재와 미래를 하나로 묶어 놓는다. 나는 20여 년 전 그때와 똑같은 물음 앞에 서 있기 때문이다.

"나는 누구인가? 내 실체는 대체 무엇이길래 이토록 고통의 사슬을 끊지 못하고 헤매고 있단 말인가?"

세 여자가 가장 불안해 했던 존재는 바로……

마음자리는 그때와 다를 바 없지만 몸은 더 이상 패기 넘치는 젊은 청춘이 아니다. 이런저런 가식이나 사회적 규범 따위를 훌훌 벗어던지고 인도의 구루승들처럼 자유롭고 싶었던 그때와는 전혀 다르다. 내겐 목숨만큼이나 사랑하는 소중한 두 아들이 있다. 그 '사랑'이라는 책임감은 나를 강하게 담금질시켜 왔지만 때론 나약하게 만들고 거침없었던 내 젊은 시절의 혈기를 좋아붙게 한다.

새벽 두 시가 다 되어 가는 낯선 거리를 걷고 있는 지금도 마찬가지다. 온갖 험악한 소문에 대한 방패막이가 돼 줘야 할 세 명의 여자들이 내 뒤를 따르고 있다.

그렇게 순간순간 사랑이라는 이름으로 그 어떤 책임감이나 의무감을 짊어지고 살아가고 있는 것이 '나'라는 존재인지도 모른다.

늦은 시간이지만 빠간 거리에는 간간이 외국인들이 눈에 띈다. 삼삼오오 짝 지어 다니고 있다. 조금은 마음이 놓인다. 우리는 한국인들이 즐겨 찾는 숙소가 많다는 곳으로 곧장 진격해 들어갔다.

얼마쯤 걸어가자 씨티은행 ATM 현금 인출기 박스가 보였다. 현금 인출기가 이토록 반가운 것은 처음이었다. 세 여자는 현금 인출기 건물 옆 골목으로 꺾어 들어가면 한국인이 운영하는 식당이 있고 그 주변에 숙소가 많다는 정보를 이미 숙지하고 있었다.

올해 열아홉 가장 나이가 어린 조탄선(가운데). 밤낮으로 아르바이트를 해서 모은 돈으로 홀로 배낭을 꾸린 부산 출신의 머슴아 같은 당찬 아이. 중학교 때부터 단짝 친구라는 대구 출신의 나지희와 황현정. 둘 다 대학에서 국제통상학을 전공했는데 황현정(왼쪽)은 이번에 졸업했고 나지희(오른쪽)는 한 학기를 남기고 휴학계를 낸 상태이다.

비좁은 골목으로 꺾어 들자 다행히 아직 문을 닫지 않은 숙소들이 보인다. 1970~1980년대 역 근처에 즐비했던 한국의 옛 여인숙 같은 비좁은 골목길을 따라 그 맨 끝에 위치한 숙소로 찾아들었다. 우리 일행 중에 가장 나이 어린 여자아이가 인도 여행 안내서를 통해 습득한 숙소였다.

드디어 내 임무는 끝나고 여자 셋이 여행 안내서를 통해 습득된 지식을 발휘해 숙소를 예약했다. 여권을 내밀어 복잡한 숙박계를 썼다. 내가 지갑을 꺼내자 미리 돈을 지불하지 말아야 한다고 이구동성이다. 인도 여행 안내서에 의하면 미리 지불하면 나중에 딴소리하는 경우도 있다는 것이었다.

나는 지갑에서 빼놓은 돈을 다시 집어넣었다. 여자 셋이 쓰는 방을 650루피에, 나 홀로 쓰는 방을 550루피에 쓰기로 했다. 세 여자들 말로는 비수기에는 300~400루피면 된다는데, 물가가 올랐거나 아무래도 바가지를 쓴 듯하지만 새벽 두 시가 넘은 시간에 방을 잡았으니 그나마 다행이었다.

숙소를 잡고서야 비로소 우리는 서로 통성명을 할 수 있었다. 올해 열아홉 가장 나이가 어린 조탄선은 밤낮으로 아르바이트를 해서 모은 돈으로 홀로 배낭을 꾸린 부산 출신의 머슴아 같은 당찬 아이다. 그리고 중학교 때부터 단짝 친구라는 대구 출신의 나지희와 황현정. 둘 다 대학에서 국제통상학을 전공했는데 황현정은 이번에 졸업했고 나지희는 한 학기를 남기고 휴학계를 낸 상태라고 한다.

서로 간단하게 신상 파악을 할 무렵에도 다들 얼굴색이 하얗게 질려 있었다. 무거운 배낭과 오랜 비행으로 지쳐 있는 탓도 있지만 낯선 거리의 험악한 소문에 대한 불안감 때문이기도 했다.

나중에 알게 된 것인데, 세 여자들이 가장 불안해 했던 존재는 따로 있었다. 그 존재는 가장 가까이에 있었다. 델리 공항을 빠져나와 머뭇거림 없이 오토릭샤를 잡아타고 빠간 밤거리를 대책 없이 헤쳐 나갔던 사람, 바로 나였던 것이다. 그들은 그런 사람이 인도 여행이 처음이라고 말한 것이 믿기지 않았고 생김새 또한 인도 밤거리에서 조심해야 된다는 그런 인도 현지인처럼 생겨 먹지 않았던가.

그 험악하다는 빠간 바자르 밤거리인도 여행서와는 달리 험악하지 않다에서조차 아무도 옷소매를 잡아끌지 않았던, 그런 정체불명의 사내 뒤를 졸졸 따라왔으니 얼마나 불안했겠는가. 그 사실을 정작 나만 몰랐던 것이다.

그 말을 듣고 떠들썩하게 웃어 젖혔지만 대책 없이 앞만 보고 걸어왔을 뿐, 대체 인도에 대해 내가 알고 있는 게 무엇인가 싶었다. 그럼에도 알게 된 사실이 하나 있었다. 적어도 인도의 첫날 밤, 우리가 스스로 긴장하고 두려워했을 뿐이지 우리를 위협한 인도 사람은 단 한 명도 없었다는 것이다.

배낭여행 와서 흥청망청,
내가 왜 그랬지

　누군가의 혹이 되려 했는데 오히려 내게 혹처럼 붙어 왔던 세 명의 카톡 친구들. 숙소를 잡는 순간부터 더 이상 그들을 위해 할 일은 없었다. 식사를 비롯해 인도에서 필요한 물건을 구입하는 일까지 그들이 하는 대로 따라 했다. 비로소 며칠 동안 누군가의 혹이 되어 인도 적응기를 갖고자 했던 본래 생각을 되찾았다 싶었다.

　숙소를 예약하자마자 그들은 네 명이 백 루피씩 나누자며 델리에서 빠간까지의 오토릭샤 비용을 건네준다. 괜찮다고 해도 막무가내로 돈을 건넨다. 이동하고 먹을 때 각자 비용을 해결하는 게 해외여행자들의 불문율이라고 한다.

　살아오면서 더치페이를 얼마나 했을까? 자식뻘 되는 여자 아이들과 택시비를 나눠 부담하다니. 비로소 낯선 땅 인도의 여행자가 됐다는 것이 실감난다. 그들은 내가 혼자 비싼 방세를 감당하는 것을 미안해 하며 그 또한 똑같이 나누려 한다.

　"혼자서 쓰는 방인디 당연히 혼자 감당해야지."

　"그래도 선생님 혼자서 부담이 너무 크잖아요."

　"됐어, 이 사람들아. 택시비 나눠 낸 것도 거시기한디. 시간이 늦었으니께, 인저 다들 씻고 자자고."

전대 두르고, 물가 파악하고……, 완벽한 여행자로 거듭난 나

착하디 착한 세 카톡 친구들과 헤어져 내 방으로 건너왔다. 배낭을 풀어 놓기도 전에 목이 탄다. 쌀쌀한 한국의 봄 날씨에 큰 아이가 입고 있던 패딩 점퍼를 걸치고 왔는데 인도의 델리는 후텁지근한 여름 날씨였다. 비행기 좌석 앞 스크린으로 델리 온도를 대략 체크할 수 있었다. 비행기는 델리에 근접해 오자 조금씩 하강을 시작했다. 만여 미터가 넘는 상공에서 기내 밖 날씨는 영하 47도, 천 미터씩 하강하면서 점차 1도씩 올라갔고 비행기 바퀴가 델리 공항 활주로에 닿을 무렵엔 영상 24도가 됐던 기억이 난다.

숙소 천장에 매단 선풍기가 힘없이 돌아간다. 공항을 빠져나와 숙소를 잡기까지 얼마나 긴장을 했으면 무더운 여름 날씨를 까마득히 잊고 있었을까.

인도 여행의 첫 번째 경고, 마실 물을 꼭 '사서' 마셔라. 인도 여행에선 마실 물을 구하는 것이 급선무였다. 인도의 물은 석회질이 많아 체질이 다른 우리가 마셨을 때 십중팔구 배탈이 난다는 것이다. 새벽 두 시가 넘은 이 늦은 시간에 열려 있는 상점이 있을 리 만무. 다행히 게스트하우스에서 물을 팔고 있었다.

1리터 한 병에 20루피, 물을 사면서 큰아이 인효에게 무사 도착을 알리는 메시지를 날리기 위해 와이파이 상태를 알아봤다. 인도 물가를 전혀 모르는 나는 방세는 보통 몇 루피 정도 인지, 물건 값은 얼마며, 또 몇 루피를 깎아야 하는지 첫날부터 지긋지긋한 루피와의 전쟁을 시작했다. 인도 화폐인 루피는 1루피당 한화로 17원 정도다.

인도에서의 첫날 아침. 새벽 세 시 즈음에 잠들어 눈을 떠 보니 새벽 여섯 시였다. 잠 없는 독거노인이 따로 없다. 눈을 뜨자마자 꾸륵꾸륵 비둘기 소리가 창문을 두들겼고 간간히 까악까악 까마귀도 동참했다. 이어서 자동차 소리와 오토바이 소리가 심란하게 들려왔다.

눈을 붙이기 위해 다시 누웠지만 수학여행 온 사춘기 촌놈처럼 도무지 잠이 오지 않는다. 7시쯤 되자 진원지를 알 수 없는 곳에서 사람들의 말이 끊임없이 귓속으로 파고들어 왔다. 창문을 열어 보니 비좁은 골목길을 청소하는 사람들과 이제 막 상점 문을 연 사람들이 알 수 없는 언어로 두런두런거리고 있었다. 비로소 인도에 와 있다는 생각이 들었다.

밖으로 나서기 전 제일 먼저 전대를 챙겼다. 전대엔 현금 인출기를 통해 돈을 뽑아 쓸 수 있는 은행 카드와 여권이 들어 있다. 둘 중 하나라도 잃어버리면 큰 낭패를 보게 된다고 한국에서 동생이 챙겨 줬다.

불과 얼마 전까지만 해도 전대를 두르고 다니는 여행자들을 꼴사납게 여겼는데 아침에 일어나자마자 제일 먼저 전대부터 챙기는 나를 발견했다. 인도 여행을 준비하면서 전대뿐만 아니라 그동안 거부해 왔던 것들이 코앞으로 바싹 다가와 내게 받아들이기를 요구했다. 없으면 없는 대로 살아왔는데, 한 푼 두 푼 여행 경비를 헤아려야만 했다. 5개월 넘는 장기 여행은 내 주머니 사정으론 버티기가 버거울 것이라 생각했기 때문이다.

"돈 떨어지면 연락하라."는 친구와 선후배들이 있지만 그게 어디 말처럼 쉬운 일이겠는가? 인도 현지에서 원고를 써야만 그나마 5개월을 버틸 수 있기에 똑딱 카메라부터 렌즈 달린 카메라까지, 거기다 동생이 쓰다 물려준 무거운 쇳덩어리 노트북을 준비해 왔다.

보험이라고는 자동차 보험과 의료 보험, 오래전 동네 이장이 의무 사항이라고 해서 별 생각 없이 가입한 국민연금이 전부인데, 인도 여행을 준비하면서부턴 생명 보험에 눈길이 갔다. 천방지축 인도를 떠돌다가 혹시 모를 불의의 사고가 나면 아이들에게 남길 뭔가가 있어야 한다는 생각에서였다. 인천 공항에서 여행자 보험을 알아봤다. 하지만 6개월짜리 여행자 보험은 없었다. 1개월과 1년짜리가 전부였다. 결국 단순 여행자 비자로 1년짜리 보험료는 너무 비싸 포기했다.

뉴델리와 올드 델리, 그 사이에 선 나

평소 아이들 엄마 말대로 철이 없던 내가 이제야 세상에 눈을 뜨고 있는 것일까? 여행 준비를 하면서 거부했던 자본의 가치를 일일이 셈하고 있었다. 긍정적인 것인지 부정적이 것인지 모르겠지만 새로운 나로 거듭나고 있다는 것만은 확실했다.

이른 아침부터 카톡이 날아왔다. 인터넷 카페를 통해 알게 된 사람이다. 숙소 앞까지 찾아온 그의 안내에 따라 배낭여행자들의 거리, 빠간 메인 바자르로 나섰다. 여행서에 나와 있는 음식점을 찾았다. 한국인의 입맛에 맞을 것이라는 그의 추천에 따라 식사를 했다.

첫 인도 음식이었는데 그런대로 먹을 만했다. 인도 생활 3개월째로 접어들고 있다는 그는 인도에 살게 되면 이것저것 챙겨 먹을 음식들이 많아 살이 찐다고 말했다. 전날 그랬듯이 우리에겐 자기가 먹은 음식 값은 자기가 내야 한다는 기준이 있었지만 이날만큼은 그 신조를 깨야 했다. 뉴델리에서 의료 기기를 판매하고 있다는 그가 음식 값을 지불했던 것이다.

그는 모바일 구글 지도를 펼쳐 델리를 남북으로 갈라 부유층과 빈민층 지역을 설명하고 지하철 이용 방법까지 상세하게 알려 준다. 하지만 뭐가 뭔지 하나도 알 수가 없었다. 덧붙여 그는 다른 해외여행지를 돌다가 마지막으로 오는 곳이 인도라며 첫 해외여행지를 왜 힘든 인도로 택했는지 이해가 가지 않는다고 말했다.

그날 오후 또 다른 인터넷 카페 친구를 만났다. 다니던 회사를 그만두고 젊어서 못 할 여행이라도 맘껏 누리자며 네팔 트레킹을 준비한다는 진성민27세 씨. 그를 만나니 내가 마치 여행자들을 연결시켜 주는 소개소 직원이 된 기분이 들었다. 카톡이라는 것을 본격적으로 시작한 지 일주일도 채 안 되어 낯선 이국땅에서 젊은 친구들을 연달아 만날 수 있다는 것이 신기하기만 했다.

550루피짜리 방을 혼자 쓰는 것이 부담스러워 비교적 방 값이 저렴한 다른 게스트하우스를 찾아 들어갈까 고민 중이었는데 때마침 400루피짜리 방이 나왔다. 델리에서 다른 지역으로 이동할 때까지 그 방을 성민 씨와 반반씩 부담해 같이 쓰기로 했다.

우리는 휴대 전화를 인도 현지에 맞게 쓰기 위해 유심 칩을 600루피를 주고 산 뒤 인도 현지 통신사 것으로 갈아 끼웠다. 하지만 내 휴대폰은 오래된 기종이라 인도 통신사 유심 칩과 맞지 않아 개통이 되지 않았다. 그런데도 유심 칩을 팔았던 상점에선 돈을 되돌려 주지 않겠다고 했다. 영어도 제대로 할 줄 모르는 나였기에 신경전 벌이기가 귀찮아 포기했다 나중에 한국인이 운영하는 델리 여행자 쉼터에서 다른 통신사 것으로 바꿔 끼워 개통했다. 결국 이중으로 돈이 들어간 것이다.

그날 오후, 인천 공항부터 함께 왔던 카톡 친구들 중 현정과 지희는 델리에서 아이들을 가르치고 있다는 선배를 만나기 위해 떠났고 나와 순이나는 선머슴아 같은 조탄선을 순이라고 불렀다, 뒤늦게 합류한 성민 씨와 함께 빠간 시장을 어슬렁거렸다.

한국에서 누군가가 신다가 버린 다 떨어진, 발에도 맞지 않는 운동화를 폐기 처분하고 슬리퍼를 새로 구했다. 순이는 선머슴아 같은 성품과는 달리 꽃무늬가 있는 예쁜 슬리퍼를 샀고 나는 가장 저렴한 슬리퍼를 100루피, 120루피 흥정을 해가며 결국 200루피 달라는 것을 150루피에 구입했다. 나중에 순이는 발에 맞지 않아 다른 슬리퍼를 사야 했고 나는 내내 발가락을 짓누르는 슬리퍼 때문에 고생깨나 해야 했다.

우리는 북인도 날씨를 감안해 침낭을 구하러 빠간 거리를 싸돌아다녔다. 나는 시골에서 막 상경한 세상 물정 어두운 할배가 되어 부산 깡순이, 순이 뒤를 쫄쫄 따라다녔다. 순이는 참 당찬 아이였다. 한국의 아줌마들처럼 물건 깎는 데 거침이 없다. 고등학교를 졸업한 후, 가라는 대학은 가지 않고 인도에 가기 위해 밤낮으로 아르바이트를 해 가며 인도 여행서를 독파했다는 순이. 순이 덕분에 두 군데의 상점을 오가며 1500루피 부르는 침낭을 800루피에 샀다.

중간에 합류한 이준과 진성민, 우리 일행은 여섯으로 늘었다.

다음 날 아침 성민 씨가 인터넷 카페를 통해 알게 됐다는 연극배우 출신 이준32
세, 본명 신성룡 씨와 합류했다. 그는 우리가 있는 게스트하우스 바로 앞에서 묵고
있었는데 하루 방세를 700루피나 줬다고 한다. 그에 비하면 우리는 재수가 좋은
편이었다.

값싼 루피에 충동구매⋯⋯, 다시 가난한 여행자로 돌아기로

이제 우리 일행은 넷에서 여섯으로 불어났다. 그날 저녁 인도에서 의료 기기
사업을 하는 인터넷 카페 친구의 안내로 뉴델리 부자 동네 구경을 갔다. 나는 이
전 일본 여행에서 한국과 다를 바 없는 도심을 둘러본 것을 크게 후회한 기억 때
문에 내키진 않았다. 하지만 이제 일행들과 헤어지는 날까진 생사고락을 함께하
는 인도 여행의 동료가 되어 있었다.

오토릭샤를 타고 우리가 찾아간 뉴델리는 올드 델리와 도로 하나 사이로 극과
극의 건물들이 들어서 있었다. 오래되고 칙칙한 올드 델리 건물들에 비하면 뉴
델리의 분위기는 전혀 달랐다. 코넛 플레이스라는 뉴델리 쇼핑몰 주변을 오가는 인
도 사람들의 화사한 옷차림. 마치 화려한 백화점이 즐비한 서울 시내 한복판을 걷

유네스코 세계 문화유산으로 지정된 꾸뜹미나르(왼쪽 사진)와 레드포트(붉은성)

고 있는 기분이 들었다.

의료 기기를 판매하고 있다는 그는 인도에서 프랜차이즈를 경험해 보자며 패스트푸드점 같은 곳으로 안내했다. 한국에서도 햄버거집을 가 본 지가 언제인가 싶을 정도로 까마득한 나로선 무척 낯설었다. 빠간의 시장 음식보다 그 양이 훨씬 적을 뿐더러 가격이 두세 배나 비싸다. 거기다 맵고 짜고 느끼한 맛. 한국에서도 질펀한 장터 음식에 입맛 다시던 내 입엔 전혀 맞지 않았다.

인도 적응 이틀째, 동료들과 어울려 다니며 유네스코 지정 세계 문화 유산을 둘러봤다. 인도 최초의 이슬람 왕조가 세운 승전탑, 꾸뜹 미나르와 무굴 제국의 최전성기 때 세워진 레드포트붉은성. 꾸뜹 미나르는 상상을 초월했다. 웅장한 건물에 새긴 문양들을 바라보니 감탄이 절로 나왔다. 세계 문화 유산을 둘러보기 위해 돌아다니면서 하루 세끼 꼬박꼬박 챙겨 먹고 인도 차, 짜이도 즐겨 마셨다. 발효시킨 우유에 과일을 갈아서 만든 음료수 라씨도 챙겨 마셨다. 그날 저녁은 인도 음식 값보다 턱없이 비싼 한국 식당을 찾아 맥주까지 마셨다. 하루 한두 끼 먹는 것이 고작이었던 내겐 여러모로 부담 가는 일이었다.

위장의 부담도 있었지만 어느 순간 돈을 물 쓰듯이 쓰고 있다는 생각이 들었다. 점점 돈에 대한 감각이 없어지고 있었다. 한국 돈으로 계산하면 얼마 되지 않는다는 핑계로 카톡 친구들을 졸졸 따라다니며 맘껏 사 먹고 사고 싶은 것들을 사 재꼈다. 어느새 소비적 인간으로 변해 가고 있었던 것이다.

우리 일행은 여행 공동체이기 전에 함께 이동하고 먹고 마시면서 자기의 입에 들어간 음식 값은 자기가 지불하는 딱 부러지는 소비 공동체였다. 젊은 친구들과 어울려 다니면서 내가 누구인지 점점 오리무중으로 빠져들고 있었다. 평소 한국에서 여행을 떠날 때도 값싼 빵 몇 개나 도시락을 챙기던 내 모습은 온데간데없었다. 입에 들어가는 대부분의 것은 산이나 바다, 논과 밭에서 해결하고 옷은 물론이고 심지어 운동화까지 누군가로부터 물려 신던 내가 아니었다. 인도에서도 최소한의 비용으로 남루한 거지처럼 떠돌아다니겠다고 작정했던 나. 그런 내가 올드 델리의 가난한 사람들 앞에서 뉴델리의 부자 동네 사람들처럼 돈을 써 대고 있었다.

하지만 이틀 내내 음식 값, 물건 값 물어보고 흥정하고 먹고 마시면서 얻은 것이 하나 있다. 이것저것 구입하고 하루 세끼 꼬박꼬박 챙겨 먹은 덕분에 인도 음식과 인도 물가를 대충 파악할 수 있었다. 인천 공항에서 동생이 여비에 보태 쓰라고 찔러 준 돈은 미화 200달러. 이 가운데 얼마를 루피로 환전했는데, 그 루피가 사흘 만에 바닥을 보였다. 한국에서 만든 씨티 은행 카드로 루피를 뽑았다. 비폭력으로 평생 소박한 삶을 살다간 마하트마 간디의 얼굴이 새겨진 루피가 쏟아져 나왔다. 지폐에 박혀 웃고 있는 마하트마 간디가 "이제 본래 원했던 제 길을 찾아 가야 할 때가 왔다."고 말하는 것 같았다.

인도 여행 사흘째 되는 날, 홀로 내 갈 길을 나서기로 했다. 정든 일행과 헤어져 꼴카타로 떠나기로 작정한 것. 내 글을 즐겨 읽었다는 얼굴도 모르는 생면부지의 한 여성 독자가 꼴카타의 마더 테레사 '죽음의 집'에서 자원봉사를 하며 기다리고 있었다. 꼴카타는 본래 가고자 했던 목적지였기에 인도 여행 사이트를 통해 알게 된 그녀를 겸사겸사 만나 보기로 했다. 꼴카타로 떠나기 위해 기차표를 알아봤다. 하지만 인도 전역에서 매년 봄에 열리는 홀리 축제로 이동 인구가 많아 기차표를 구하기가 어려웠다. 결국 델리에서 꼼짝없이 발이 묶이게 생겼다.

크게 걱정하진 않았다. 빠간의 복잡하고 혼잡한 거리에서도 다들 제 갈 길을 가고 있지 않은가. 소와 개, 작은 자동차와 오토릭샤에 모터 사이클. 서양인, 동양인 모두가 제 갈 길을 가고 있었다. 그 어느 하나, 어느 누구 하나 갈 길을 잃고 헤매는 사람이나 동물은 없었다. 기찻길이 막혔다고 내 갈 길이 없겠는가. 어느 길을 향한다 해도 그 길은 내 길인 것이다.

고작 물감 폭탄에 벌벌,
나는 쥐새끼였다

인도에서 가장 큰 축제 중 하나인 홀리 축제. 이동 인구가 많아 바라나시나 꼴카타로 향하는 기차표는 이미 일주일치 예약이 끝난 상태였다. 버스 편이라도 알아봐야 하는데 밖으로 나서자니 물감 폭탄이 기다리고 있었다. 꼼짝없이 게스트하우스에 갇혔다.

인도에서 들리는 자진모리……, 도대체 무슨 일?

같은 방을 쓰고 있던 성민 씨는 휴대 전화에 코를 박고 부지런히 검색한 끝에

행인들을 향해 물을 퍼붓고 있는 게스트하우스 청년

자신이 가고자 했던 바라나시행 기차표 예약에 성공했다. 그 표도 단 한 장뿐이다. 예약 취소된 표를 대기 명단에 올려 구한 것이라고 한다. 성민 씨가 기차표 예매로 얼마나 진땀을 뺐는지 빤히 봤기 때문에 홀로 기차표를 예매할 생각을 하니 머리가 지끈거렸다. 인도 기차표는 단순히 돈과 표를 맞교환하는 게 아

니었다. 간단한 절차지만 영어를 구사하기는커녕 읽고 쓰는 것조차 어려운 얼치기 여행자인 내겐 힘든 일이다. 나는 차라리 험악한 소문이 떠도는 빠간 밤거리를 걷는 게 더 속 편한 일이었다.

인천에서 델리로 오는 기내에서도 간단한 입국 서류조차 제대로 쓰지 못한 어리바리 촌놈인 나. 델리 빠간에 홀로 남아 골머리 아픈 기차표 예매를 어떻게 감당해야 할지 난감했다. 인도에 오기 전 대략 루트는 정했지만 애초 목적 없는 여행길이었다. 홀로 떠나는 것을 잠시 접어 두고 일행들과 함께 움직이기로 작정했다. 이를 위해선 본래 가고자 했던 바라나시와 꼴카타 방향과는 전혀 다른 북인도로 360도 급회전해야 했다.

일행들이 향할 곳은 히마찰 프라데주, 다람살라의 맥그로드 간즈^{이하 맥간}라는 곳이다. 티베트 임시 정부가 있고, 달라이 라마가 거주하는 다람살라는 익히 알고 있었지만 맥간은 처음 듣는 지역이었다. 사실 맥간은 인천 공항에서 처음 만나 이동하던 카톡 친구들의 목적지가 아니었다. 나중에 합류한 연극배우 출신 이준 씨를 얼떨결에 따라나서다 보니 가게 된 것이다. 이준 씨도 카톡으로 알게 됐다는 유주상 씨를 따라나설 계획이었다. 그렇게 우리는 줄줄이 엮여 인도 유학생이라는 주상 씨를 기다렸다.

"둥그리 닥닥 둥그리 닥닥."

"둥둥닥닥 둥둥닥닥."

"당당 다다당."

게스트하우스 아래층에서 나는 소리였다. 중모리에서 자진모리, 휘모리 장단으로 점점 빨라진다. 어디서 많이 듣던 가락이다. 내가 한국에 와 있나 싶을 정도로 익숙한 장단. 꽹과리 소리는 들리지 않았지만 신명 나는 풍물 장단과 정말 흡사하다. 대체 어떤 사람들일까. 델리, 그것도 외국인 여행자들이 우글우글한 빠간에서 풍물 가락을 두드리는 한인회가 있을 리 만무했다.

흰옷을 입은 사람이 주로 표적이 된다.

3층 숙소에서 한걸음에 계단을 타고 내려갔다. 얼굴과 온몸에 물감을 떡칠한 인도 청년들이 요란하게 게스트하우스 입구에서 진을 치고 있었다. 홀리 축제의 흥을 돋우는 패거리들인 모양이었다. 더러 여장한 남자들도 보인다. 바로 이들이 풍물과 흡사한 장단으로 인도의 전통 악기를 연주하고 있었다. 우리네 대보름날 지신밟기를 하는 것처럼 집집마다 돌면서.

인도 홀리 축제는 우리네 정월 대보름 축제보다 한 달 늦은 음력 2월 15일 보름에 열린다. 고대부터 시작됐다는 홀리 축제는 정월 대보름 축제처럼 한 해 농사의 시작을 알리는 농무제이기도 하다. 홀리 축제 하루 이틀 전부턴 거리를 지나가는 사람들에게 색깔 물감과 가루를 뿌리는데, 우리 일행들은 그 경험을 이미 한 터였다. 빨간 거리를 지나는데 난데없이 물 폭탄이 날아왔다. 특히 흰옷 입은 외국인이 표적이 된다는데, 나는 그것도 모르고 흰옷을 입고 다니다가 이틀 내내 물 폭탄 표적이 되곤 했다.

축제 전날에도 이미 봉변을 당했다. 나와 함께 빨간 거리를 걷고 있던 우리 일행의 막내 순이가 된통 당했다. 나를 향해 던진 물 폭탄이 옆에서 걷던 순이의 얼굴에 직통으로 날아왔다. 안경알까지 빠지는 봉변을 당했지만 다행히 순이는 다치지 않았다.

나는 신명 난 패거리를 향해 사진기를 꺼냈다. 그중 한 사람은 게스트하우스 매니저와 승강이를 벌이고 있었다. 그는 못마땅한 표정으로 게스트하우스 매니저에게 돈을 휙 집어던졌다. 순간 사진기 초점을 맞추고 있는 나와 그의 눈이 마주쳤다.

그는 나를 째려보며 사진기를 향해 손짓한다. 사진기를 가져오라는 손짓이다. 사전에 양해를 구하지 않은 내 잘못이 컸지만 나는 '내가 뭘 어쨌다고' 하는 표정으로 시치미를 뚝 떼고 2층으로 올라갔다. 내 직감은 적중했다. 나중에 알게 된 건데 이들은 자신을 찍는 사람에게 사진값을 요구하거나 공연히 트집 잡아 돈을 뜯어 간다는 것이다. 이들은 우리네 지신밟기처럼 액운을 물리치고 복을 빌어 주는 명목으로 떠들썩하게 전통 악기를 연주하며 빠간 상가를 돌고 있었는데, 만약 돈을 주지 않으면 저주를 퍼붓는다고 한다.

홀리는 인도의 봄 축제 중 가장 화려하고 요란한 축제라고 한다. 북인도에서는 추운 겨울이 끝났음을 기념하는 날로 물감을 탄 물이나 가루를 서로에게 뿌리고 마리화나의 일종인 방bhang을 우유에 타 마시면서 노래와 춤으로 흥겹게 하루를 보낸다. 이날만큼은 카스트, 성, 나이, 지위 등이 어느 정도 무시된다. 재밌는 것은 브라즈라는 지역에서는 여인들이 작대기를 들고 남자들을 쫓아다니며 공격한다. 또한 '돌야뜨'라는 '신상 흔들기'가 있는데 잘 치장된 신상들 특히 크리슈나 신상을 모셔 놓고 흥겨운 봄 노래에 맞춰 그 신상을 흔들기도 한다는 것이다.

약자들의 해방 축제, 인도 홀리 축제

따지고 보면 홀리 축제는 단순히 물감을 뿌리고 뒤집어쓰는 단순한 축제가 아니다. 그 이면에는 억압된 계급과 성, 인간 위에 군림하는 신을 여지없이 뒤흔들어 놓는 날이기도 하다. 불평등한 카스트 제도에 눌려 있는 농민들, 남존여비로 남성에 짓눌려 사는 힘없는 여자들, 신의 발아래에 놓여 있는 모든 인간 군상들. 이날은 모든 약자에게 있어서 해방의 날인 셈이다. 홀리 축제 동안 길거리와 동네가 온통 물감 뿌리기로 소란스럽지만 이 야단법석이 끝나게 되면 몸을 깨끗이 씻고 새 옷으로 갈아입은 뒤 친구나 선생님, 친지들을 찾아 친목을 도모한다고 한다.

필자의 유년기인 1960년대 말에서 1970년대 초. 우리 동네는 대보름이 돌아오면 온 동네가 풍장 소리로 떠들썩했다. 풍물패들은 집집마다 돌며 액운을 물리치고 복을 가져다준다는 지신밟기를 했다. 그러면 집집마다 얼마의 돈을 내놨다. 없으면 없는 대로 있으면 있는 대로 성의껏. 그 돈으로 농악기를 사거나 마을 잔치에 필요한 자금으로 모았다.

내가 묵고 있는 게스트하우스에 몰려든 패거리들도 축제 기금을 조성하기 위해 악기를 연주하는 줄 알았는데 게스트하우스 사람들 말로는 '순전히 돈을 요구하는 거지 떼들'이라고 한다. 게스트하우스나 상가를 돌며 강제로 돈을 뺐다시피 한다는 것이다. 그 횡포가 심해 상가 사람조차 고개를 내저을 정도라고 한다. 하지만 돈을 요구하는 패거리의 입장은 다를 수 있다. 돈깨나 만지는 게스트하우스나 부유한 상가 단지를 도는 그들이 단순히 돈만 요구하는 건 아닌 듯싶다. 온갖 저질스러운 쌍욕에 저주를 퍼붓는 것은 가난한 사람들이 부유한 사람들에게 퍼붓는 저주이기도 할 것이다.

함께 나누고자 하는 사람에게는 복을 빌어 주고, 나누지 않는 사람에게는 저주를 퍼붓는 것이다. 우리네 정월 대보름날에 액운을 물리치는 달집 태우기를 하듯이 홀리 축제 전날엔 액운을 물리치기 위해 홀리까라는 악마를 태우는 행사를 벌이기도 한다. 아쉽게도 그 장면은 보지 못했다.

이른 아침부터 홀리 축제가 시작됐다. 나는 흰옷 한 벌이 전부여서 밖으로 나갈 생각을 애당초 접었다. 간혹 기름이 섞여 있는 물감을 뒤집어썼다간 대책이 없다. 옷 한 벌 달랑 갖고 왔기에 옷을 한 벌 얼른 사든가 덕지덕지한 물감 옷을 입고 다니든가 아니면 팬티 바람으로 다녀야 할 처지였다. 게스트하우스 옥상에 올라가 주변을 살폈다. 남녀노소 가리지 않고 건물 곳곳에서 물감 폭탄을 투하하고 있었다. 정오로 접어들면서 거리는 시끌벅적한 소리와 함께 사람이든 동물이든 온통 물감투성이가 됐다.

나는 옥상 위에서 구경꾼으로 있다가 인천 공항에서 길을 잃고 헤맸을 때처럼 한동안 우두커니 서 있었다. 바람 한 점 없는 찝찝한 날씨. 땀이 목줄기를 타고 흘러내렸다.

'내가 지금 뭘 하고 있나? 인도에서 거지처럼 떠돌고 싶다는 패기는 종적을 감추고 고작 기차표에 쩔쩔 매더니 물감 폭탄에 겁먹고 있다. 겉으로는 거침없이 살아가고 있다고 떠벌리지만 쥐새끼처럼 숨어 있는 이 모습이 본래의 내 모습이 아닐까?'

우울한 생각이 꼬리를 물었다.

'그려, 어차피 옷 한 벌 사야 되니께, 한번 부딪혀 보자.'

거리로 나서 젊은이들과 한바탕 심하게 어울려 보고 싶었다.

'이것저것 따져 가며 미리 걱정할 필요가 무엇인가.'

나를 향해 공격해라! 마음속이 뻥 뚫린 그날

체면 따위에 갇혀 쥐새끼처럼 숨어 있는 내 자신을 사정없이 망가뜨려 보고 싶었다. 또한 살아오면서 누군가를 멸시하고 무시해 왔던 나, 그런 나를 사정없이 공격당하게 하고 싶었다. 억압받은 자들의 해방의 날, 홀리 축제의 숨은 뜻이 그렇듯이 그동안 고집불통으로 살아온 나날들을 되짚어 보면 나는 누군가의 공격 대상이 될 수밖에 없었다. 내가 괴롭혔던 유년기의 친구들, 그리고 나로 인해 가슴 아팠을 여자들, 나와 생각이 다른 사람들에 대한 공격적 말들. 따지고 보면 그동안 살아오면서 알게 모르게 수없이 많은 사람들을 억압하고 살아왔다.

게스트 하우스 옥상에서 내려서는데 잔심부름꾼 인도 청년이 환하게 웃어 가

물감 폭탄으로 흠뻑 젖은 골목(왼쪽 사진)과 홀리 축제에 물감을 묻히고 다니는 외국인들

며 갑자기 물감이 잔뜩 묻은 두 손으로 내 얼굴을 쓸어내린다. 그 얼굴로 이미 얼굴에 물감을 잔뜩 묻혀 온 일행들과 함께 밖으로 나섰다. 온통 물감투성이가 된 골목을 지나는데 어째 물감 폭탄을 날리는 인간들이 한 명도 보이지 않는다. 어쩌다 얼굴에 물감을 떡칠하고 헤벌쭉 웃으며 지나치는 외국인들과 몇몇 인도 청년들만 보일 뿐이다.

오후 2시, 우리 일행이 밖으로 나갔을 땐 이미 홀리 축제가 마무리된 상태였다. 작심하고 나섰는데 허전했다. 하지만 물감 폭탄을 뒤집어쓴다 한들 내 안의 묵은 죄의식들이 그리 쉽게 풀어지겠는가. 홀리 축제가 끝난 오후 4시쯤, 맥간으로 떠나는 버스 시간에 맞춰 이준 씨의 카톡 친구인 주상 씨가 게스트하우스로 찾아왔다. 주상 씨는 서른두 살, 연극배우 이준 씨와 동갑내기였다. 한국에서 대학을 나온 그는 인도 푸케 대학에서 3년째 법학을 공부하고 있다고 한다.

그는 인도에서 3년 동안 생활하면서 여행 한번 제대로 못 해 봤다며 열흘 정도의 인도 여행을 작정하고 나섰다 한다. 영어가 유창하고 힌디 어 또한 큰 불편 없이 구사하고 있었다. 인도 여행 초보자들인 우리로서는 더없이 좋은 친구가 생긴 것이다.

대학 안 간 자식 두고, 이렇게 행복해도 되나

우리 일행은 무거운 배낭을 짊어지고 오후 5시 30분에 출발하는 북인도 맥간으로 향하는 버스에 올라탔다. 맥간으로 향하는 버스는 생각보다 아주 편했다. 좌석을 뒤로 눕힐 수 있었고 담요까지 있었다.

버스 의자에 허리를 깊숙이 파묻고 인도에 온 이유를 생각해 보았다. 하지만 그 이유가 딱히 떠오르지 않는다. 맥간으로 가는 이유 또한 마찬가지였다. 맥간이 어떤 곳인지 전혀 알지 못했기에 그 물음에 대한 답은 단순했다.

'기차표 예매하기가 번거로워 그저 여행길에서 만난 동료들을 따라나선 것.'

원고 쓰기에 참고가 될 만한 굵직한 인도 여행안내서를 챙겨 왔지만 인도에 와서 단 한 번도 들춰 보지 않았다. 글자가 작아서 보기도 만만치 않은 이유도 있었지만 여행서에 의지해 길을 찾아 나서는 것이 영 마뜩찮았다. 길을 헤매다가 정 모르면 참고 삼아 들춰 보면 될 것이었다. 미리 뭔가를 다 알고 찾아가면 김빠진 맥주 맛이 날 것 같았다.

델리에서 맥간까지 장장 12시간 거리. 어둠이 깔리기 시작하면서 눈을 붙이다가 서늘한 기운에 눈을 떴다. 얼마나 달려온 것일까? 빗줄기가 차창을 후려치고 있었다. 마른 번개가 밤하늘을 쩍쩍 갈랐고 천둥이 몰아쳤다. 그 어떤 숨통 조이는 현실의 문을 열어젖히고 전혀 다른 새로운 세계로 들어서고 있다는 착각이 들

정도였다.

델리에서 12시간 이동하여 고산 지대 맥간 도착

열두 시간 걸쳐 더위와 마른 번개와 빗줄기를 뚫고 맥간에 도착한 시간은 새벽 다섯 시. 우리가 타고 온 버스 한 대가 전부인 허름한 주차장에는 여전히 어둠이 깔려 있다. 버스에서 내리자마자 추위가 몰려왔다. 델리에서 출발할 때는 후덥지근한 날씨에 등줄기로 땀이 흐를 정도였는데 12시간 만에 추위를 느끼는 고산 지대1770m 맥간으로 이동한 것이다.

주차장 주변에는 걸인들이 얇은 담요를 친친 감고 잠들어 있었고 간간히 정전이 발생했지만, 모두가 태연했다. 버스에서 내릴 무렵 터미널 매점이 막 문을 열고 있었다. 첫 버스 도착 시간에 맞춘 모양이다. 우리는 인도인들이 즐겨 마시는 뜨겁고 달콤한 짜이로 추위를 녹였다.

짜이 한 잔으로 따뜻함을 나눌 수 있는 친구들이 있어 고마웠다. 그 고마움 끝에 터미널 바닥에서 담요 한 장에 의지해 한뎃잠을 자고 있는 사람들에게 미안한

북인도 다람살라, 맥그로드 간즈 전경

마음이 아프게 가슴에 꽂혀 왔다.

날이 밝기 시작하자 게스트하우스를 알선하는 사람들이 하나둘씩 찾아와 명함을 내밀었다. 대부분 우리와 생김새가 비슷한 티베트 사람들이었다. 인도 유학생 유주상 씨는 그 중 한 사람과 영어도 아닌 힌디 어를 주고받았다. 밖에는 비가 내리고 있었다. 배낭은 동료들에게 맡겨 놓고 주상 씨와 함께 티베트 사내를 따라나섰다. 그가 소개한 게스트하우스의 시설은 그런대로 괜찮은 편이었지만, 전망이 썩 좋지 않았다. 베란다도 없었다. 앞산이 높다랗게 너무 바싹 다가와 있었다.

다시 빗길을 뚫고 동료들이 기다리고 있는 주차장으로 돌아왔다. 이번에는 주상 씨가 자신의 커다란 넷북을 펼쳐 인터넷 검색을 했다. 카쌍이라는 게스트하우스를 찾아 전화를 걸더니 방 가격이 괜찮다고 한다. 다들 배낭을 챙겨 게스트하우스 카쌍을 찾아갔다. 주상 씨가 없었다면 내내 게스트하우스 주변을 헤매고 있었을 것이었다.

게스트하우스 카쌍은 낡은 건물이었다. 계단도 숨 가쁘게 가파랗다. 하지만

맥간 게스트하우스에서 바라다 보이는 히말라야 설산

숙소 지배인이 소개하는 방 앞에는 너른 베란다가 있었다. 베란다에 서자마자 탄성이 절로 나왔다. 산자락에 기대어 촘촘히 들어서 있는 맥간 건물들이 한눈에 들어오고 저만치 높은 산자락 뒤편에 설산이 보였다. 히말라야다. 아! 그토록 보고 싶어 했던 히말라야가 눈앞에 펼쳐져 있었다.

히말라야다. 아, 그토록 보고 싶어 했던……

앞산에 가려 머리만 빼꼼 내밀고 있는 설산은 칸첸중가로 이어지는 히말라야 줄기라고 한다. 여기다 싶었다. 거기다가 싱글 룸이 150루피, 침대가 두 개 놓여진 더블 룸은 450루피에 불과하다. 방 가격이며 빼어난 절경, 신선한 공기, 델리에 비하면 천국이다.

더블 룸은 화장실과 샤워 시설이 딸려 있었지만, 싱글 룸은 아주 작다. 화장실과 샤워 시설을 공동으로 쓰고 딱딱한 침대에 얇은 매트리스 하나 달랑 놓여 있다. 그 허름하고 비좁은 싱글 룸은 내가 쓰기로 했다.

인도에 오기 전에 다락방이나 두 평도 채 안 되는 방에서 지내 왔고 본래 땀 흘려 농사짓지 않는 시기에는 샤워는 물론이고 세면도 자주 하지 않는 체질이기에

맥간에서 만난 티베트 라마승(왼쪽 사진)과 티베트의 자유를 외치는 포스터

나를 위한 방인 듯싶었다.

때마침 싱글 룸 하나와 더블 룸 두 개가 나왔다. 델리에서처럼 더블 룸 하나를 세 명의 여자들이 함께 쓰고 주상 씨와 이준 씨가 다른 더블 룸을 함께 쓰기로 했다. 다들 제 방으로 들어가 샤워하고 있는 동안 나는 내내 베란다에서 넋을 놓고 앉아 있었다. 버스에서 비몽사몽 선잠을 잤지만, 눈 앞으로 시원하게 펼쳐져 있는 풍경에 피로감이 싹 가셨다.

앞 산자락에 가려 어설피 뵈는 설산이긴 했지만, 인간의 손때 묻지 않은 순수한 결정체 히말라야 설산이 내 눈 앞에 있었다. 그 설산과 마주 대하는 순간, 깊은 고통의 터널 속에 한줄기 빛이 쏟아져 들어오는 것만 같았다.

이제야 인도에 온 이유를 조금은 알 것만 같았다. 온갖 비바람이 몰아쳐도 변함없는 설산, 인도 어딘가에서 저 설산을 닮은 흔들리지 않는 맑은 마음자리를 지닌 사람들을 만날 수 있을 것만 같았다.

우리는 아침 식사를 위해 식당을 찾았다. 여기저기 붉은 승복을 입은 티베트 라마승들과 마주쳤다. 인도에 와서 처음 대하는 라마승들이다. 그들의 뒷모습을 한참 동안 넋을 놓고 바라보았다. 저들의 뒷모습에서 티베트 승려가 된 동생이 떠올랐기 때문이다. 그가 배시시 웃으며 뒤돌아볼 것만 같았다. 그렇게 뭔지 모르게 맥간의 낯선 거리가 친근하게 다가오기 시작했다.

맥간에는 인도 사람들보다 티베트 사람들이 더 많아 보였다. 우리가 짐을 푼 게스트하우스 주인도 티베트 사람이다. 후에 알게 된 것인데 티베트 인들의 정착촌이라 할 수 있는 이곳 맥간은 티베트 임시 정부가 자리한 다람살라에 속해 있다. 다람살라가 티베트 망명 정부의 중심지라면 맥간은 다람살라에 딸린 읍이나 면 단위 지역이었다.

우리의 얼굴 생김새와 닮은 티베트 사람들, 중국에 나라를 빼앗기고 인도 땅에서 망명 생활을 하는 사람들. 주먹을 불끈 추켜올린 길거리 포스터, '프리 티베트'

여행 가이드 역할을 했던 인도 유학생, 친절한 유주상 씨

가 피를 끓게 한다. 그 옛날 조선의 독립운동가들, 나라 잃은 한을 삭이며 중국에서 떠돌이 삶을 살아 내야 했던 조선인들. 그들이 내 눈 앞에 수없이 걸어가고 있었다.

우리 일행은 열아홉 살에서 흰 수염이 덥수룩한 오십 대 중반에 이르기까지 묘한 조합을 이루며 우르르 몰려다녔다. 아침 식사를 위해 일행 중에 누군가가 인도 여행 안내서에서 찾아낸 '모모'라는 식당을 찾아 들어갔다. 모모는 만두였다. 나는 모모 식당에 앉자마자 나름 일행들에게 웃음을 주기 위해 물었다.

"모모는 방랑자라는 노래 아는 사람?"

다들 '뭔 뚱딴지 같은 소리를 하시나?' 그런 표정들이다. 나는 거기다가 한술 더 떴다.

"모모는 철부지, 모모는 무지개, 모모는 생을 쫓아가는 시계 바늘이다. 모모는 방랑자 모모는 외로운 그림자……, 예전에 이런 모모는 방랑자라는 노래가 있었는디……, 여기가 모모 식당이잖어, 우리는 방랑자구……, 감이 안 오나? 어이구 썰렁해……, 그만둬야겠다."

다들 아무런 반응도 없이 썰렁해 하는 표정에 결국 내가 시작하고 내가 마무리를 지었다. 세대 차이였다. 비로소 나는 동료들에게 아버지뻘인 내 나이를 가늠했다. 동료들이 고마웠다. 내치지 않고 어딜 가든 함께 가자며 끼워 준 것만 해도 얼마나 고마운 인연들인가. 다들 나와 함께 여행하는 것이 좋다고 했지만, 그래도 이들에게는 쉽지 않은 선택이었을 것이다.

모모가 방랑자와는 전혀 상관 없는 만두라는 것을 알아 가듯 티베트 음식을 하나 둘씩 알아 가기 시작했다. 인도 음식과는 달리 티베트 음식들 중에는 모모를 비롯해 우리의 수제비와 비슷한 '뗀뚝thenthuk', 채소 튀김 '파코다' 등 우리 입맛에 맞는 음식들이 꽤 많았다.

나는 티베트 음식뿐만 아니라 인도 음식들을 먹을 때마다 그 이름을 머리에 새기곤 했지만, 그때뿐이었다. 음식을 주문할 때마다 일행들과 똑같은 것을 주문했다. "같은 걸루 시켜." 아니면 "왜 그때 먹은 거 있지, 국물 있는 거."라는 식이었다.

고백하건데 인도 현지인처럼 생겨 먹은 나는 인도 문화에 대해 깡통이었다. 하지만 전혀 현지인처럼 생기지 않은 동료들은 인도에 대한 최소한의 상식을 지니고 있었다. 영어 실력도 열아홉 순이가 나보다 훨씬 더 나았다. 입시 공부 대신 인도 여행서를 독파했다는 순이는 인도 여행지나 그 지역의 맛집은 물론이고 "아차, 아차오케이", "찰로 찰로레츠 고" 등 몇 가지 힌두 말까지 구사했다. 그럴 때마다 나는 썰렁한 농담을 던졌다.

"뭐라 그라는 겨? 순이야 너 또 나 한티 욕했지? 욕하지 말라니께."

순이보다 나이 많은 다른 동료들은 또 얼마나 더 순발력이 있겠는가. 이준 씨가 연극배우답게 재치 넘치는 분위기 메이커라면 190cm가 넘는 키에 아주 선하게 잘생긴 주상 씨는 우리들에게 더 없이 좋은 여행 가이드였다. 어리바리한 나는 그에게 많은 것을 의지했다.

델리에서 구입한 샌들이 발가락 사이를 압박해 운동화를 구입해야 했는데 그는 앞장서서 맥간에 있는 신발 가게를 이 잡듯이 찾아다니며 일일이 가격을 묻고 흥정을 해 줬다. 그뿐 아니었다. 입에 맞는 음식에서부터 길 찾기에 이르기까지 무엇 하나 불편함 없이 인도 여행을 편하게 해 주었다. 자신이 알지 못하는 것은 큼직한 넷북을 펼쳐 놓고 인터넷 검색을 통해 상세하게 알려 줬다.

대학을 졸업하고 1년 동안 아프리카에서 파이프 배관을 설치하는 봉사 활동을 다녀오기도 했다는 그는 누군가에게 친절을 베푸는 것을 즐기고 있었다. 그는 크리스천이었지만, 다른 종교를 배척하는 앞뒤 꽉 막힌 크리스천이 아니었다. 다른 종교를 존중할 줄 알았다.

착한 사람이 어디 주상 씨뿐이겠는가. 비록 소비 공동체지만, 자신을 내세워 돌출 행동을 하지 않고 다들 공동체에 뭔가 도움이 되고자 하는 친구들이었다. 다른 사람에게 폐를 끼치지 않고 배려할 줄 아는 착한 친구들이었다.

우리들의 공통점은 다들 직장이 없다는 것, 그것은 또 다른 고민거리가 될 수 있지만, 그만큼 메인 데 없이 자유롭다. 다들 인도를 찾아온 이유가 있을 것이었다. 영화 〈김종욱 찾기〉처럼 가슴 아린 첫사랑을 찾고자 하는 젊은 청춘이 있을 것이고, 또한 늘 반복되는 일상에 억눌린 자유를 찾기 위해 온 사람도 있을 것이었다. 혹은 빼어난 경관을 자랑하는 유명 관광지와 먹거리를 찾아다니며 낯선 사람들, 낯선 세계를 경험하고자 온 사람도 있을 것이었다.

인도 여행을 통해 자신을 되돌아볼 것

인도 음식만 먹다가 우리 입맛에 맞는 만두를 먹고 모모 식당에서 나오는 발걸음들이 가벼웠다. 다들 얼굴 표정들이 밝았다. 장시간 버스 여행에서 오는 힘겨운 기색이 보이지 않았다. 하지만 그 구속됨 없는 즐거운 자유 속에는 아이들 엄마와의 불화를 어떻게 좀 풀어 보겠노라 안간힘을 쓰고 있는 나처럼 다들 고민거리들이 있을 것이었다.

친절한 주상 씨는 1년 남은 유학 생활을 마치고 나면 어딘가 번듯한 일자리가 보장되어 있는 것도 아니기에 나름 고민이 많을 것이었다. 늘 웃는 얼굴인 이준 씨는 연극배우로서의 열정이 넘쳐나지만, 연극에 대한 대중의 무관심, 거기다가 무대에 설 자리가 그리 많지 않은 무명 배우의 아픔이 있을 것이었다.

학교를 휴학한 지희나 졸업생인 현정이에게는 취업 걱정이 많을 것이었다. 천방지축 순이 역시 대학 대신 자유로운 길을 선택했다지만, 그 자유에 따르는 책임감이 보이지 않게 자신을 압박하고 있을 것이었다. 그렇게 모두들 즐거움 뒤에 숨겨진 불편한 사연들을 인도 여행을 통해 풀어내며 자신을 되돌아볼 것이었다.

점심을 먹고 더러는 맥간 거리로 나서고, 더러는 숙소로 들어와 휴식 시간을 가졌다. 그 휴식은 달콤했다. 고행 길을 택한 내가 이렇게 편해도 되나 싶을 정도로 나른한 행복감이 몰려왔다. 영어도 깡통이고 거기다가 나잇값도 못하는 어리바리한 나를 선생이라 불러 주는 고마운 젊은이들까지 든든하게 곁에 있으니 세상 부러울 것이 없었다. 나는 맥간 하늘을 날아다니는 독수리들처럼 무한한 자유를 누리고 있었다.

하늘을 향해 끝없이 날아가는 독수리를 보다가 갑자기 눈물이 왈칵 쏟아졌다. 큰아들 인효 녀석이 불쑥 떠올랐기 때문이다. 녀석에게 문자를 날렸다. 문자는 순식간에 시공을 초월하듯 날아갔다.

"별일 없지? 여기 맥간이라는 곳인데 너무 좋다^^."

"살판났구먼 ㅋㅋㅋ."

맥간 하늘을 날고 있는 독수리

"나중에 함께 오자."

"그려, 건강 조심하시구."

나의 인도 여행길, 그 중심에 송인효 녀석이 있었다. 세상 아픔을 사람들과 더불어 노래할 수 있는 뮤지션을 꿈꾸는 녀석, 고등학교 졸업하자마자 세미 앨범을 내면서 제 길을 찾아 나섰다. 만약, 녀석이 대학을 가겠다고 했다면 나는 이런 호사를 누릴 수 없었다. 녀석은 개갈 안 나는 대학을 가기 위해 영양가 없는 공부에 죽어라 매달려야 했을 것이고 나는 녀석의 학비를 벌기 위해 머리통 쥐어짜며 돈벌이에 매달려야 했을 것이었다.

힌디 어는 말할 것도 없고 영어조차 제대로 구사하지 못하는 수염발 허연 내가 대책 없이 인도 배낭여행 길에 오른 것처럼 모든 생명은 어떤 경우든 스스로 설 수 있는 무한한 능력이 있다는 것을 믿고 있다. 그 믿음을 녀석과 공유했다.

나는 녀석이 어렸을 때부터 자신이 하고 싶은 일을 스스로 찾아 나가기를 바랐고, 녀석은 좌충우돌 자신이 원하는 길을 찾아 나갔다. 내가 녀석에게 입시 공부에 대한 압박 대신 자신이 진정 원하는 길을 갈 수 있도록 자유를 주었듯이 녀석 또한 내게 돈벌이 대신 자유로운 인도 여행길을 열어 준 것이었다.

그렇게 우리는 서로에게 자유를 주었다. 녀석이 어릴 때부터 어지간한 일은 스스로 해결하길 바랐다. 녀석이 원하지 않은 공부를 권유는 했을망정 단 한 번도 강요하지는 않았다. 그 결실이 녀석은 기타를 쳐 가며 노래를 만들고 부를 수 있게 되었고, 나는 그토록 만나고 싶었던 때 묻지 않은 저 히말라야 설산 앞에 설 수 있는 자유를 얻었던 것이다.

녀석에게 해 주고 싶은 말이 있었는데 감정이 복받쳐 깜빡했다는 것을 뒤늦게 알았다. 나는 녀석을 떠올리며 혼잣말로 중얼거렸다.

"고맙다. 송인효."

"눈 깔어!" 그 무서운 눈빛, 돈 주고 깨달았다

맥간에서의 이틀째. 새벽 다섯 시 반이 조금 넘은 시간이다. 인도에 온 지 일주일째로 접어들었다. 새벽 산책길을 나서기 위해 눈을 비벼 가며 비좁은 숙소 문을 열고 밖으로 나섰다.

밖으로 나서자마자 갑자기 쓰레기통이 우당탕 쓰러졌다. 내 방문 앞에는 커다란 쓰레기통이 놓여 있는데, 거기에 머리를 파묻고 먹거리를 찾고 있던 원숭이 녀석이 쓰레기통을 자빠뜨린 것이다. 녀석은 멀리 달아나지 않고 저만치 비켜서서 뭔가를 먹으며 재빨리 사진기를 들이대고 있는 나를 째려본다. 사고는 자신

산책로를 점거하고 있는 원숭이들(왼쪽 사진). 숙소 방문 앞에서 쓰레기통을 자빠뜨린 원숭이

이 쳐 놓고, 적반하장이다.

"어라? 뭐 이런 놈이 다 있어."

질세라 나 또한 녀석을 째려본다.

"저리 안 가!"

녀석이 성성한 이빨을 드러낸다.

"카~악!"

금방이라도 달려들 기세로 경고음을 날린다. 등골이 오싹할 정도로 송곳니가 날카롭다. 저 날카로운 이빨에 물렸다가는 십중팔구 병원 신세다. 델리에서 만난 한국인 여행자가 원숭이에게 물려 병원 신세를 졌다는 경험담이 생생하게 떠오른다.

녀석과 달리 꼬리도 없는 내가 먼저 꼬리를 내렸다. 원숭이보다 더 영악한 인간의 속임수다. 쓰레기통 옆에 세워져 있던 걸레 자루를 슬그머니 집어 들어 검객처럼 후려칠 자세를 취한다. 그제야 녀석이 꼬리를 내리고 슬금슬금 뒤로 물러선다. 나는 쥐나 뱀을 제외한 거의 모든 동물을 좋아한다. 인간을 닮은 원숭이 또한 좋아한다. 그럼에도 살기 띤 눈빛으로 녀석을 위협한 이유는 뭘까.

녀석이 방어 본능으로 이빨을 드러냈듯이 나 또한 방어 본능으로 내면에 잠재돼 있던 살기가 솟구쳐 올랐던 것이다. 용기 있는 행동이라기보다는 두려움 때문이었다. 그 두려움이 내 안에 숨어 있던 폭력성을 여지없이 돌출시켰다.

"마음공부하러 산책 나서는 인간이 원숭이나 위협하고 있다니……."

원숭이보다 더 동물적인 살기 가득한 나의 돌출 행동에 얼굴이 화끈거렸다. 그 마음을 진정시키며 게스트하우스가 즐비한 맥간에서 벗어나 '다람곳'으로 향하는 산책로로 접어들었다. 날이 밝아 오기 시작하는 산책로에는 이른 아침이라 그런지 사람이 보이지 않는다.

얼마쯤 산책로를 따라 걸어가자 원숭이들이 보이기 시작한다. 한두 마리가 아니다. 떼 지어 몰려 있다. 나는 녀석들을 향해 카메라 셔터를 눌러 대다가 잠시 머뭇거리며 발걸음을 멈춘다. 덩치 큰 놈들이 길가에 세워 둔 자동차 위에 버젓이 누워 나를 꼬나보고 있다.

할 일 없이 빈둥거리며 한적한 골목에서 삥 뜯는 깡패들처럼 건들건들해 보인다. 가까이 다가가면 여지없이 송곳니를 내밀고 통행료를 요구할 그런 폼이다. 하지만 녀석들에게 상납할 바나나는 물론이고 과자 부스러기도 없다. 허리춤에는 여권과 돈, 어깨에 걸친 천 가방 속 지갑과 손에 들린 카메라가 전부다.

조금 전 숙소에서 걸레 자루로 쫓아 보냈던 원숭이와의 대치 상황과 사뭇 다르다. 떼거리로 몰려 있는 녀석들은 조폭 수준이다. 주변에는 막대기조차 없다. 막대기가 손에 들려 있다한들 소용없어 보인다. 녀석들과 시비가 붙어 떼거지로 달려들면 속수무책이다.

"눈 안 깔어!"

녀석들이 나를 째려보는 자세가 딱 그렇게 말하는 듯하다. 나는 꼬리를 바싹 내리고 녀석들의 눈길을 피해 아주 천천히 얌전한 새색시처럼 다소곳이 지나친다. 녀석들이 점거하고 있는 길을 지나치자 새끼들은 어미 품 안에 바싹 안긴다. 아무 일도 아닌 것처럼 녀석들 앞을 지나치자 녀석들 또한 온몸을 벅벅 긁어 대며 딴전을 피운다. 두려운 것은 녀석들도 마찬가지다. 동물들에게 인간만큼 두려운 존재가 또 어디 있겠는가.

"네가 폭력성을 내려놓고 평화로운 마음과 자세를 취한다면 우리 또한 너를 두려워하거나 날카로운 이빨을 드러내지 않을 것이다."

등 뒤에서 녀석들이 그렇게 말하고 있는 듯했다. 산책로로 깊숙이 접어들 무렵 누군가 저만치에서 꾸부정하게 걸어오고 있다. 사람이다. 나는 천 가방에 든 카메라와 허리춤에 찬 전대를 떠올리며 긴장감을 늦추지 않는다. 원숭이 송곳니보다 더 무서운 것은 사람의 흉기다. 인도 여행 안내서에서 누누이 강조하는, 절대로 혼자서, 그것도 인적 없는 산길을 나서지 말라 이르지 않았던가.

굶주린 얼굴로 손 내밀던 남자, 알고 보니……

얼핏 내 나이 또래의 오십 대 중반 사내로 보인다. 하지만 그의 허리가 힘없이 꺾여 있다. 옷차림도 나만큼이나 추레하다. 인도 사람이다. 그가 내 앞으로 가까이 다가온다. 나는 두 손을 모아 인도 사람이나 낯선 외국인을 만났을 때 건네는 인사말을 보낸다.

"나마스테!"

"나마스테……."

그가 들릴 듯 말릴 듯 작은 목소리로 응답하며 길 옆으로 비켜서서 나를 힐금힐금 쳐다보며 빠른 걸음으로 지나친다. 나보다 그가 더 긴장한 눈치다. 인적 없는 이른 아침 긴 머리에 덥수룩한 수염, 추레한 옷차림의 나를 만난 것이 두려웠는지도 모른다. 내가 길거리 원숭이들을 피해 걸었듯이 그도 그렇게 했다.

저만치 흰 눈에 덮여 있는 히말라야 봉우리가 쭉쭉 뻗어 있는 굵직한 나무들 사이로 언뜻 보인다. 나는 설산과 마주 앉아 아침 명상을 하기 위해 산 언덕길로 이어진 작은 오솔길로 향하면서 문득 이런 생각이 들었다.

'겁도 없이 혼자서 아무도 없는 산길을 오르다니…….'

하지만 조금 전 나를 두려워했던 중년 사내를 떠올려 보니 누군가에게는 내가 더 두려운 존재일지도 모른다는 생각이 스친다. 얼마쯤 걸어 올라가니 산에 홀로 떨어져 있는 서너 채의 게스트하우스가 보인다. 하지만 관광객 발걸음이 뜸한 비수기라 그런지 빈 집처럼 인기척 없이 썰렁하다. 게스트 하우스 옆 오솔길로 접어들려 하는데 조금 전 산책로에서 만났던 중년 사내가 게스트하우스 나무 울타리를 타고 넘어온다.

저 사내는 언제 이곳으로 왔을까. 내가 미처 알지 못한 또 다른 산길이 있는 모양이다. 사내는 나와 눈길이 마주치자 무척 당황한 표정으로 내가 알아들을 수 없는 힌디 어로 뭐라 뭐라 혼잣말하듯 말하며 서둘러 발걸음을 옮긴다.

"헤이, 잠깐만요!"

영어로 그를 불러 세웠다. 그가 불안한 눈빛으로 멈춰 선다.

"영어 할 줄 아세요?"

"예스."

"저 반대편에 있는 히말라야 설산과 마주 볼 수 있는 길을 찾습니다. 이 산길을 따라가면 정상에 오를 수 있나요?"

"예스."

오랫동안 농사를 지어 온 나였기에 그 누구보다도 인도 농부들을 반드시 만나고 싶었다. 혹시나 싶어 물었다.

"혹시 농부세요?"

"예스."

"아, 그러세요. 나도 한국에서 농사를 지었습니다. 농사는 어디에서 짓나요?"

"예스."

그는 내가 묻는 말에 무조건 예스로 대답한다. 영어를 거의 할 줄 모르는 사람이다. 그는 내가 이것저것 물어 가며 호감을 보이자 배를 움켜쥐며 말한다.

"헝그리, 머니, 머니."

"배고프다고요?"

"예스."

그는 손을 내밀었다. 돈을 달라는 것이었다. 나는 망설였다. 그가 만약 농부라면 이유 없이 돈을 주는 것은 결코 보시하는 것이 아니라는 생각이 들었다.

"노! 노!"

나는 손을 내저으며 그가 내민 손을 거부했다. 그가 돌아서서 산길로 발걸음을 옮겼다. 그의 허리가 유난히 굽어 보였다. 어쩌면 그는 텅텅 비어 있는 게스트하우스에서 허기진 배를 채울 만한 먹거리를 찾아 헤맸던 것인지도 모른다. 집에서 먹거리를 기다리는 자식들이 있을지도 모를 일이었다. 저만치 힘없이 걸어가고 있는 그를 다시 불러 세웠다.

"잠깐만요!"

나는 천 가방에 들어 있던 지갑에서 100루피를 꺼냈다. 50루피 정도 주려고 했는데 지갑에는 10루피와 100루피짜리만 있었다. 100루피는 그에게 적지 않은 돈이었다. 그는 생각지도 않은 돈에 약간의 두려움으로 망설였다. 나는 손짓으로 그냥 거기에 있으라면서 내 발 아래 돈을 놓고 저만치 뒤로 물러섰다. 그는 내 눈치를 살피며 천천히 걸어와 돈을 집어 들고는 하늘을 향해 알아들을 수 없는 힌디 어로 감사의 기도를 올리며 그렁그렁한 눈빛으로 거듭해서 내게 고맙다고 말한다.

"땡큐! 땡큐! 땡큐!"

인도에 와서 처음으로 적선한 돈이다. 인도로 향할 때 주변 사람들이 걸인들에게 적선하지 말라고 신신당부했기 때문에 함부로 돈을 내밀지 않았다. 한 사람에게 적선하면 감당하기 힘들 만큼 여러 사람이 우르르 몰려들어 손을 내민다는 것이다. 하지만 현지인처럼 생겨 먹은 내 꼬라지 덕분에 내 앞에 손을 내미는 거지들은 거의 없었다.

나는 결국 설산과 마주 보고 명상을 할 만한 자리를 찾지 못하고 산길을 내려와 숙소로 향하는 길로 접어들었다. 가난한 농부를 도왔다는 생각에 내 마음은 이미 명상한 것이나 다름없이 평화가 스며 있다.

맥간 쪽에서 아침 산책을 나선 여행객과 인도 사람들이 하나둘 올라오기 시작한다. 헌데 조금 전에 내가 돈을 주었던 그 중년의 인도 사내가 외국인들에게 접근해 손을 내밀고 있지 않은가. 그는 농부가 아니었다. 산책길을 어슬렁거리며 외국인들에게 손을 내밀고 있는 걸인이었다. 시장 한복판에서 손 내미는 걸인들과는 달리 한 차원 높은 걸인이었던 것이다. 배신감이 밀려들어 헛웃음이 나왔다.

터덜터덜 산책길을 되돌아오면서 배신감에 사로잡힌 내 자신을 바라봤다. 도움을 주고도 마음이 편치 않은 것은 편협하고 이기적인 마음 때문이었다.

'그가 거지든 농부든 어떤 사람이든 무슨 상관인가. 베푸는 데 무슨 조건이 필요하단 말인가. 그는 적어도 나보다 가난한 사람이 아닌가.'

이런 생각에 이르니 한결 마음이 편했다. 숙소로 되돌아가는 길목. 맥간 근처 산책로 초입에서 만났던 원숭이들이 어디론가 사라졌다. 쓰레기 더미 위에서 원숭이 한 마리가 홀로 남아 사방팔방 눈치를 살피며 성급히 쓰레기를 뒤적거리고 있다. 온갖 먹거리에 집착하는 인간의 모습과 다를 바 없어 보인다. 오히려 인간이 더하다. 아홉 개를 가지고도 한 개를 더 가져 열 개를 채우려는 인간들, 충분히 배부르면서도 좀 더 먹고자 한 개도 겨우 가진 가난한 사람들의 주머니까지 탈탈 털어 가는 아귀나 다름없는 인간들도 있지 않은가.

쓰레기를 뒤지고 있는 원숭이의 눈빛은 그나마 남은 먹거리를 빼앗기지 않으려는 두려움으로 가득하다. 오히려 나를 두려워했던 중년의 걸인에게 뭔가를 뺏길까 봐 두려움을 가졌던 나처럼. 나의 두려움은 쓰레기를 뒤지고 있는 저 원숭이와 크게 다를 바 없었다. 인도에서 처음으로 마주한 걸인과 원숭이는 낯선 만남에 대한 경외심보다는 두려움을 가졌던 나 자신을 훤히 비춰준 거울과 같았다.

아내가 나를 멀리한 이유,
히말라야에서 깨닫다

    이른 아침 산책길에서 돌아와 간단하게 아침을 먹고 젊은 친구와 함께 산행에 나섰다. 맥간 숙소에서 머리만 빼꼼 내밀고 있는 히말라야 설산을 좀 더 가까이 만나기 위해서였다. 우리의 목적지는 트리운드triund, 2827m.

    맥간에서 트리운드까지는 8km 정도의 코스. 3천 고지에 가깝긴 하지만 맥간 자체의 높이가 2천 고지 정도라 긴 코스는 아니다. 거기다 경사면이 거의 없는 산길이라서 등산 초보자도 어렵지 않게 오를 수 있다.

히말라야 설산

트리운드는 맥간에서 다람곳을 거쳐 올라간다. 다람곳은 한적한 산촌 마을인 데 이미 오래 전부터 외국인 관광객의 쉼터로 탈바꿈했다. 외국인이 즐겨 찾는 게스트하우스 지역을 벗어나자 한국의 산촌 마을에서 흔히 볼 수 있는 노란 유채 꽃이 피어 있다.

맥간 시장은 한국인을 비롯해 동양인, 서양인 할 것 없이 인종 전시장을 방불 케 하는 외국인 관광객들로 넘쳐 났지만 등산길은 한적하기만 하다. 돌담으로 둘러 쌓여 있는 곳에는 소들이 우물우물 풀을 뜯고 있다. 산비탈 마을 끝자락에 있는 빨래터에서 어린 여자아이들이 빨래를 하고 있었다. 녀석들은 우리 일행이 들이대고 있는 사진기 앞에서 해맑은 웃음으로 반긴다.

빨래터를 지나치면서 제법 가파른 산길로 접어들기 시작했다. 가파른 산길이 라 할지라도 크게 문제가 되진 않았다. 인도에 와서 줄곧 샌들을 신고 다니다가 맥간에서 새로 산 운동화 덕분에 산행길이 한결 가벼웠다. 트리운드 가는 길이 짧고 순탄한 산길이라는 말을 듣고 어지간하면 샌들로 산행할까 생각했다. 하지 만 델리 빠하르 간지에서 산 150루피짜리 샌들이 자꾸만 발가락을 압박해 어쩔

트리운드로 가는 길목에서 만난 빨래터 아이들

수 없이 운동화를 샀던 것이다.

젊은이보다 앞서 올라간 나……, 욕심은 금물

사실 맥간에서 산 운동화도 등산에 적합한 신발은 아니었다. 밑창이 판판한 그냥 가벼운 운동화에 불과했다. 그런 운동화를 사게 된 것은 등산화 가격이 만만 치 않았기 때문이다. 쓸만하다 싶으면 2천 루피가 넘었다. 한국 돈으로 따지자 면 4만 원도 채 안 되는 가격이었지만 내 생활 방식에선 용납할 수 없는 큰돈이었 다. 그동안 나는 여름에는 고무신, 겨울에는 1만 원 안팎의 털신만 고집해 왔다.

샌들을 신고 가다가 발이 아프면 그냥 맨발로 산행을 시도해 볼까 했는데 친 절한 주상 씨의 걱정과 끈질긴 배려로 결국 맥간에서 가장 값싼 1천 루피짜리 가 벼운 운동화를 샀다. 비록 산행에 어울리지 않는 운동화였지만 발가락을 압박해 오는 샌들과는 비교할 수 없을 만큼 산행 길을 한결 수월하게 해 줬다. 마을을 벗 어나 제법 경사진 산길로 접어들 무렵 일행 중 누군가가 내게 말했다.

"힘들지 않으세요? 산을 엄청 잘 타시네요."

"내 별명이 뭔 줄 알어? 촌놈이여, 산에서 사는 촌놈. 여기 오기 전에 한동안 산 에서 살면서 매일 아침 산행해서 괜찮아."

인도에 오기 전 이런 날이 올 것에 대비해 아는 스님이 비워 둔 허름한 토굴옛 날에는 말 그대로 땅굴이나 바위 굴을 토굴이라 했는데 요즘은 스님들이 홀로 수행하기 위해 지은 단지 먹고 잘 수 있는 단출한 집을 말한다에서 반 년을 보내며 거의 매일같이 두 시간 정 도 거리의 산길을 걷고 또 걸었다. 덕분에 젊은 동료들에게 짐이 되지 않고 가벼 운 걸음으로 줄곧 앞장 서 걸을 수 있었다.

"아이구, 저희들은 숨 차 죽겠는데……."

"거시기 말여, 배꼽 아랫께, 단전이라는디 알지? 거기루 호흡하면서 올라가면 덜 힘들어."

자식뻘 되는 젊은 친구들에게 뒤처지지 않고 앞서 산행하고 있다는 것에 어깨가 으쓱거렸다. 그 기고만장의 힘으로 내 발걸음은 좀 더 속도가 붙고 있었다. 하지만 걸음걸이가 빨라진 만큼 숨이 가빠지기 시작했다.

　얼마 가지 못해 숨이 목구멍까지 차오르기 시작했다. 저만큼 뒤쳐진 동료들이 보였다. 내 발걸음에 속도를 맞추기 위해 무척 힘들어 하고 있었다. 그 자만감은 나뿐 아니라 나와 함께 길을 걷는 사람들까지 숨차게 만들고 있었던 것이다.

　걸음걸이를 늦춰 잠시 바위에 걸터앉았다. 숨차게 올라오고 있는 젊은 친구들을 물끄러미 바라보며 문득 나와 아내 사이가 그랬을 것 같다는 생각이 들었다. 제 잘난 맛에 겨워 '탐욕스러운 부조리한 세상'이 어쩌니 해 가며 소박한 삶을 앞세워 걸어가는 동안 아이들 엄마는 늘 힘든 걸음걸이로 뒤따라 올 수밖에 없었을 것이었다.

　누군가 신다가 버린 낡은 운동화, 값싼 고무신과 털신을 고집해 온 내 삶이 그랬듯이 잠자리며 입고 먹는 것을 최소한으로 하며 소박한 삶을 살아가고자 했다. 그게 탐욕으로 넘쳐나는 부조리한 세상에서 벗어날 수 있는 진보의 길이라 여겼고 그 길이 또한 행복으로 갈 수 있는 출구라 여겼다.

　하지만 남들처럼 평범한 일상을 꿈꾸었던 아내에게 그 길은 버겁게 다가왔을 것이다. 결국 내가 강요한 삶의 방식이 20년을 함께 살아온 진보주의자, 남편인 나를 거부하게 만들었던 것이다.

　젊은 친구들과 잠시 숨을 돌리고 나서 다시 길을 재촉했다. 얼마나 걸었을까? 시간을 재 보지 않아 알 수 없었지만 대략 세 시간 정도의 산행 끝에 앞뒤 시야가 탁 트인 평평한 언덕 위에 올랐다. 탁 트인 눈 앞으로 히말라야 설산이 그 자태를 드러냈다. 설산 주변으로 구름이 오락가락하고 있었다. 맥간 게스트하우스에서 처음 보았을 때의 감동과 또 달랐다.

티베트 사람들의 염원 담은 '룽따'

"아! 좋다!"

사진기로 다 담아 낼 수 없는 웅장함에 감탄사가 흘러나왔다. 더 이상 아무 생각이 들지 않았다. 나는 저 설산의 품에 안기고 싶은 마음으로 눈을 감고 두 팔을 벌렸다. 땀에 절은 온몸에 달콤한 바람이 안겨 왔다. 메마른 목구멍에 넘긴 물 한 모금의 달콤함으로 넋을 놓고 설산을 바라봤다. 아무 생각 없이 그냥 한참을 바라보고만 있었다.

언덕 위에는 산행자들의 쉼터인 게스트하우스 몇 채와 간단히 허기진 배를 채울 수 있는 구멍가게가 있었고 그 주변에서 몇몇 외국인들이 나처럼 히말라야 설산을 바라보며 멍 때리고 있다. 산행자들의 쉼터가 있는 언덕 위에는 좌우로 두 갈래의 산길이 있다. 우리 일행은 잠시 지친 몸을 바람에 날려 버리고 설산을 코앞에서 마주 볼 수 있다는 오른쪽 길의 종착점, 우리의 본래 목적지인 트리운드로 향했다. 트리운드로 향하는 길은 때론 가파르게 다가왔지만 대체로 완만한 산책 길이나 다름없었다.

트리운드로 가는 길을 수놓고 있는 붉은 꽃잎들

트리운드로 접어드는 길 한가운데는 그 이름을 알 수 없는 붉은 꽃들을 화사하게 피워 놓은 커다란 나무들이 보기 좋게 늘어서 있었다. 거기서 뚝뚝 떨어진 꽃잎이 우리들의 발길을 가볍게 해 줬다. 하지만 나는 동료들과 함께 얼마쯤 걷다가 돌아섰다. 맨 처음 올랐던 언덕에서 왼쪽으로 접어드는 산봉우리에 눈길이 꽂혔기 때문이다.

"암만 해두 나는 저기로 가야겠어."

"어디로요?"

"저기 반대편 산봉우리."

내가 젊은 친구들에게 손짓한 산봉우리에는 온통 오색 깃발들로 뒤덮여 있었다. 오색 깃발 속으로 걸어 들어가고 싶은 것도 있었지만 저 산봉우리에서 홀로 설산과 마주 보고 싶었다.

그렇게 나는 젊은 친구들과 헤어져 산길로 되돌아 내려와 오색 깃발 찬연한 산봉우리에 올랐다. 산봉우리로 향하는 길목에는 이름을 알 수 없는 야생화들이 곳곳에 피어 있었다. 가파르게 오른 산봉우리에는 형형색색의 오색 깃발들이 바람에 나부끼고 있었고 거기서 몇몇 티베트 사람들이 옷가지를 불사르고 있었다.

한국의 절에서 죽은 자들의 영혼을 하늘로 올려 보내는 천도제를 지내고 천도제에 쓰였던 옷가지들을 불에 태우듯이 이들 또한 죽은 사람의 유품을 태우며 극락정토를 염원하는 의식을 치르고 있는 듯했다. 그동안 사진을 통해서만 보아 왔던 히말라야 설산과 오색 깃발들이 바람과 함께 내 주변을 감싸 왔다. 황색, 백색, 홍색, 청색, 녹색의 이 다섯 가지 깃발을 티베트 사람들은 흔히 '다르촉' 혹은 '룽따'라 부르고 있다.

'룽따'를 한자 그대로 해석하면 '바람의 말'이라는 뜻으로 이 깃발 안에 새겨진 말馬을 얘기한다. 오색 깃발에는 불교 경전이 새겨져 있고 깃발의 여백에는 개인의 소원을 적어 놓기도 한다. '룽따'가 바람을 타고 하늘을 달려 부처님의 말씀과 함께 개인의 소원을 이루게 해 달라는 염원이 담겨 있다.

죽은 자들과 산자들의 염원이 담겨 있는 오색 깃발들, 매달아 놓은 지 얼마 되지 않은 새 깃발과 더불어 다 낡아 그 일부가 바람에 찢겨 나갔거나 색 바랜 깃발들로 뒤엉켜 있다. 사방팔방 산봉우리를 물들이고 있는 오색 깃발들이 마치 인간의 생로병사를 한 자리에 모아 놓은 듯하다.

제를 마친 티베트 인들이 산을 내려가자 마침내 나는 혼자가 됐다. 눈앞으로 펼쳐진 히말라야 설산과 마주 앉아 가만히 눈꺼풀을 내리고 숨 고르기를 한다. 숨이 들어오고 나감을 느끼며 의식을 따라가 본다.

예민하게 열린 내 의식 속에는 현실과 이상 사이에서 안절부절 못 하고 있는 내가 있다. 머릿속에 뒤엉켜 있는 의식들을 꼬리뼈 아래로 내려보내려 하지만 쉽지 않다. 혼란스럽기만 한 의식은 바람에 나부끼는 깃발처럼 흔들리고 있다. 깃발마다 담겨진 수많은 염원들이 바람 소리와 뒤엉켜 소란스럽게 내 귓전을 때린다.

'저 수많은 염원들 중에서 건강이나 제물, 극락정토보다는 자연에 순응해 살아

히말라야 설산과 티베트 인들의 염원이 담긴 오색 깃발 '룽따'(혹은 '다르촉')

가고자 하는 마음, 모든 생명들이 평화를 누릴 수 있는 세상을 염원하는 깃발들은 얼마나 될까. 평화로운 세상에서 살기 위해서는 먼저 내 안에 평화로운 마음이 깃들어 있어야 한다.'

내 염원을 담아 매달아 놓을 오색 깃발은 없었지만 나는 수많은 오색 깃발들 속에 파묻혀 내 안에 평화로운 마음이 깃들기를 기원한다. 얼마나 지났을까. 내 의식은 파르르 떨리는 눈꺼풀을 열어 구름 속에서 오락가락하는 히말라야 설산 아래로 내려간다.

도무지 길을 찾아 들어갈 수 없을 정도로 외떨진 아주 작은 마을로 향하고 있다. 마을이라 할 수 없을 정도로 집 몇 채가 전부다. 저 집들 중에는 수행자가 살고 있는 암자가 있을 것이다. 내 의식은 겨울이면 온통 눈에 뒤덮여 길조차 끊어져 버릴 것만 같은 작은 암자에 시선이 멈춘다.

'저 암자에는 어떤 수행자가 살고 있을까. 무슨 농사를 짓고 있을까. 모든 것을 다 버리고 농사를 지어 가며 저 곳에서 한 세월을 보내고 싶다.'

나는 다시 눈을 감는다. 감긴 눈 속으로 생각이 꼬리에 꼬리를 물고 늘어진다. 그 생각의 꼬리를 잡고 걸림 없는 바람처럼 자유롭게 상상의 문을 열고 그 암자 앞에서 얼쩡거린다. 하지만 내 의식은 더 이상 암자의 문을 두드리지 못하고 있다. 나는 다시 현실로 돌아온다.

'암자로 가는 길은 어디에 있을까.'

눈으로 내려다보는 것과 달리 꽤 먼 거리다. 암자로 내려가는 길을 찾았다 해도 암자 근처에 다가가기도 전에 어두운 산속을 헤매고 다녀야 할 것이다. 그렇게 나는 히말라야 기슭의 외딴 암자를 향해 발걸음을 내딛기도 전에 현실적인 잣대를 들이대고 있었다. 현실과 이상은 내가 앉아 있는 산봉우리와 저기 저 높다란 히말라야 기슭 아래 외딴 암자만큼이나 거리가 있었다.

히말라야 산길숲 저 아래 자리잡고 있는 아주 작은 암자가 보인다

몽환의 공간……, 그 암자엔 누가 살고 있을까?

현실과 이상 사이를 드나들고 있을 무렵 설산 주변을 오락가락 하던 구름들이 몰려다니기 시작했다. 갑작스레 하늘이 점점 어두워지면서 가는 빗방울이 떨어지기 시작했다. '히말라야는 변화무쌍하다.'는 말이 실감 나는 순간이다.

빗방울은 조급한 마음, 쓸데없는 생각을 접고 산을 내려가라며 내 등을 떠밀었다. 점점 굵어져 가는 빗물에 어깨가 축축해지기 시작했다. 나는 서둘러 산을 내려갔다. 하늘이, 히말라야가 현실과 이상 사이에서 오락가락하는 내 고민을 단박에 해결해 준 것이다.

비가 내려도 젖지 않을 것 같은 히말라야 설산에서 점점 멀어지고 있었지만 마음은 편했다. 기분 좋은 꿈길처럼 산길을 내려서는 발걸음조차 가뿐했다. 좋은 사람들, 마음자리가 맑은 사람을 만나고 하산하는 길처럼 가벼웠다.

산 아래 마을로 들어설 무렵 비가 그치기 시작했다. 침침한 하늘은 언제 그랬냐는 듯 맑아졌다. 그 길목에서 새 한 마리를 만났다. 어깨에 걸쳐 맨 천 가방에서 사진기를 꺼냈다. 망원 렌즈가 없었기에 녀석에게 가까이 다가가 사진기를 들이대야 했다. 그럼에도 돌담 위에 멀쩡하게 앉아 날아가지 않는다.

서터를 누르는 "찰칵 찰칵" 명쾌한 소리와 함께 녀석과 나 사이의 평화가 사진기에 말끔하게 담긴다. 욕심부려 한 발짝 더 다가가 서터를 누르자 녀석이 뿌르르 날아가 버린다.

'현실과 이상 사이는 물론이고 세상살이가 그러하질 않는가. 아무리 좋은 마음자리라 해도 욕심껏 너무 가까이에서 평화를 움켜쥐려 하면 그 평화는 깨지고 말 것이다. 부부 관계나 자식과 부모의 관계, 이웃과의 관계가 그렇다. 서로가 서로를 인정하고 적당한 거리에서 제자리를 지키고 살아갈 때 비로소 평화가 찾아올 것이다.'

변화무쌍한 히말라야, 그 이름을 알 수 없는 새가 그렇게 말하고 있는 듯했다.

마을로 내려오는 길목에서 만난 이름을 알 수 없는 새

밤길 걷다가는 알몸 신세?
인도 괴담의 진실

히말라야 산행에서 숙소로 돌아와 나와 나이가 엇비슷한 한국인 여행자가 입실했다는 소식을 듣고 방문을 두드렸다. 방문은 열리지 않고 창문 커튼이 열렸다. 그는 커튼 사이로 고개를 빼꼼 내밀고 내게 손짓한다.

'저리 가! 저리 가!'

그의 손짓이 그렇게 말하는 것 같았다. 분명 손 내미는 거지를 쫓아낼 때의 그런 손짓이었다. 그 손짓과 함께 이내 매몰차게 커튼을 닫아 버린다. 황당했다. 웃음이 나왔다. 나는 다시 방문을 두들겼다. 푸하하 유쾌하게 웃으며 큰 소리로 말했다.

"한국 사람 아니세요? 저도 한국 사람입니다. 잠깐 문 좀 열어 보세요."

잠시 후 문이 빼꼼 열렸다. 방문 고리를 잡고 고개만 내밀고는 그가 조심스럽게 말했다.

"진짜 한국 사람 맞습니까?"

봉두난발 머리에 덥수룩한 수염, 추레한 내 옷차림을 보더니 그는 내가 인도 사람인 줄 알았다는 것이다. 나는 한국에서 인도로 올 때 큰아이가 입고 다녔던 패딩 잠바와 아래 위 한 벌만 걸치고 왔다. 본래 거지처럼 싸돌아다닐 작정이었기에 그 옷을 외출복 겸 잠옷으로 입고 자고……. 일주일째 한 번도 빨지 않았다.

한국 사람도 인도 사람으로 착각하는 내 모습

동생이 건네준 흰색 윗도리는 땀과 먼지, 매연으로 이미 땟물에 절 대로 절어 거무스름해졌고, 바지도 크게 다를 바 없었다. 10여 년 전 아이들 엄마가 밤색 천을 이용해 대충 재봉질해서 만든 농사용 헐렁한 바지였는데 그것도 인도에 들어오기 전부터 이미 한 귀퉁이가 찢겨 있었다.

"내 꼬락서니 때문에 인도 거지인 줄 알았네뷰?"

"그냥 뭐……."

말끝을 흐리고 있는 그의 방 안에는 커다란 배낭 두 개가 보였고, 침상 주변에는 취사도구가 어지럽게 널려 있었다. 인도 음식이 입맛에 맞지 않아 취사도구를 가지고 다니며 직접 한국 음식을 요리해 먹는다고 한다. 그가 한국에서부터 짊어지고 온 두 개의 배낭 무게가 무려 30kg이 넘는다는 것이다. 묵직한 구형 노트북이 딸려 있는 내 배낭 무게보다 두 배 가까이 된다. 그가 짊어지고 다니는 배낭은 전쟁터로 나서는 군인들의 완전 군장 무게나 다름없었다.

부산인가 대구인가에서 왔다는, 나보다 나이가 서너 살이 더 많은 그와 통성명을 하고 내 방으로 돌아오면서 스스로 주문을 걸었다.

'내가 현지인을 닮긴 닮았나 보구먼, 한국 사람들이 나는 무서워하고 있고 더구나 인도 거지쯤으로 바라보고 있는데 인도 사람들을 두려워할 이유가 없지 않은가. 인도 거지를 위협할 사람이 누가 있겠는가.'

다음 날 나는 젊은 친구들과 떨어져 홀로 맥간 주변의 작은 농촌 마을을 찾아 단독 여행을 떠나기로 작정했다. 우리 일행 중에 한 젊은 친구가 걱정스러운 눈빛으로 말했다.

"낯선 마을에 혼자 다니면 위험하다는데, 괜찮으시겠어요?"

"한국 사람이 나를 인도 거지 취급하는데, 걱정할 게 뭐 있겠어?"

맥간 버스 터미널에 앉아 버스가 오락가락하는 것을 지켜보면서 버스 운전기

인도 거지 취급을 당하고 무작정 시골 마을을 찾아 나섰다. 맥
간에서 버스로 30여 분 떨어져 있는 텔마레이 마을

사나 현지인들에게 짧은 영어로 구
걸하듯 물었다.

"맥간 주변의 작은 농촌 마을로
가려 하는데 어느 버스를 타야 합니
까?"

두 시간 정도 빈둥거린 끝에 맥간
에서 30여 분 거리에 있다는 '텔마
레이현지인들 발음 그대로 옮긴 지명이다'
라는 낯선 곳으로 향하는 버스를 탔
다. 텔마레이라는 작은 마을은 맥간

과는 또 다른 절경을 펼쳐 놓고 있었다.

트리운드Triund 가는 길목에서 만났던 히말라야 설산보다도 더 가까이에 설산
이 펼쳐져 있었다. 높고 우뚝 서 있는 설산을 배경으로 제법 큰 게스트하우스들
이 여러 채 들어서 있었고, 그 중심으로 몇몇 작은 식당과 구멍가게들이 보였다.

마을 입구에는 작은 사원이 들어
서 있다. 그 앞, 전망 좋은 언덕 위에
개 몇 마리가 퍼질러 잠들어 있다.
개 팔자가 상팔자라는 말이 따로 없
다. 나는 개들 옆에 상팔자로 퍼질
러 앉았다.

언덕 위에 상팔자로 퍼질러 누워 있는 개들 앞으로 펼쳐져 있
는 마을 앞 사원과 델마레이 설산

지나가는 사람들이 붉은 천 가방
하나 달랑 걸쳐 메고 개들과 함께
퍼질러 있는 나를 힐금힐금 쳐다본
다. 나도 그들을 본다. 눈길이 마주

치면 눈인사를 나눈다. 그렇게 구름
이 오락가락, 힘 있게 뻗어 있는 설
산과 낯선 사람들과의 무언의 소통
에 재미를 붙이다가 20여 채의 가
옥들이 올망졸망 모여 있는 언덕 뒤
편 작은 마을로 들어섰다.

마을에서 만난 인도 여인들. 사진을 찍으면서도 뜨개질하는
손을 놓지 않고 있다.

다들 마켓에 나가 돈벌이를 하고
있는 것일까. 마을에 남자들이 보이
지 않는다. 아낙네들이 집을 지키고
있다. 키 낮은 담장을 사이에 두고
만난 아낙네들이 난데없이 "나마스떼"를 남발하고 다니는 이방인을 미소로 반겨
준다.

미소를 보여준 아낙들……, 집까지 초대해 '짜이' 대접

뜨개질을 하고 있는 세 명의 아낙네들에게 다가가 내가 사진기를 꺼내 들자 호
기심 어린 눈빛으로 사진기 앞에서 활짝 웃어 준다. 사진을 찍으면서도 여전히
뜨개질하는 손을 부지런히 움직이고 있다.

언덕배기에 자리한 산간 마을이 그렇듯이 이 마을 주변에는 너른 농지가 보이
지 않는다. 다만 집 주변 곳곳에 작은 텃밭들이 딸려 있다. 텃밭 대부분에는 한창
피어오르고 있는 유채꽃과 함께 겨울을 이겨 낸 마늘이 푸르게 올라오고 있다.
비좁은 골목길을 따라 걷다가 마을 언덕길 아래에서 어린 아이를 안고 있는 아낙
네를 만났다.

"사진을 찍어도 되나요?"

내가 사진기를 내보이자 아이 엄마가 집으로 내려오라는 손짓을 한다. 집 안으

로 들어서자 작은 마당 앞으로 너른 들과 산자락이 펼쳐져 있다. 집 안 거실에서 아이의 할머니로 보이는 여인이 재봉질을 하고 있었다. 아이 엄마가 짧은 영어로 내게 물었다.

"어디서 왔나요?"

"한국에서 왔습니다. 한국을 아세요?"

"모릅니다."

"어떤 농사를 짓고 있습니까?"

"……."

"나, 역시 영어를 잘 못합니다."

나보다 영어가 짧은 아이 엄마가 인도 사람들이 즐겨 마시는 짜이를 내온다. 한국의 시골 할머니들이 마시는 커피처럼 무척 달았지만, 나는 엄지손가락을 내보이며 맛있다고 치켜세웠다. 무언의 대화로 서로 웃어 가며 사진을 찍고 있는데 옆집 아줌마가 마실을 왔다. 그녀는 나와 비슷한 영어 수준이었다.

"한국에서 왔다고요? 무슨 일로 왔나요?"

마을을 돌다가 아이를 안고 있는 엄마로부터 인도차 짜이를 대접받았다.

"여행자입니다."

"인도에 온 지 얼마나 됐나요?"

"일주일 됐습니다."

"어떤 직업을 가지고 있나요?"

"한국에서 농사일을 하면서 글을 쓰고 있는데, 농사일은 작년부터 손을 놓고 있습니다."

나는 30대 초반으로 보이는 이웃집 여인네와 기초 영어 회화반 친구처럼 서툰 영어를 주거니 받거니 하

면서 깔깔거렸다. 그러자 아이 엄마
와 할머니의 얼굴빛이 점점 굳어져
가고 있었다. 그깟 영어 몇 마디 때
문에 졸지에 따돌림을 당한 것이다.
　'우리 집 손님인데, 니가 왜 설쳐
대고 있냐.'
　이웃집 아줌마를 바라보는 눈빛
이 대략 그랬다. 나는 즉시 사태 파
악을 하고 눈치껏 화제를 바꿨다.
　"재봉질 하는 모습을 사진에 담아
도 될까요?"
　이웃집 아줌마의 통역을 통해 들
은 할머니가 재봉틀 앞에서 자리를
털고 일어선다. 거절하겠다는 뜻이
다. 내가 무안해서 잠시 어색하게
있는데, 이웃집 아줌마가 말했다.
　"우리 집에 가서 짜이 한 잔 더 하
겠습니까?"
　"아, 고맙지만 사양하겠습니다.
맥간으로 돌아가는 버스 시간 때문
에 안 됩니다."
　휴대 전화를 꺼내 시간을 확인해
봤다. 맥간으로 돌아갈 버스 시간은
아직 한 시간이나 남았다. 하지만

당나귀를 몰고 가는 인도 사람. 산 그림자가 마을에 내
려앉기 시작하자 마을 사람들이 다들 풀어 놓은 가축들
을 몰고 집으로 돌아가기 시작했다.

이웃집 아줌마를 따라나선다면 집으로 초대해 준 아이 엄마와 할머니에게 배신 감을 안겨 줄 것 같았다. 나는 아이 엄마와 할머니에게 거듭해서 고맙다는 인사를 건네고, 이 애매한 상황에서 빠져나오기 위해 자리를 털고 일어섰다.

마을을 빠져나오면서 기분 좋은 웃음이 터져 나왔다. 참으로 순박한 사람들이었다. 내게 미소를 건네는 것만으로도 고마운 일인데 아무런 조건도 없이 친절을 베푸는 사람들이 아닌가. 인도에서 처음으로 만난 산촌 사람들, 그들의 미소가 아까 마셨던 짜이만큼이나 달콤하게 다가왔다.

나는 마을을 빠져나와 언덕 위에 누워 있는 개들 틈에 앉았다. 언덕 위에서는 버스가 오고 가는 것을 훤히 내려다볼 수 있다. 생각 없이 멍 때리기를 즐기고 있는 틈을 타, 어느새 마을에 산 그림자가 드리워지고 있었다. 마을에 산 그림자가 내려앉기 시작하자, 마을 사람들이 목초지에 풀어 놓았던 가축들을 몰고 집으로 들어가기 시작했다.

맥간으로 돌아가는 길, 버스를 잘못 탔지만……

그 무렵 언덕 위에 누워 있던 개들이 앞다리를 쭉쭉 펴 가며 슬금슬금 일어서기 시작했다. 코를 벌름거리며 내 주위를 빙빙 돌던 녀석들이 갑자기 컹컹 짖어 대며 언덕을 뛰어 내려간다. 어느 짐승인가 자신의 영역을 침범했나 보다. 잠시 후 개들이 뛰쳐나간 길을 따라 버스 한 대가 들어왔다.

맥간으로 향하는 버스 시간이 30여 분이나 남아 있었기에 나는 개들과 달리 슬금슬금 언덕길을 내려가 종점에서 버스를 돌려놓은 기사에게 물었다.

"맥간으로 갑니까?"

"다람살라로 갑니다."

옆에 있던 차장이 끼어들었다.

"맥간으로도 갑니다. 버스가 곧바로 출발하니 타세요."

나는 맥간을 거쳐 다람살라로 가
는 버스로 알고 금방 출발한다는 버
스를 잡아탔다. 맥간으로 가는 버스
시간과 얼추 같은 시간이었다. 버스
는 5분도 채 안 돼 출발했다. 중간에
서 몇몇 사람이 올라탔다.

버스에 오르는 한 여인과 눈이 마
주쳤다. 그녀가 살포시 웃었다. 얼
떨결에 나도 따라 웃으며 목례를 했
다. 그녀의 미소는 마을에서 만난
여인들의 미소와 또 달랐다. 빨려
들어갈 듯한 그윽한 눈빛과 미소는
뭐라 설명할 수 없을 정도로 황홀
했다.

평범한 티베트 여인네들의 전통
의상 '츄빠'에 '빵댄'이라 불리는 앞

맥간을 거쳐 간다는 차장의 말에 따라 무작정 올라탄 버스. 잘
못된 버스였지만 티베트 여인의 미소를 만날 수 있었다. 그 보
살의 미소를 떠올리며 먼지 풀풀 나는 인적 없는 신작로를 두
려움 없이 걸을 수 있었다.

치마를 두른 그녀는 내 뒷좌석에 앉
았다. 50대 중반쯤 됐을까. 나이를 가늠하기 어려운 그녀의 눈빛과 미소를 사진
기에 담고 싶었다.

나는 고개를 돌려 그녀를 힐금 바라보았다. 그녀가 다시 미소를 보냈다. 화장
기 하나 없는 얼굴, 그녀의 눈가에 잡힌 주름살조차 아름다웠다. 나는 공연히 창
밖에 사진기를 들이대고 도로를 점거하다가 어슬렁어슬렁 비켜서고 있는 소들
에 초점을 맞춘다. 사진을 찍고 싶다고 말해 볼까. 하지만 더 이상 뒤를 돌아볼
용기가 나질 않는다.

"헤이, 여기서 내려요!"

"예? 나요?"

"그래 당신, 여기서 내리라고요."

티베트 여인의 미소에 취해 있는 내게 버스 차장이 거듭해서 말했다.

"여기 맥간 아닌데요."

"저, 길로 곧장 걸어가면 맥간이 나옵니다."

차장은 저 길이 맥간으로 가는 길이라며 손짓을 했다. 버스는 내가 내리지 않으면 곧장 출발할 기세였다. 맥간을 거쳐 간다고 하지 않았느냐고 따질 틈도 없이 서둘러 버스 출구 앞으로 나서는데 누군가 내 등을 두드렸다.

티베트 여인이었다. 그녀가 내게 미소를 건네며 뭔가를 내밀었다. 사진기 보호집이었다. 서두르는 바람에 버스 바닥에 흘렸던 것이다. 나는 고맙다는 말을 건네지도 못한 채 급히 버스에서 내려 손을 흔들었다. 그녀 역시 내게 손을 흔들며 환하게 미소를 보낸다. 순간 나는 한없이 자비로운 미소를 띤 보살상을 떠올렸다. 아니, 그 어떤 그림이나 조각이 저 자애로운 미소를 본 뜰 수 있겠는가. 그녀의 미소는 살아 있는 보살의 미소였다.

맥간과 다람살라로 갈라지는 길목에서 나는 내가 가야 할 길을 잠시 잊어버리고 버스가 시야에서 사라질 때까지 한참을 서 있었다. 버스가 아니라 그녀가 내 눈앞에서 사라지고 있었다. 나는 도로 양편으로 몇몇 식당과 구멍가게들이 들어서 있는, 그 이름을 알 수 없는 지역에서 차장이 손짓으로 알려 준 맥간으로 향하는 길을 향해 무작정 걸었다.

이것이 있으면 저것이 있기 마련이다. 나는 낯선 곳에 내려 준 버스 차장에게 화를 내기 보다는 오히려 고맙게 생각했다. 내가 차장의 꼬임에 넘어가지 않고 맥간 가는 버스를 제대로 탔다면 어찌 저 티베트 여인의 미소를 만날 수 있었겠는가.

나는 신작로에 짙게 드리워지고 있는 어두운 산 그림자를 밟고 걸었다. 저 멀리 흐릿하게 머리를 내밀고 있는 히말라야 설산을 나침반 삼아 어둠이 다가오고 있는 신작로를 걷고 또 걸었다. 인적 없는 신작로 위로 아주 뜸하게 지프나 트럭이 탈탈거리며 다가와 뽀얗게 먼지를 쏟아 내고 사라졌다. 그들은 더러 먹잇감을 노리는 사냥꾼처럼 내게 번득이는 눈빛을 보내기도 했다.

맥간 게스트하우스에서 나를 인도 거지 취급했던 한국인 중년 사내가 내 모습을 보았다면 분명 이렇게 말하며 혀를 끌끌 찼을 것이다.

"혼자 밤길을 걷다가 알몸으로 발견되었다는 등 흉흉한 소문이 자자한 인도에서 그것도 어둠이 내리고 있는 인적 없는 낯선 길을 혼자서 걷다니……, 겁을 상실한 놈, 정신 나간 놈이 아닌가."

그렇게 나는 정신 나간 놈처럼 맥간 게스트하우스에 도착할 때까지 목구멍이 따끔거릴 만큼 뽀얀 먼지를 뒤집어쓰고 티베트 여인의 미소를 떠올리며 걷고 또 걸었다. 그 티베트 여인의 미소가 어둠이 깔리고 있는 인적 없는 신작로 길을 환하게 비춰 주었다. 사람만큼 두려운 존재가 어디에 있겠으며 또한 사람만큼 자애로운 존재가 어디에 있겠는가. 어떤 마음으로 길을 가느냐의 선택은 결국 내 자신에게 달려 있었다.

맥주 두 병에 까먹은 내 나잇값,
용서 쉽지 않네

수도꼭지를 틀어 놓은 것처럼 눈물이 하염없이 흘러나왔다. 주변 사람들이 힐
끔거리며 쳐다보고 있었지만 눈물은 멈추지 않았다. 친절한 유주상 씨가 걱정스
런 눈빛으로 내 곁으로 다가왔다.

"선생님, 왜 그러세요?"

"나도 모르겠네, 그냥 막 눈물이 나오네요."

다람살라에 자리한 티베트 임시 정부의 중심 사원이라 할 수 있는 남갈 사원
Namgyal Gompa에서 마니차를 돌리다가 주체할 수 없는 눈물을 쏟아 냈다. 목구
멍을 타고 오르는 감정의 덩어리를 꿀꺽꿀꺽 넘겨 가며 눈물을 참아 보려 했지만
소용이 없었다.

"아, 창피해 죽겠네, 내가 왜 이러는지 모르겠네……."

'한 번 돌리면 불교 경전을 읽은 것이나 다름없다'는 둥근 원통의 마니차는 맥
간 곳곳에서 만날 수 있다. 신앙심 깊은 티베트 사람들이 손에 들고 다니며 끊임
없이 돌리는 마니차, 작은 것에서부터 보통 사람 키보다 더 큼직한 것까지 다양
하다. 신앙심 깊은 티베트 불교의 순례자도 아닌 내게 마니차가 대체 무엇이길
래 그토록 눈물을 흘리게 만들었던 것일까.

저만치에서 두 팔과 두 다리와 이마를 땅바닥에 납작 엎드려 대고 수없이 절하

남갈 사원 입구에 걸려 있는 티베트 열사들의 사진

고 또 절하는 티베트 사람들이 흐릿하게 보인다. 오체투지 하는 그 모습들이 내 머릿속에서 겹쳐졌다. 나라를 잃고 망명 생활을 하고 있는 티베트 인들의 온갖 고난사가 어지럽게 떠올랐다.

티베트 고난사……, 곳곳에 남아 있는 그 흔적

사원에 들어서기 전에 티베트 박물관에서 보았던 영상물, 사원 입구에 걸린 사진들이 떠올랐다. 중국 인민해방군의 총부리에 쫓겨 히말라야 산맥을 넘는 티베트 인, 티베트 독립을 외치며 분신자살한 수많은 티베트 열사들……

1949년 중국 인민해방군이 티베트를 침공했다. 힘이 약한 티베트는 중국의 무력에 제대로 저항조차 못 했고 결국 중국의 한 자치구가 되었다. 그 후 50여 년 동안 최소 120만 명에 이르는 사람들이 목숨을 잃었다. 수없이 많은 사원들이 쑥대밭이 되었다.

티베트 인들에게 사원은 예술과 학문이 전수되던 배움터나 다름없다. 하지만 신앙의 자유를 주겠다던 중국은 1950~1980년에 걸쳐 6천 곳 이상의 사원을 파괴했다. 1970년대 말에는 남은 사원이 여덟 곳 밖에 되지 않았다고 한다.

티베트 사람들이 '생불'로 여기는 달라이 라마는 1959년 인민해방군의 추격을 피해 3개월에 걸쳐 히말라야를 넘어 인도로 탈출한다. 탈출 과정에서 수많은 사람들이 목숨을 잃었다. 1959년 티베트 반란 직후 몇 년 동안 히말라야 산맥을 넘어 살아남은 사람들은 8만 명이었다. 그 후로도 티베트 인들은 히말라야를 넘어 끊임없이 탈출을 감행해 현재는 14만여 명에 이르는 사람들이 망명 생활을 하는 것으로 알려졌다.

히말라야 산맥을 넘어 인도에서 망명 생활을 하는 티베트 인들의 고난, 티베트의 독립을 외치며 자신의 몸을 불살랐던 수많은 젊은 청춘들의 희생이 가슴 저리게 파고들었다. 그러나 그것이 눈물이 쏟아져 나온 이유의 전부는 아니었다.

티베트 인들의 슬픔과 내 안에 잠재되어 있는 그 어떤 슬픔의 덩어리가 한데 뒤엉켜서 나온 눈물이었다. 그 슬픔을 딱히 뭐라 말할 수 없었다. 하지만 누군가에게 억압당하고 그 누군가를 미워하고 증오하는 세상, 그 세상 속에서 살아갈 수밖에 없는 근원적인 슬픔이었다.

다음 날 이른 아침부터 맥간에서 티베트 도서관과 망명 정부를 둘러보기 위해 다람살라로 향했다. 다람살라로 가는 길은 내리막길이었다. 그만큼 맥간은 다람살라에 비해 높은 지대에 자리 잡고 있었다.

이른 아침이라 그런지 외국인 관광객들이 뜸했다. 한적한 길가에서 엄마나 아버지 손을 잡고 통학 버스를 기다리는 아이들을 만났다. 부모의 손을 잡고 버스를 기다리고 있는 녀석들은 이제 갓 입학한 녀석들이라고 한다. 교육을 그 무엇보다 중요시 여기는 티베트 인들에게 아이들은 티베트의 또 다른 희망이다.

통학 버스를 기다리는 아이들을 지나치자마자 도베르만을 닮은 검은 개 한 마리가 다가왔다. 녀석이 컹컹 짖어 대며 달려든다. 나는 본래 개를 무서워하지 않기에 험악하게 달려드는 녀석에게 손을 내밀었다. 녀석이 꼬리를 내리고 이내 혓바닥을 내민다. 그 덩치 큰 놈이 강아지처럼 두 발을 세워 내 가슴에 안긴다.

개의 성품은 주인이나 그 주변 사람을 닮기 마련이다. 이제 막 문을 열어 놓은 상점에서 짜이를 마시고 있던 티베트 사람 몇몇이 개와 뒤엉켜 있는 내 모습을 보더니 환하게 웃어 가며 손짓을 한다.

"짜이 한 잔 하고 가세요."

"괜찮습니다. 티베트 도서관에 가려고 하는데 어디로 가야 합니까?"

"이 길 따라 쭉 가세요. 마을이 나오면 다시 물어보세요."

사전 정보는 물론이고 지도 한 장 없었다. 나는 길가에서 만나는 사람에게 물어물어 티베트 도서관을 찾아갔다. 티베트 도서관에서 관리한다는 게스트하우스에서 라마 승려인 동생과 인연이 깊다는 한국인 스님을 만나기로 했다. 그가 어느 숙소에 묵고 있는지 티베트 도서관을 통해 알아내야 하는데 문이 닫혀 있었다.

나를 위해 특별히 만두를 만들어 주는 사람들

한국에서 생활할 때나 인도에 와서나 본래 아침밥을 먹지 않았지만 도서관 개관 시간을 맞추기 위해 근처 식당을 찾아가 모모^{만두}를 주문했다. 그런데 아침에는 먹을 수 없다고 한다.

강의 시간을 기다리며 식당에서 짜이를 마시던 라마승을 만나 간단한 대화를 나눴다. 티베트 도서관에서 불교 강좌를 진행하고 있는데 보통 한 강좌에 30여 명의 외국인들이 수강한다고 한다. 라마승 말로는 점심 때가 되어야 모모를 먹을 수 있다고 한다. 짜이를 한 잔 마시고 모모 대신 무엇을 먹을까 고민하고 있는데 인상 좋은 티베트 식당 주인이 다가왔다.

"특별히 모모를 준비해 줄 수 있는데 시간이 좀 걸립니다."

"도서관 문을 아직 열지 않았으니까 상관없습니다. 기다리겠습니다."

도서관 주변에는 티베트 불교를 공부하는 건물이 따로 마련되어 있다. 그 건물 주변으로 하나둘씩 사람들이 모여들기 시작했다. 대부분 외국인들이었다. 이제 티베트 불교는 신앙심 깊은 티베트 인들만의 불교가 아니었다. 달라이 라마는 중국인들도 용서와 자비심으로 대해야 한다고 말한다. 그의 자비로운 걸음걸이만큼 티베트 불교는 전 세계로 번지고 있다.

1960~1970년대에 들어서면서 유럽과 미국 사람들은 티베트 승려들로부터 티베트 불교를 배우기 시작했다. 1970~1980년대에 이르러서는 프랑스, 독일, 미국, 영국을 비롯해 호주, 스페인, 그리스, 캐나다, 이탈리아 등지에 티베트 불교 센터가 생겨났다. 한국에는 2000년대에 들어서 티베트 불교 센터가 들어섰다. 이와 함께 세계 곳곳의 대학에 티베트학과가 개설되고 티베트 어 불교 경전이 여러 언어로 번역됐다. 그 중심에 티베트 망명자들이 있다.

식당 안에는 나이 어린 티베트 스님, 라마승 몇몇이 갓 구워 낸 밀가루 빵 '짜파티'를 먹으며 텔레비전에서 방영하는 영화를 보고 있었다. 등장인물들의 몸짓과 음성이 따로 놀고 있는 오래된 인도 액션 영화다. 다들 넋을 놓고 영화에 집중하고 있다. 이들보다 두세 살 더 먹어 보이는 라마승 몇몇이 들어오자 먼저 와 있던 어린 라마승들이 식당을 빠져나갔다.

리모컨을 독차지한 열 예닐곱 살 돼 보이는 라마승이 여기저기 채널을 돌린다. 오전 8시 30분쯤에 주문한 모모는 9시 20분이 넘도록 나오지 않는다. 식당 안과 밖으로 손님들이 대기하고 있어 주방 안에서 일하는 두 사람의 일손으로는 역부족인 듯싶다. 아침에는 나오지 않는다는 모모를 나를 위해 특별히 만들어 내오는 것이기에 늦을 수밖에 없다.

느릿느릿 식사를 마친 라마승들은 좀처럼 나갈 생각을 하지 않고 여전히 텔레비전 채널을 부지런히 돌려 댄다. 식사하러 온 것이 아니라 위성 텔레비전의 다양한 채널을 탐색하러 온 것 같다.
이들 어린 라마승들에게는 나라 잃
은 티베트의 고난사는 까마득한 과
거처럼 다가올 것이다.

티베트 도서관 옆 식당에서 만난 어린 라마승들이 텔레비전
에 푹 빠져 있다.

　인도에서 방영하는 위성 채널과
어린 라마승들을 지켜보는 재미에
푹 빠져 있다 보니 한 시간이 훌쩍
지났다. 드디어 모모가 나왔다. 다
소 짠맛이 배어 있는 모모를 배부르
게 먹고 나서 도서관으로 향했다.

　우리나라의 불화와 크게 다르지 않아 보이는 티베트 불화가 걸려 있는 도서관
을 둘러봤다. 사서로 보이는 티베트 여인에게 원명 스님을 아느냐고 묻자 잘 모
르겠다고 한다. 도서관에서 관리하고 있는 게스트하우스에는 많은 외국인이 생
활하고 있단다.

　"여기에서 아주 오랫동안 생활하고 있는 한국인 남자 스님인데요……."

　20년 전부터 다람살라를 오고가며 티베트 불교를 공부하고 있는 한국 스님이
라고 하자 그제야 누군지 알겠다고 말한다. 일손 바쁜 시간임에도 그녀는 친절
한 미소로 원명 스님이 묵고 있다는 숙소 근처까지 안내한다.

　문을 열고 들어서자마자 원명 스님이 보였다. 스님은 어제 남갈 사원에서 나를
보았다고 인사했다. 화장실과 주방이 딸린 원룸으로 되어 있는 숙소에는 짐 꾸
러미들이 널려 있었다. 한국으로 떠날 준비를 하고 있었다.

　"제가 여기저기 안내해 드릴 수 있는데, 며칠 후면 한국으로 떠나야 돼서 아쉽
네요."

　원명 스님은 한국으로 짐을 보내야 함에도 불구하고 그 시간을 쪼개 지도를 펼

처 놓고 인도에서 가 볼 만한 여행지를 상세하게 알려 줬다.

스님이 소포 붙일 시간이 임박해 서둘러 길을 나섰다. 소박한 건물에 들어서 있는 티베트 임시 정부 청사와 병원 등을 먼발치에서 둘러보고 맥간으로 향했다. 하지만 소포는 우체국 마감 시간에 맞추지 못해 결국 부치지 못했다.

달라이 라마가 가르치는 용서, 실천하기 어렵다

미안해 어쩔 줄 모르는 내게 스님이 식사를 대접하겠다며 우체국 옆에 자리한 '피스 카페peace cafe'로 들어섰다. 피스 카페는 한국인 아줌마와 티베트 아저씨 부부가 운영하는 식당으로 알려졌다. 15명 정도 앉을 수 있는 소박한 피스 카페는 음식 맛이 일품인데다 값이 저렴하여 한국인들은 물론이고 많은 외국인들이 즐겨 찾는단다.

델리에서부터 동행한 우리 일행은 맥간에 도착한 첫날 이 식당에서 식사를 했다. 6명이 네 가지 음식을 시켜 나눠 먹었는데 한 사람 당 40루피, 우리나라 돈으로 800원도 채 안 된다. 나는 맥간에 머물면서 종종 이 식당을 찾고는 했다.

7년 전, 인도 여행길에서 다람살라를 찾아왔다가 티베트 남자를 만나 두 아이의 엄마가 된 카페 안주인 송민경 씨, 초등학교에 갓 입학한 큰딸이 식탁에 엎드려 글쓰기를 하고 있었는데 티베트 어는 물론이고 한국어와 영어, 힌디 어 등 4개 언어를 배우고 있다고 한다.

맥간 대부분의 식당에서 만날 수 있는 달라이 라마 사진이 이 식당에도 걸려 있다. 티베트 인들은 자신들의 정신적인 지주인 달라이 라마를 '존자님'으로 호칭하며 생불로 여기고 있다. 이 식당에 갈 때마다 내 눈길을 끄는 것은 맥간 어디서나 쉽게 만날 수 있는 달라이 라마 사진이 아니었다. 벽면에 걸려 있는 한 폭의 그림이었다.

그림 속에서 눈물 젖은 밥을 먹고 있는 티베트 소녀의 슬픔 어린 눈망울을 볼 때마다 가슴이 저려 왔다. 티베트 인들의 고난사가 이 한 폭의 그림에 고스란히 담겨 있었기 때문이다.

달라이 라마가 티베트 난민들과 함께 히말라야 산맥을 넘어 인도에 망명 정부를 세운 1959년, 인도 정부는 난민촌을 세우고 티베트 난민 3만 명을 받아 주었다. 그러나 두터운 양털 옷을 입고 인도에 도착한 난민들은 열대의 더위와 장맛비에 시달렸다. 변변치 못한 먹을거리로 굶주림에 시달리던 난민들에게 열대 지방의 치명적인 병균들이 급습했다. 그해 어른 아이 할 것 없이 수많은 사람들이 죽어 나갔다. 그로부터 50여 년이 지난 지금은 굶어서 죽어 나가는 티베트 인들은 찾아볼 수 없다.

맥간 '피스 카페'에 걸려 있는 그림. 슬픔으로 가득한 눈망울로 밥을 먹고 있는 티베트 소녀

그날 저녁, 우리 일행들은 맥간에서의 마지막 날을 기념하자며 치킨과 맥주 한두 병씩 사들고 숙소로 돌아왔다. 숙소에는 이미 서양인 6~7명이 모여 떠들썩하게 술판을 벌이고 있었다. 아래층에서 머물던 우리 일행들에게 조용히 하라며 까다롭게 굴었던 나이 많은 독일인 여자도 보였다.

우리 숙소 앞에서 술판을 벌이는 것이 미안했는지 서양인들이 자리를 함께하자고 했다. 하지만 모두가 한자리에 앉을 수 없어 우리는 따로 자리를 마련했다. 그날 저녁 대구에서 왔다는 대학생이 합류했기에 우리 일행은 모두 7명으로 늘어났다.

맥간에서 보냈던 나흘간을 기분 좋게 풀어 놓고 한창 술판을 벌이고 있는데 30대 초반으로 보이는 서양인이 술잔을 들고 다가왔다. 자신을 캐나다 사람이라고 소개하더니 우아하고 가냘픈 몸짓으로 내게 대뜸 수염이 너무 멋지다며 거듭해서 관심을 보였다. 프랑스 인 아버지와 독일인 엄마 사이에서 태어났다는 그 캐나다 사내는 술에 취해 횡설수설했지만 기분 나쁜 사내는 아니었다. 그가 다시 서양인들이 모여 있는 제자리로 떠나자 한국 친구들이 내게 한 마디씩 농담을 건넸다.

"저 사람 게이 같은데요."

"선생님 좋아하나 봐요."

"독일 할머니도 선생님하고 얘기할 때는 뭐라 그러지 않더니, 독일 할머니처럼 저 사람도 선생님을 좋아하는 것 같은데요."

"게이라고 해서 나쁘게 보면 안 되지, 게이일지도 모르지만 저 친구 사람 좋아 보이잖아. 근디 왜 하필이면 나이 많은 할머니나 남자가 나를 좋아하지? 여기 이쁘고 멋진 청춘들이 수두룩헌디잉. 그려, 그래도 좋아한다니 좋구먼."

우리는 화제를 바꿔 서양 남자들이 왜 동양 여자들을 좋아하는지에 대해 얘기했다. 그러다가 동남아인가 유럽 쪽인가를 통해 인도로 들어왔다는 대구 청년이 그 작은 눈을 이리저리 굴리며 불만스럽게 말했다.

"미국 사람들과는 달리 유럽 애들은 질이 안 좋아요."

"같은 서양인이라 해도 미국 사람들보다 유럽 사람들이 차라리 낫지 않을까? 내가 군대 생활을 할 때 미군 애들과 근무한 적이 있었는데 그 놈들은 한국 여자를 성 노리개쯤으로 여겼어."

맥주 두 병에 술기운이 오르던 나는 군 생활을 하면서 미군 헌병들과 근무했던 기억을 더듬고 있었다. 미군 얘기가 입 밖으로 튀어나오자 나는 점점 감정을 억제하지 못하고 있었다.

"미군 애들은 우리를 속국으로 여기고 있다니께. 그런 놈들이 뭐가 좋다고. 전쟁과 학살이 일어나는 지역을 보라고 대부분 미군 놈들이 개입되어 있다구. 석유 뽑아 먹으려고 이라크를 침공할 때 어땠는 줄 알아? 이라크의 어린애들이 폭격으로 처참하게 죽어 나가고 있을 때 80%에 가까운 미국 놈들이 전쟁을 찬성했다고, 용서할 수 없는 놈들이지."

갑자기 분위기가 무거워졌다. 사실 대구 청년은 자신이 만난 미국 사람들을 얘기한 것이었는데 나는 미국인 모두를 '미군'으로 싸잡아 얘기하고 있었다.

열흘 가까이 함께 했던 동료들조차 멀뚱멀뚱 아무 말도 하지 않고 있었다. 점점 무거워져 가는 분위기를 파악하고 자리를 털고 일어섰다. 나잇값도 못 하고 공연히 동료들에서 공격적으로 말해서 미안했다. 이래서 나는 제 감정 조절조차 못하는 얼치기 진보주의자였던 것이다.

"아이구, 맥주 두 캔에 술이 취했내벼, 미안혀 공연히 큰소리쳐서, 나 먼저 들어가 잘게, 재밌게들 놀어."

내 방으로 돌아오면서도 여전히 용서할 수 없는 인간들에 대해 화 기운을 가라앉히지 못하고 있었다. 그 화 기운을 가라앉히기 위해 달라이 라마의 용서를 떠올렸다.

"용서는 값싼 것이 아니다. 화해도 쉬운 것이 아니다. 하지만 용서할 때 우리는 누군가에게 문을 열 수 있다. 그 문을 열기 위해서는 무조건 용서해야 한다. 가장 큰 수행은 용서다."

하지만 그게 어디 말처럼 쉬운 일인가. 용서란 진정으로 제 잘못을 인정하는 사람에게만 가능한 것이다. 중국이나 미국 등 강대국들 그리고 일말의 양심도 없이 거짓과 권력을 무소불위로 휘둘려 대는 한국 정치인들과 법조인, 자본가들, 제 잘못을 인정하기는커녕 적반하장으로 오히려 큰소리치고 있는 저 인간 말종들을 어떻게 용서할 수 있겠는가.

나는 내 안에 큰 스승으로 자리 잡고 있는 달라이 라마의 법문조차 정면으로 반박하고 있었다. 가장 큰 수행은 용서라고 하지만 내게 용서라는 단어는 여전히 아주 먼 곳에 있었다. 그렇게 나는 자비심 그 자체라 할 수 있는 달라이 라마의 기운이 서려 있는 맥간에서의 마지막 밤 내내 화 기운과 마주하고 있었다.

"아, 어제 다르고 오늘 다른 마음자리를 어떻게 다스려야 한단 말인가. 티베트 사원에서 끊임없이 흘러나왔던 어제의 눈물은 평화를 갈망했던 자비심이 아니라 단지 분노였단 말인가. 자비심 없는 분노는 너와 나 모두를 파멸로 이르게 하질 않던가."

황금 400kg 쏟아 부은 사원에
입장료가 없다니……

다람살라를 뒤로하고 암리차르로

3박 4일 동안 다람살라를 다 둘러보기에는 역부족이었다. 델리에서부터 동행한 다섯 명의 동료들은 30여 일이라는 짧은 여행 동안 둘러볼 곳이 많았기에 더이상 지체할 수 없었다.

내 인도 일정은 그들과 달리 150여 일. 일정에 쫓겨 서두를 일도 없었지만 얼떨결에 젊은 동료들을 따라 인도 북서부에 위치한 암리차르로 향하는 7인승 택시를 잡아탔다. 택시비는 여섯 명이 나눠서 부담했다. 버스비와 비교해 큰 차이가 나지 않고, 중간중간 원하는 장소에서 사진을 찍어 가며 쉴 수 있었다.

나는 본래 다람살라나 암리차르를 마지막 여정지로 잡아 놓고 있었다. 내 머릿속에 그려져 있던 모든 일정이 젊은 동료들을 따라나서고부터 뒤죽박죽이 되어가고 있었지만, '이러면 어떻고 저러면 또 어떠랴.' 싶었다.

시크교도들이 대부분인 암리차르로 향하면서 장대한 체구에 긴 수염, 흰옷에 터번을 두른 시크교 사람들을 떠올렸다. 시크교 사람의 모습은 인도 사람들의 전형적인 모습으로 내 머릿속에 박혀 있기도 했다.

깊은 신앙심으로 수백 년 동안 전통을 고수하고 살아가는 시크교인들. 나는 그 유명한 암리차르의 황금사원보다는 인도의 다양한 종교 중 하나인 시크교를 만나 보고 싶었다. 시크교도들이 가장 많이 모여 살고 있는 암리차르는 1919년 영국 식민지 시절 독립을 외치는 인도인들에게 영국군이 자행했던 대학살의 현장이었고, 최근에 이르러서는 시크교 분리 독립운동의 본거지이기도 했다.

다람살라가 속해 있는 히마찰프라데시 주 경계선을 벗어나 펀자브 주로 접어들자 도로 양옆으로 온통 밀밭이 펼쳐졌다. 문득 학창 시절 시험 답안지를 채우기 위해 머릿속에 구겨 넣었던 인도 최대 곡창 지대 '뻰잡'이 떠올랐다. 택시 기사에게 물어보니 여전히 인도 대부분의 쌀과 밀이 이곳 펀자브 주에서 생산되고 있다고 했다.

봄을 지나 여름을 향해 달리는 택시

택시로 두 시간 이상을 달려왔는데도 여전히 도로 양옆으로 밀밭이 펼쳐져 있다. 히말라야 설산이 올려다 보이는 다람살라 주변은 이제 겨우 푸른 잎에 대가 오르고 있었는데 이곳 밀들은 제법 여물어 가고 있었다. 불과 몇 시간 만에 우리

암르차르 가는 길. 인도 최대 곡창 지대인 펀자브 주의 밀밭이 도로 양편에 끝없이 펼쳐져 있다.

는 봄에서 여름을 향해 내달리며 드넓은 인도 대륙을 실감하고 있었다.

우리는 암리차르로 향하면서 도로가 비좁은 면 단위의 작은 도시와 만났다. 시장 바닥 주변에는 우리나라의 오일장처럼 호박을 비롯한 몇몇 이름을 할 수 없는 모종들이 나와 있었다. 비포장도로 주변으로 들어서 있는 낡은 건물들의 상점에 붙어 있는 조악한 간판들, 한가롭게 도로를

암리차르까지 친절하게 안내해 준 운전기사. 열차 예매와 버스를 알아보기 위해 한 시간 가까이 지체했는데도 천하태평이었다.

점령하고 있는 소들을 제외하면 우리나라의 1960~1970년대 풍경과 흡사했다.

"인도의 작은 도시는 한국의 1970년대와 흡사하네요."

휴대 전화로 가족들과 통화하고 있는 택시 기사 발민다르에게 그 말을 하고 나서 돌이켜 생각해 보니 그것은 내 착각이었다. 우리는 인도의 낡은 겉모습을 보고 시대적 착오를 일으키곤 한다. 인도 사람들의 손에 들려 있는 휴대 전화와 오토릭샤 사이로 달리고 있는 승용차들, 도롯가에서 쉽게 볼 수 있는 펩시콜라와 코카콜라 간판들, 시골 곳곳에 들어서 있는 삼성 간판들은 2014년 한국의 모습과 크게 다를 바 없었다.

형형색색의 전통 옷차림과 낡고 오래된 건물들이 현대 문명과 뒤섞여 있는 나라, 인도. 형편없이 낡은 건물과 소똥들이 널려 있는 작은 면 단위 지역에는 단지 과거만이 있는 것이 아니었다. 과거와 현재가 공존하고 있었다.

우리 일행 중 한 명인 연극배우 이준 씨를 위해 바탕콧이라는 곳에서 잠시 택시를 세웠다. 암리차르에서 사막 지역인 자이살메르로 가는 열차를 타기 위해 이준 씨는 땀을 뻘뻘 흘려 가며 이리저리 뛰어다녔다. 하지만 열차표를 예매하

지 못하고 혀를 차며 돌아왔다.

함께 동행한 젊은 동료들, 고마웠다

"아이고, 정전이라네요. 전산 처리가 안 돼 예매가 안 된다네요."

우리는 다시 암리차르로 가는 버스로 갈아타기 위해 터미널로 향했다. 능통한 영어는 물론이고 힌디 어를 어느 정도 구사할 줄 아는 우리들의 친절한 가이드 주상 씨. 버스 터미널 주변 사람들을 만나 이런저런 정보를 알아보고 오더니 우리에게 선택권을 줬다.

"어떻게 할까요. 버스는 직행이 없고 로컬 버스가 전부인데……."

"로컬 버스가 뭐죠?"

"우리 시골 버스처럼 중간중간에 사람들을 태우고 달리는 버스인데 그만큼 시간이 오래 걸려요. 사람들 틈에 끼어서 고생도 많고요."

나는 로컬 버스를 타고 싶었지만 다들 힘들어 하는 바람에 그냥 다람살라에서 타고 온 택시를 이용하기로 했다.

황금사원 부근의 암리차르 거리. 오토바이와 사람들로 인산인해를 이루고 있다.

우리는 택시를 세워 놓고 열차 예매와 버스 시간을 알아보기 위해 한 시간 가까이 해찰을 부렸다. 그럼에도 택시 기사 발민다르는 천하태평이었다. 중학교 과정의 큰딸과 초등학교 과정의 두 아들이 있다는 그는 본래 자신의 부친과 함께 집 짓는 일을 해 오고 있는데 시간이 날 때마다 택시를 몬다고 했다. 바탕콧에서 암리차르 황금사원까지 택시로 대략 2시간 거리. 버스비는 100루피도 채 안됐지만, 택시비는 한 사람당 400루피를 부담해야 했다.

그 어떤 불편을 감수해 가며 최소한의 비용으로 여행하기로 작정한 나였지만 깍듯이 선생 대접을 해 주고 있는 젊은 동료들을 무조건 따랐다. 7인승 지프 택시이긴 했지만 다람살라에서부터 줄곧 뒷자리보다 편한 앞자리에 앉아 온 것도 미안한 노릇이었기에 내 방식을 고집할 수는 없었다. 나와 달리 짧은 여행 기간 동안 한 군데라도 더 둘러보고 싶은 젊은 동료들의 심정을 충분히 이해할 수 있었다.

영어가 달려 기차표 하나 끊지 못하는 나이만 먹은 중년 사내가 젊은 동료들에게 대접받아 가며 편하게 여행하는 것이 내내 미안했다. 중간 자리에 앉은 주상 씨와 자리를 바꿔 가고자 했지만 그는 극구 사양했다. 키가 190cm에 이르는 그는 고개를 숙여 나와 대화를 나눠야 하는 불편을 감수하고 있었다. 서로를 배려할 줄 하는 우리 동료들은 다람살라에서 출발한 지 대략 6시간여 만에 기분 좋게 암리차르에 도착했다.

오토릭샤와 오토바이, 승용차와 택시들로 뒤엉켜 있는 암리차르에 들어서자 후덥지근한 기운이 몰려오기 시작했다. 인도 펀자브 주의 서쪽에 위치한 암리차르는 파키스탄과의 국경에서 30km 정도 떨어져 있다. 120여만 명이 살고 있는 암리차르는 1577년 시크교의 4대 구루스승 람다스 시절에 시크교 신앙의 중심지로 건설됐다고 전해져 오고 있다.

우리는 황금사원에 들어가기에 앞서 짐을 풀어 놓기 위해 외국인들에게 무료로 제공된다는 숙소를 찾아갔다. 외국인 숙소 앞에는 터번을 두른 두 사람의 시크교도들이 문지기처럼 앉아 있었다. 숙소를 이용하는 절차는 단순했다. 여권을 제시하고 우리 일행 중 한 사람이 대표로 방명록을 기록하면 무사통과다.

천장에 매달아 놓은 몇 대의 선풍기가 끊임없이 돌아가고 있는 숙소 내부는 창고 건물처럼 침침했다. 줄줄이 이어져 있는 몇 개의 침상과 출입문이 따로 붙어 있는 방 몇 개가 들어서 있었다. 하지만 비어 있는 침상은 없었다. 먼저 온 외국인 방문객들이 독차지하고 있었기 때문이다. 우리 일행이 누울 자리는 없었다.

우리는 암리차르에서 1박 2일의 일정을 잡아 놓고 있었기에 따로 숙소를 잡을 생각이 없었다. 침상이 비기를 기다리기로 했다. 자물쇠 단속이 가능한 짐 보관대에 대충 배낭을 구겨 넣고 귀중품을 챙겨 황금사원으로 향했다.

BBC가 꼽은 세계 50대 문화 유적, 황금사원

사원 입구에 터번을 두른 시크교인뿐만 아니라 머리에 스카프나 수건을 두른 사람들이 길게 줄을 서 있다. 그 앞에 땀을 뻘뻘 흘려 가며 신발을 받아 정리하거나 신발을 내주는 자원봉사자들의 손길이 바쁘다. 사원을 찾는 모든 방문객은 신발을 벗고 들어가야 하기 때문이다. 신발을 맡기고 나오면 사원 입구 사이사이로 흐르는 물에 발을 씻는다. 신발을 맡기는 것에서부터 사원에 들어가기까지 모든 것이 무료다.

영국의 BBC가 꼽은 세계 50대 문화 유적이기도 한 황금사원의 유명세에도 불구하고 이곳에선 돈을 받지 않는다. 델리에서 '꾸뜹 미나르' 탑을 보기 위해 인도 현지인들의 입장료보다 무려 열 배에 가까운 입장료를 내고 관람했던 것을 생각하면 너무나 낯설게 다가온다.

대리석이 깔려 있는 연못 한가운데 황금사원이 보인다. 1604년 시크교도들은 연못 한가운데에 사원을 건설했고, 이어서 1802년 이 사원의 지붕에 약 400kg에 달하는 황금을 입혔다고 한다. 황금사원에는 시크교도들뿐만 아니라 인도 전역에서 몰려온 다양한 종교를 가진 순례객들이 인산인해를 이루고 있었다. 머리에 터번을 두른 시크교도들은 사원에 들어서자마자 기도를 올리고 물에 들어가 몸을 담근다. 이들에게 황금사원의 호수는 성스러운 생명수나 다름없다.

황금사원은 시크교도들이 가장 성스럽게 여기고 있음에도 이를 지키는 삼엄

시크교도들은 황금사원에 들어서면 기도를 올리고 옷을 벗어 생명수로 여기는 호수에 몸을 담근다(왼쪽 사진). 시크교도들은 대부분 건장한 체구를 지니고 있다.

한 경계의 눈을 찾아볼 수 없었다. 모든 것이 열려 있었다. 종교의 우월성을 내세워 전도하려는 시크교도들을 찾아볼 수 없었다. 기도를 올리는 사람들, 땅에 엎드려 절을 하는 사람들, 호수에 몸을 담그는 사람들, 사원 대리석 구석에 앉아 명상에 잠겨 있는 사람들, 여기저기에서 미소 띤 얼굴로 사진을 찍는 사람들……, 모든 것이 평화롭게 다가왔다.

시크교도들은 대체로 보통 사람보다 몸집이 장대하다. 무쇠처럼 단단해 보이는 체격과 부리부리한 눈망울에서 번져 나오는 미소들은 황금사원보다도 더 빛나 보였다. 그 당당한 미소들은 '이 수많은 사람 틈에서 지갑이나 여권을 소매치기라도 당하면 어쩌나.' 하는 두려움으로 사방을 경계하는 낯선 이방인들의 얼어붙은 마음을 무장 해제시키고 있었다.

가장 성스럽게 여기고 있는 성지를 경계심 없이 활짝 열어 놓은 시크교의 보이지 않는 당당한 힘이 사원에 감돌고 있는 평화로운 기운과 뒤섞여 온몸으로 스며들어 왔다. 그 기운에 휘말려 나도 모르는 사이에 눈빛 마주치는 사람들에게 합장했다.

"나마스테."

나의 신이 당신에게 인사를 건넸다는 뜻이 담긴 '나마스테' 인사말을 건네는 시크교 할아버지

"나마스테."

사원에서 만나는 사람들은 누구도 자신의 종교를 내세우지 않는다. 눈빛이 마주치면 서로 '나마스테'라는 인사말을 건넨다. 인도 사람들에게 '나마스테'는 '안녕하세요.'라는 단순한 인사말 그 이상의 의미가 담겨 있다. '내 안의 신이 당신의 신에게 인사를 드린다.'는 뜻이 그 속에 있기 때문이다.

우리 동료들이 다람살라에서부터 이곳에 오기까지 사소한 다툼 없이 기분 좋은 평화의 여정을 밟아 왔던 것은 누구를 제 식대로 가르치려 하거나 제 방식대로 이끌어 가려 하지 않고 서로를 인정하고 배려하는 '나마스테'의 마음이 있었기에 가능했다. 이곳 황금사원의 평화 역시 크게 다르지 않았다. 그것은 서로 다른 종교를 배려하는 사소한 인사말 '나마스테'와 함께 피어나는 작은 미소에서부터 시작되고 있었다.

나는 인도 사람들 틈에 끼어 사원 안을 둘러보면서 알 수 없는 그 어떤 기운에 휩싸이기 시작했다. 그 기운이 현기증처럼 몰려왔다. 홀로 하늘 높이 붕 떠서 날아가고 있다는 느낌, 1만m 이상의 고도로 날고 있는 인도행 비행기 안에서 느꼈던 그 기운과 흡사했다. 이전까지 단 한 번도 고산증을 경험해 보지 않았던 나는 이런 기운이 고산증과 비슷한 것이 아닐까 싶었다. 하지만 황금사원은 고도가 높은 곳이 아닌 평지다. 그럼에도 높은 고도를 날고 있는 비행기 안에서처럼 흡사한 증세가 일어나고 있었던 것이다.

평화롭기만한 사원의 분위기 때문일까. 아니면 내 몸에 잠재돼 있던 빈혈증 같은 병세 때문일까. 종잡을 수 없는 어지럼증이 몰려오긴 했지만 그 기운은 기분 좋은 기운이었다. 나는 현기증을 가라앉히기 위해 대리석 한구석에 자리를 잡고 앉았다. 눈을 지그시 감고 뜨기를 반복하면서 사람들의 미소를 지켜보는 즐거움에 푹 빠져 문득 이런 생각이 들었다.

'내가 저들을 아무 조건 없이 평화롭게 바라보면, 저들 역시 나를 평화롭게 바라볼 것이다. 결국 그 평화는 나와 너 모두의 평화가 될 것이다.'

어둠이 깔리기 시작하자 조명을 받은 황금사원은 더욱 찬란하게 빛났고, 사원을 오고 가는 사람들은 좀처럼 줄지 않았다. 한낮에 보는 운치와 또 다른 황금사원을 보기 위한 사람들의 발길이 오히려 더 많이 늘어난 듯했다.

우리는 저녁을 먹기 위해 시크교도들이 하는 황금사원 식당으로 들어섰다. 사원을 찾은 모든 사람에게 무료로 제공된다는 식당 안으로 들어서자마자 눈앞에 펼쳐지고 있는 충격적인 장면에 아까처럼 또다시 현기증이 몰려왔다.

황금사원 밤 풍경. 한낮보다 더 많은 사람들이 몰려들었다.

여행자도 공짜 밥,
이런 식당 또 있을까

"와! 굉장하구먼……."

황금사원의 식당, 구루 카 랑가르Guru Ka Langar 안으로 들어서면서 어지럼증과 함께 감탄사가 절로 나왔다. 발 디딜 틈이 없을 만치 수많은 사람들이 식당을 가득 메우고 있었다. 세척한 식기들을 반납하고 밖으로 나오는 사람들과 식기를 받아 들고 2층으로 올라가는 사람들, 그 수많은 사람들의 사소한 말소리들을 집어삼키는 식기 부딪히는 소리가 식당 가득 울려 퍼지고 있었다.

거기다가 엄청난 분량의 식기를 정리하는 사람들, 마늘이며 양파를 산더미처

365일 24시간 무료로 식사를 제공하는 황금사원 식당. 매일 수만 명이 몰려들고 있다고 한다.

럼 쌓아놓고 손질하는 수많은 사람들이 눈앞에 펼쳐져 있었다.

입이 떡 벌어지게 만드는 이 엄청난 광경에 넋을 놓고 있다가 줄지어 있던 뒷사람에게 떠밀리다시피 하여 식판을 받아 들고 앞 사람을 따라 2층으로 올라갔다. 2층에는 어림잡아 6~700명이 한꺼번에 앉을 수 있는 너른 공간이 있었다. 식판을 손에 든 사람들은 들어서는 순서대로 길게 천을 깔아 놓은 자리에 앉았다.

우리 동료들은 인도 사람들 틈에 끼어 빈자리를 차지하고 앉았다. 그제야 나는 '배식은 어디서 하고 있는 것일까' 라는 생각을 하게 되었다. 사람들이 천이 깔려 있는 자리를 다 메우자 그 의문이 풀렸다. 식판을 앞에 놓고 길게 줄지어 앉아 있는 사람들 사이사이로 시크교 청년들이 양동이를 들고 나타나 식판에 음식들을 담아 주기 시작했다. 우리는 인도 사람들처럼 감사하게 받아먹겠다는 의미로 음식을 받을 때 공손히 두 손을 내밀었다.

머리에 터번을 두른 시크교 청년들이(어린 학생들도 보였다) 나눠 주는 음식은 인도의 전통적인 서민 음식인 달dhal과 차파티chapatti. 차파티는 밀가루에 보리나 콩 등을 섞어 반죽하여 아주 얇고 둥글게 구운 빵 종류이고 달(원어로 콩, 인도에서는 콩을 넣어 만든 모든 요리를 뜻한다)은 콩으로 만든 수프 종류이다. 거기에다가 이름을 알 수 없는 흰 죽처럼 생긴 음식과 장아찌 종류의 반찬이 나왔는데 나는 차파티와 달만 받았다.

600~700명이 한곳에서 무료 식사를

식사를 하기 전에 누군가가 앞에 나서 장황하게 연설조의 기도를 올리거나 주기도문을 외우는 한국의 기독교처럼 뭔가 시크교식의 의식이 있겠지 싶었으나 그 어떤 종교적인 의식도 없었다. 음식을 건네주면 그저 두 손을 내밀어 감사히 잘 먹겠다는 마음을 보여 주면 그만이었다.

음식을 먹을 때 인도 사람들의 식습관이 그렇듯이 대부분 손을 사용하고 있었

식당에서 만난 인도 자매의 미소

다. 우리 일행들 몇몇은 숟가락을 챙겨 왔는데 나는 그제야 숟가락을 챙겨 오지 않았다는 사실을 알게 되었다. 식당에 들어서자마자 그 원인을 알 수 없는 어지럼증으로 뭔가에 홀린 듯 멍하니 주변을 둘러보고 있다가 식기만 들고 왔던 것이다.

나는 인도에 와서 처음으로 손을 사용해 식사를 했다. 인도 사람들이 식사하는 모습을 곁눈질로 훔쳐보며 차파티를 입에 들어갈 만큼 찢어 달에 묻혀 먹었다. 사실 그때 먹었던 음식들이 어떤 맛인지 잘 기억이 나지 않는다. 음식은 단지 맛으로만 먹지 않는다. 난생처음 접하는 식당 분위기에 취해 입에 꾸역꾸역 집어넣었던 것 같다.

사람들의 식판에 담긴 음식들이 비워질 무렵 여기저기서 젊은 청년들이 다가와 배불리 먹을 만큼 음식을 더 채워 주었다. '무한 리필'이다. 후에 알게 된 것인데 배식을 하는 젊은 시크교 청년들과 채소며 마늘과 양파를 손질하고 있는 사람들 모두가 자원봉사자들이라고 한다.

황금사원의 식당에서 식사를 하고 있는 순간만큼은 힌두교인, 시크교인, 기독교인, 불교인 등의 종교며 가난한 사람, 부유한 사람, 외국인을 따지지 않는다. 모두가 평등하다. 한자리에 앉아 차별 없이 똑같은 음식을 받아 식사를 한다. 자신들의 종교적 이념조차 내세우지 않고 아무런 조건도 없이 평등하게 베풀 수 있는 시크교의 힘은 어디에서 비롯된 것일까.

아무 조건 없이 평등하게 베푸는 시크교

힌두교와 이슬람교를 통합한 시크교의 개조開祖 나낙1469년~1539년은 힌두교의 카스트 제도를 배격하고, 하느님 앞에 모두가 평등하다는 인간의 절대 평등을 내세웠다. 지금의 파키스탄 땅인 라호르 근처에서 출생한 하급 카스트 출신인 그는 30세 무렵에 신의 계시를 받고 인도 각지는 물론이고 세계 여러 나라를 순례했다.

이슬람 성지인 메카를 비롯해, 스리랑카, 티베트를 여행하면서 키랏 카로Kirat Karo 착취 또는 거짓 없이 정직하게 돈을 버는 것, 나암 자프나 Naam Japna 성스러운 신, 하느님을 향한 끊임없는 헌신, 반드 차코 Vand Chakko 남들과 나누고, 곤경에 처한 사람들을 돕는 것등의 원칙을 세워 제자들에게 가르침을 주었다.

평생 떠돌아다니며 탁발 수행을 했던 구루 나낙, 따지고 보면 그가 깨달음을 얻었던 것은 그에게 보시했던 수많은 사람들의 자비심이 있었기에 가능했을 것이고 또한 그 수많은 사람들의 자비로 인해 오늘의 시크교가 세워졌던 것이기도 하다. 시크교의 성지 황금사원이 종교를 초월해 문을 활짝 열어 놓고 이웃에 보시하는 것은 바로 그 자비심을 되돌려 주는 것이기도 했다.

황금사원에서 식사를 하면서 한때 나와 함께 공부했던 전남 순천에 자리한 대안학교, '사랑 어린 학교' 아이들을 떠올렸다. 아이들은 자신들이 손수 차린 식탁 앞에서 '밥은 하늘입니다.'라는 노래를 부른다.

밥은 하늘입니다/ 하늘을 혼자 못 가지듯이/ 밥은 서로 나눠 먹는 것/ 밥은 하늘입니다 / 하늘의 별을 함께 보듯이 /밥은 여럿이 같이 먹는 것/ 밥은 서로 나눠 먹는 것

밥은 혼자서 독식할 수 없는 하늘이니 황금사원 식당에서 그러하고 있듯이 평

등하게 나눠 먹어야 한다. 황금사원에서 내게 베풀어 주는 한 끼 식사, 밥은 하늘이었다. 또한 시크교인들이 이웃에게 아무런 조건 없이 식사를 제공하는 것은 바로 하늘을 모시는 것이라는 생각이 들었다. 신과 이웃에 대한 헌신을 강조하고 있는 시크교의 자비심은 사람이 곧 하늘임을 말하고 있는 동학의 인내천 사상과 크게 다르지 않아 보였다.

보통 인도인들보다 큰 덩치에 강인한 체력으로 인도 군인들의 대다수를 차지하고 있다는 시크교인들, 나는 그들의 강인한 이미지와 전혀 다른 세계를 맛보고 있었다. 음식의 맛보다는 시크교의 진면목과 시크교도들의 자비심을 맛보고 있었던 것이다. 돈 한 푼 받지 않고 세계적인 문화재를 구경시켜 주고 먹여 주고 거기다가 재워 주기까지 하는 시크교인들, 마치 친척집이나 잘 아는 지인들에게 손님 대접을 톡톡히 받고 있는 기분이 들었다.

이런 감동을 맛보기 위해 인도에 왔는지도 모른다. 나는 그 감동의 한복판에서 인도의 맛, 현기증 나도록 베풀고 있는 시크교의 맛을 보고 있었다. 예수의 사랑이나 부처의 자비심이 따로 있겠는가. 황금사원은 모든 종교들이 추구하는 자비심을 보여 주고 있었다.

구루 카 랑가르, 지구상에 이런 식당이 또 있을까

식사를 마치고 아래층으로 내려서자 대기하고 있던 사람들이 식판을 들고 2층으로 줄지어 올라간다. 자리가 비워진 만큼 끊임없이 채워지고 있다. 황금식당은 24시간 문을 열어 놓고 있는데 하루에 적게는 3만 명에서 많게는 5만 명에 이르는 사람들에게 식사를 제공하고 있다고 한다. 하루에 식사하는 사람들을 최소 3만 명으로 헤아린다 해도 1년 365일, 연인원을 따져 보면 천만 명이 넘는 사람들에게 무료로 식사를 제공하는 것이었다. 지구상에 이런 식당이 또 있을까 싶다.

식당 앞에 부담 없는 보시함이 있긴 했지만 그 많은 사람들에게 365일 끊임없이 식사를 제공하는 비용으로는 턱도 없을 것이었다. 보시함은 식당 운영비라기보다는 단지 사람들의 자비심을 유도하는 것처럼 보였다. 인도의 재력가들 중에는 시크교도들이 꽤 많은데, 황금사원의 식당은 그들의 헌금으로 유지되고 있다고 한다. 그렇게 재력가는 돈을, 어떤 이들은 곡물을 내놓고, 또 어떤 이들은 자원봉사로 나서면서 황금식

황금사원 식당 한컨에 마련된 모금함. 식사를 마치고 나온 사람들이 성의껏 돈을 기부하고 있다.

당을 운영하고 있는 것이다. 나는 내게 평화로운 마음을 심어 주고 보시할 기회를 준 시크교도들에게 감사하는 마음으로 몇 푼의 루피를 보시함에 넣었다.

감동의 식사를 마치고 밖으로 나오자 어두운 호수를 황금빛으로 물들이고 있는 사원에는 사람들로 가득하다. 시원한 대리석 바닥에 앉아 명상을 하거나 어둠 속에서 황금빛을 뿜어내고 있는 사원을 감상하고 있었다.

많이 가진 자와 적게 가진 자, 차별 없이 줄지어 앉아 평등한 식사를 하고 있는 식당에서처럼 황금사원의 건물 또한 차별을 두지 않았다고 한다. 힌두교 사원이 네 방위 각각에 카스트 신분의 차등을 두는 것과는 달리 황금사원의 동서남북 네 방향의 출입문은 인간의 평등함을 상징한다고 한다.

인도 사람들은 환한 미소로 낯선 이방인인 우리들에게 손을 내밀었다. 본래 사진 찍기를 좋아하는 인도 사람들, 우리 주변을 빙빙 돌다가 눈이 마주치면 사진기를 내밀었다. 우리는 그들의 사진기 앞에서 모델이 되어 주었다. 우리 일행 중에 지희와 현정이가 가장 많은 사진을 찍었다. 나는 함께 사진 찍자고 다가오는 인도인들에게 농담을 던지면서 웃음을 나눴다.

"사진 한방 찍는데 텐 루피 오케이?"

인도에 온 지 열흘째. 비로소 인도인들을 좀 더 가까이에서 친구처럼 만날 수 있었다. 우리는 그들의 미소를 품에 안고 숙소로 돌아왔다. 시크교도들이 무료로 운영하고 있는 외국인 숙소에는 여전히 빈 침대가 없었다. 우리 일행은 여섯 명이었기에 바닥에 누워 자는 것조차 공간이 부족했다. 외국인 숙소 바로 옆에는 인도 현지인들을 위한 너른 숙소가 따로 마련되어 있다. 거기서 많은 사람들이 노숙을 하고 있었다. 나는 그 인도인들과 함께 노숙을 하고 싶었다.

"나는 그냥 노숙을 할까 허는디……."

"안 돼요 선생님, 위험해요."

젊은 친구들이 극구 말렸다. 오만과 자만으로 공연히 동료들에게 걱정을 끼칠 수 없었다. 침낭을 꺼내 동료들과 함께 침상 아래 바닥에 누웠다. 비록 발조차 제대로 뻗을 수 없는 비좁은 맨 바닥이었지만 암리차르 황금사원에서의 하룻밤을 기분 좋게 보냈다.

사진 찍기를 좋아하는 인도 사람들

우물에서 시신 120구,
그냥 공원인 줄 알았는데

인도 사람들 틈에 끼어 간단히 식사를 마치고 인도 사람들이 즐겨 마시는 차, 홍차에 우유를 섞은 짜이를 마셨다. 어제 저녁은 사람들에 떠밀리다시피 식당을 오고 갔기에 식사를 마치고 짜이를 마실 수 있다는 사실을 알지 못했다. 짜이 컵은 거의 대접 수준이다. 우리의 시골 할머니들이 대접으로 내주는 커피처럼 달달한 짜이 역시 무료였다.

시크교인의 넉넉한 인심

사원 관리소에 맡겼던 신발을 찾아 신고 주변을 둘러보기 위해 황금 사원을 빠져나왔다. 사원 입구에는 어제 미처 보지 못했던 시내버스 주차장이 있었다. 버스에서 사람들이 내리자마자 줄지어 있던 사람들이 곧바로 버스에 올라탔다.

기차역을 오가는 시크교 전용 버스인데, 이 또한 무료로 운영하고 있다고 한다. 시크교 사람들은 황금사원을 찾는 이들에게 구경하고, 먹고, 마시고, 잠자는 숙소에서 버스 운행에 이르기까지 모든 것을 조건 없이 무료로 제공하고 있었다.

황금사원에 딸린 부속 건물에서 유일하게 돈이 오가는 곳이 있다. 음료수 가게다. 시내버스가 왕래하는 주차장 주변에 탄산 음료를 판매하는 작은 상점이 있는데 이 또한 시중보다 1/3 정도 싼 가격으로 내놓고 있다고 한다. 가격이 싼 만큼 사람들에게 내놓는 음료수가 늘 부족한 모양이다. 음료수를 사기 위해 발 디 딜 틈 없이 많은 사람이 몰려든다.

무질서하게 수많은 사람이 서로 몸을 부대껴 가며 음료수를 사 먹고 있었지만 그 표정들은 평화로웠다. 하지만 황금사원 주변 전체가 평화롭기만 한 것은 아 니었다. 버스 주차장 주변에는 경찰과 사복을 입은 몇몇 사람들이 기관총을 들 고 서 있다.

사원 안에서 근위대의 위병처럼 창을 들고 오락가락하는 시크교인들이 어쩌 다 보였지만 어떤 위압감도 없었다. 하지만 기관총으로 무장한 경비병들은 달랐 다. 그렇다고 황금사원을 드나드는 사람들을 삼엄한 눈빛으로 검문검색하는 것 은 아니었다. 이 경비병들이 시크교인들을 보호하는 것인지, 분리 독립을 외치 는 시크교인들을 감시하는 것인지는 알 수 없었지만 함부로 사진기를 들이댈 수 없을 정도로 이들의 눈빛은 사뭇 진지했다.

인류 역사가 그러하듯 현재의 평화 속에는 늘 피비린내 나는 역사가 숨어 있기 마련이다. 나는 기관총을 든 경비병들을 보면서 1984년 황금사원에서 있었던 '황금사원 학살 사건'을 떠올렸다.

학살의 아픔 딛고 일어선 시크교

1980년대에 들어서면서 시크교도들은 인도의 경제계와 군대에서 두각을 나 타내기 시작하자 이 힘을 바탕으로 인도 대연방 내의 자치를 추구하게 됐다. 급 진적인 시크교도들은 펀자브에 독립적인 시크 국가를 건설하고자 했다. 이와 같 은 상황에서 시크교의 과격파와 인도 정부 간에 폭력 사태가 벌어지기 시작했다.

그러던 중 1984년 6월 인도를 비롯한 유럽, 북미, 홍콩 등 전 세계에서 모인 1 만여 명의 인도 경찰 추산 4천여 명 시크교도들은 펀자브 주의 독립을 외치며 황금사 원을 점거했다. 이에 인도의 총리 인디라 간디는 탱크까지 앞세워 무자비한 진압 명령을 내렸다. 이 과정에서 수많은 시크교도들이 사망했다. 인도 정부에서는 400여 명이 사망했다고 발표했지만 시크교도들은 순례자들을 포함해 수천 명이 사망했다고 주장한다.

그 해 10월 인디라 간디 총리는 자신을 경호하던 시크교도들에게 암살됐다. 인디라 간디 총리가 암살되자 인도의 수도 뉴델리를 비롯한 전국 각지에서 시크교도들과 힌두교도의 충돌이 일어나 수천 명이 숨졌다. 1984년 황금사원 학살 사건 당시 영국군이마거릿 대처 총리 정부 시절 개입했다는 의문이 끊임없이 제기됐는데 그 사실은 최근에야 밝혀졌다.

지난 2014년 2월 4일 윌리엄 헤이그 영국 외무장관은 의회에서 당시 인도 정부의 진압 작전에 SAS영국 특수부대 요원의 조언이 있긴 했지만, 영향이 제한적이었다는 조사위원회의 조사 결과를 보고했다. 그러나 헤이그 장관은 "3천 명 이상이 사망했다고 보고된 당시 진압 작전은 끔찍한 비극이었다."고 덧붙이기도 했다. 당시 영국 정부는 인도 정부로부터 시크교도를 진압하는 데 지원을 요청받았으며, 이에 영국군을 파견했다.

크나큰 수난을 겪어 오면서도 인도에서 근면 성실하고 정직한 사람들로 인정받고 있는 시크교 사람들. 2004년에는 힌두교 신자가 80% 이상인시크교 신자는 인도 전체 인구의 2% 정도에 불과하다 인도에서 첫 시크교도 총리인 만모한 싱을 배출하기도 했다.

2004년부터 10년에 걸쳐 두 차례 인도 총리를 역임한 만모한 싱은 재임 기간 동안 힌두교도와 시크교도의 갈등은 물론이고, 여타 종교 간 균형을 잘 맞췄다고 평가받고 있다. 그는 살아온 여정이 가장 깨끗한 지도자이자 재임 기간 동안 국경을 맞대고 영토 분쟁을 벌이던 중국, 파키스탄과 큰 마찰 없이 비교적 안정적인 관계를 유지했다는 좋은 평을 받았다.

인도에서 잘 사는 지역으로 손꼽고 있는 편자브 주 암리차르. 시크교인들이 대

황금사원 주변에서 시크교도들의 장식물인 칼을 파는 상점을 쉽게 만날수 있다.

다수를 차지하고 있는 암리차르 거리는 인도의 다른 도시에 비해 깨끗한 편이었다. 암리차르에서는 칼을 차고 다니는 시크교인들을 심심찮게 볼 수 있다. 특히 시크교의 성지, 황금사원 주변에서는 시크교인들이 착용하고 다니는 칼을 비롯한 다양한 장신구들을 파는 상점들이 곳곳에 들어서 있다.

칼을 차고 다니는 것은 시크교의 전통이다. 세례받은 시크교도의 남자는 사자를 뜻하는 '싱Singh', 여자는 공주를 뜻하는 '카우어Kaur'라는 성을 부여받는다. 이들은 칼을 뜻하는 끼르판Kirpan. 단도 혹은 검을 포함해 다섯 가지 K, 즉 께시kesh, 깎지 않은 머리카락, 카다kada, 쇠 팔찌, 강가kangha, 나무 빗, 가차kaccha, 무릎 아래로 내려가지 않는 느슨한 속옷를 몸에 지니고 다닐 것을 장려한다.

상점들이 즐비한 좁은 골목길을 둘러보고, 외국인 숙소로 돌아오는 길목에서 '인도의 공원은 어떤 모습일까?' 싶어 무작정 공원을 찾아 들어갔다. 사람들의 발길이 황금사원으로 쏠려 있어서 그런지 공원은 한적했다. 사람들은 거의 없었고 다만 인도 아이들 몇몇이 눈에 띄었다. 녀석들은 내가 어깨에 메고 다니는 천 가방에서 사진기를 꺼내자 '나마스테'를 연발하며 스스럼없이 다가왔다.

"나마스테, 너희들 사진 찍어도 좋냐?"

1919년 영국군에 의해 저질러진 '암리차르 학살지' 근처 공원에서 만난 인도 아이들

"오케이!"

녀석들은 앞다퉈 카메라 앞에 몰려와 익살스러운 표정을 지어 보인다. 한국의 개구쟁이들과 크게 다르지 않다. 나중에 알게 된 것인데 아이들과 어울려 '어느 나라 사람이냐?', '인도에 왜 왔냐?' 등의 기초 영어 회화반 동기생처럼 짧은 영어를 주고받으며 놀았던 공원은 인도 사람들에게 아주 특별한 역사적 현장 주변이었다. 평화롭기만 이 공원 근처에서 대학살이 일어났던 것이다.

영국 식민지 시절, 암리차르 학살 사건이 벌어진 무대이기도……

조선인들이 일제에 항거해 독립 만세 운동을 펼쳤던 1919년 3월. 그로부터 한 달쯤 지난 4월 13일. 일제가 만세 운동을 벌였던 조선인들을 학살했듯이 영국군은 1만 명 넘게 모인 인도 사람들의 _{대부분 시크교도} 집회 현장을 향해 총탄을 퍼부어 댔다.

영화 〈간디〉에서도 당시 그 충격적인 학살 장면을 그려 내고 있다. 영국군은 집회에 모인 군중이 빠져나갈 출구를 모두 막았다. 광장은 순식간에 아비규환이 됐다. 출동한 군대가 장착하고 있던 총탄 1천 650발이 10여 분 만에 모두 소진된 뒤에야 비로소 광란의 총성이 멈췄다고 한다.

117

이 사건을 조사한 영국 정부는 379명이 숨지고 1천 200여 명이 부상했다고 발표했지만, 인도 측은 사망자만 1천 명 가까이 된다고 발표했다. 총 맞아 죽은 사람보다 밟혀 죽은 사람이 더 많았다. 피할 곳이 없어 우물로 뛰어든 사람들도 부지기수였는데 우물에서만 120여 구의 시신이 나왔다고 한다. 전체 사망자 가운데는 어린이 41명, 태어난 지 6주밖에 안 된 영아도 있었다고 한다.

'암리차르 학살 사건'으로 불리는 이 학살 사건은 인도의 독립운동에 불을 지폈다. 노벨 문학상을 받은 인도의 시성 타고르는 이 사건으로 영국으로부터 받은 기사 작위를 항거의 뜻으로 곧바로 반납했다. 이전까지 영국에 대해 우호적이었던 마하트마 간디 또한 이 사건을 계기로 인도의 완전한 독립운동에 일생을 바쳤다.

우연히 찾아간 곳이 '암리차르 학살지'라는 것을 암리차르를 떠난 후에 알게 되어 그 현장을 세세히 둘러보지 못한 아쉬움이 있었다. 하지만 인터넷을 통해 암리차르 학살에 관련된 자료를 찾던 중 놀라운 사건을 접하게 됐다.

1940년 런던에서 안중근 의사를 연상케 하는 한 사건이 있었기 때문이다. 암리차르에서 학살이 벌어졌던 1919년 당시 펀자브 대리 총독이었던 오드와이어가 런던에서 인도 독립운동가 우담 싱에게 사살당했다. 우담 싱은 1919년 당시 학살 현장에서 총상을 입은 사람이었다. 런던 저격 사건이 있었던 그해 교수형을 선고받은 우담 싱은 재판 과정에서 이렇게 말했다고 한다.

"내가 그를 죽인 것은 그에게 원한이 있기 때문입니다. 그는 죽어 마땅한 자입니다. 학살의 진짜 원흉입니다. 그가 우리 사람들의 정신을 짓밟으려 했기 때문에 내가 그를 짓밟은 것입니다. 복수를 위해 21년을 기다려 왔습니다. 해냈다는 사실이 기쁩니다. 나는 내 조국을 위해 죽습니다. 조국을 위한 죽음보다 더 큰 어떤 명예를 내가 바라겠습니까?"〈프레시안〉, "암리차르 학살의 진상조사위원회를 기억한다", 2014. 07. 02 김기협 편집위원 기사 인용

1919년 암리차르 학살 명령의 몸통으로 알려진 당시 펀자브 대리 총독 오드와

이어를 암살한 우담 싱, 그리고 1984년 황금사원 학살을 명령한 인디라 간디 총리를 암살했던 경호원들은 모두 시크교인이었다.

우리의 저항 정신, 이들 앞에서 운운할 수 있을까

내가 암리차르에서 만난 시크교인들의 평화롭고도 자비로운 미소에는 불의에 맞서는 강인한 저항 정신이 깔려 있었던 것이다. 정의와 평화는 거저 지켜지는 것이 아니었다. 그들이 품고 다니는 단검은 단순한 장신구가 아니었다. 스스로 담금질하고 정의와 평화를 지켜 내기 위한 저항 정신의 상징과도 같은 것이었다.

1980년 광주 민주화 운동 당시 수없이 많은 광주 시민을 학살했던 원흉들이 30여 년이 지난 지금도 여전히 활개치고 다니는 대한민국. 이 시대의 대한민국의 정신은 무엇일까. 일제 앞잡이 노릇을 했던 매국노들의 후손들이 부와 권력을 거머쥐고 있는 현실에서 대한민국의 정신을 운운하는 것 자체가 참담한 일인지도 모른다.

일본군 장교 출신이 대통령이 되는 나라, 그 독재자의 딸이 대통령이 되어 친일, 독재를 미화시켜 가며 "일본의 식민 지배는 하나님의 뜻"이라 말하는 자를 총리로 내세우려 했던 대한민국의 현 정부. 이보다 더 참담한 것은 이런 정부를 국민의 절반이 지지하고 있고, 그들 중에는 내 형제와 가까운 이웃들이 있다는 것이다.

과거를 청산하자는 것은 과거에 머물자는 것이 아니다. 잘못된 과거를 바로잡는 것은 현재와 미래를 위한 것이다. 진실로 과거사를 바로잡지 않으면 그 끔찍한 현실이 되풀이될 수 있기 때문이다. 지금, 대한민국의 참담한 현실처럼. 이 참담한 대한민국의 현실과 함께 시크교인들이 지니고 다니는 칼이 내 머릿속에 깊이 박혀 왔다.

인도 · 파키스탄
국경에서 본 평화

암리차르에서 1박 2일 머물기로 한 우리 일행은 마지막 일정지인 인도와 파키스탄 국경으로 향했다.

"국기 하강식? 뭐 볼 게 있다고 거길 가는 겨?"

"행사가 아주 재미있다는데요."

"국경에서 뭔 행사를?"

"암리차르에서 볼 만한 것 중에 하나라는데 가 보면 알겠죠."

우리 일행 중 누구도 국경선에서 벌어진다는 '국기 하강식'을 상세히 아는 사람이 없었다. 나는 다소 불만을 품고 젊은 친구들의 일정에 맞춰 무작정 '암리차르에서 가 볼 만한 곳 중 하나라는 국경선으로 향했다.

우리들의 가이드 주상 씨가 이 사람 저 사람에게 말품을 판 덕분에 좀 더 요금이 싼 오토릭샤를 잡아탔는데, 정원을 맞추기 위해 우리가 탄 오토릭샤에 젊은 외국인 커플도 끼었다.

그동안 보아 왔던 쓰레기가 나뒹구는 인도의 거리와는 달리 비교적 깨끗한 암리차르에는 모터사이클을 이용하는 사람들이 꽤 많았다. 그들은 우리가 탄 오토릭샤를 지나치다가 눈이라도 마주치면 환한 미소로 반겼다. 어떤 사람들은 오토릭샤 가까이 붙어 따라오면서 말을 걸기도 했다.

"어느 나라 사람입니까?"

"한국이요."

"어디 갑니까?"

"국경 갑니다."

국경에 뭐 볼 게 있나 싶었는데……

그들이 건네는 미소는 국경에서 종종 분쟁이 일어난다는 소문에 대한 불안감을 해소시켜 주었다. 젊은 외국인 남자 친구는 국경으로 향하는 게 다소 긴장되는지 그 비좁은 공간에서 잎담배를 말아 피운다. 그가 얇은 종이에 말아 피우는 것이 대마초 아닌가 싶었다.

국경선으로 가는 도로 양옆으로 펀자브의 너른 평야가 펼쳐져 있다. 인더스 강을 중심으로 다섯 개의 강지류이 흐르는 땅이라는 뜻을 지닌 펀자브에는 비옥한 농경 지대가 넓게 형성되어 있다.

하지만 펀자브는 인도와 파키스탄, 두 나라 영토로 갈라져 있다. 인도 쪽 펀자브보다 파키스탄 쪽의 펀자브 영토가 훨씬 더 넓다. 펀자브는 힌디 어와 펀자브 어를 사용하고 있고 종교는 이슬람교와 힌두교, 시크교로 나뉘어져 있다.

1947년 8월 15일 인도는 영국에서 독립한다. 하지만 인도의 분리 독립은 '인도를 생체 해부 하는 것'이라며 하나의 통일된 인도를 원했던 마하트마 간디의 바람은 이뤄지지 않았다.

인도, 파키스탄 분리 독립과 함께 1천 400여만 명이 고향을 떠나 새로운 거처로 이주해야 했다. 벵골 지역과 마찬가지로 펀자브 지역에서도 한쪽은 이슬람교, 다른 한쪽은 시크교와 힌두교 지역으로 갈라졌다.

지금은 인도에서 가장 부유한 주 중에 하나로 자리 잡은 펀자브 주는 인도 파키스탄 분리 당시 가장 많은 피해를 입었다. 펀자브가 동서로 분할되자 수백 만의 시크교도와 힌두교도들은 동쪽으로, 수백 만의 이슬람교도들은 서쪽으로 이동했다. 그 과정에서 종교 분쟁이 일어나 인도, 파키스탄 전 지역으로 확산돼 무수한 잔학 행위가 양쪽에서 자행되었다. 이때 희생자 수가 사망 300여만 명에 부상자만 500여만 명이 넘었다고 한다.

그 후로도 국경선에서 끊임없이 유혈 사태가 벌어졌고, 카슈미르 분쟁 사태로 이어져 인도, 파키스탄 양국은 세 차례에 걸친 피비린내 나는 전쟁을 치렀다. 지금도 여전히 양국 간 긴장은 계속되고 있다.

인도와 파키스탄 국경은 암르차르에서 약 30km 떨어진 곳에 위치한 '와가'라는 지역에 자리 잡고 있다. 국경 검문소 부근에 들어서자 오토릭샤 운전수가 짐을 따로 맡기고 들어가야 한다고 말한다. 우리 일행은 도로가에 줄지어 있는 보관소에 짐을 맡겨 놓고 여권과 지갑, 사진기 등 간단한 귀중품만을 챙겨 행사장으로 이동했다.

국기 하강식장으로 들어서는 입구는 여성과 남성, 외국인과 내국인 등을 따로

국기 하강식 장면

분리하는데 여성이 먼저 입장했다. 우리는 자리를 가득 메운 행사장에 들어서 외국인 지정석에 앉았다. 외국인 지정석은 파키스탄 쪽 국경 검문소를 좀 더 가까이에서 볼 수 있도록 배려해 놓았다.

국기 하강식을 보기 위해 몰려든 인도 사람들과 외국인들. 외국인 지정석이 따로 마련되어 있다.

국경 철문을 사이에 두고 인도와 파키스탄 양쪽에 계단식 관중석이 들어서 있는데 우리가 앉아 있는 곳에서 몇 걸음만 이동하면 파키스탄이다. 인도 쪽에는 인도의 국부 마하트마 간디 사진이, 파키스탄 쪽에도 역시 국부로 추앙받는 무함마드 알리 진나의 사진이 걸려 있다.

파키스탄의 정식 명칭은 파키스탄 이슬람 공화국. '파키스탄'은 '순결한 자들의 나라'란 뜻이라 한다. 파키스탄의 총면적은 803,940 km²로 세계에서 34번째로 면적이 넓다. 대한민국보다 약 8.2배 넓고, 남북한을 합쳐도 3.7배나 더 넓다.

전체 인구 중 신도 수의 비율로 볼 때, 인도네시아에 이어 두 번째로 큰 이슬람 국가이다. 핵무기를 보유한 유일한 이슬람 국가인 파키스탄은 인도 역시 핵무기를 보유하고 있다 세계 8위의 국방력을 지닌 것으로 알려져 졌다.

국기 하강식에 앞서 행사장에 음악 소리가 울려 퍼졌다. 요란한 음악 소리가 나오자 관람석에 앉은 인도 여성들이 우르르 몰려나왔다. 한반도 국경선에서는 상상도 할 수 없는 충격적인 장면이 눈앞에 펼쳐졌다. 관중석 양편에서 몰려나온 여성들이 춤을 추기 시작한 것이다. 춤추는 여성들은 행사를 위해 출연하는 무희들이 아니라 관중석에 앉아 있던 일반 시민들이었다.

여전히 분쟁의 불씨를 안고 있는 인도 · 파키스탄 국경선에서 축제가 벌어진

123

것이다. 이곳에 오기를 잘했다는 생각과 함께 아, '어떻게 서로 총부리 겨누는 국경에서 춤을 출 수 있단 말인가' 넋을 놓고 바라보면서 남북으로 갈라선 대한민국, 내 조국이 떠올랐다. 시체처럼 빳빳하게 굳어져 있는 한반도의 참담한 현실과 국경을 아랑곳하지 않고 함께 춤추는 사람들을 보면서 뭐라 표현할 수 없는 감동의 물결이 코끝으로 찡하게 전해져 왔다.

적어도 이 순간만큼은 인도 사람들에게 국경은 춤추는 무대였다. 춤판이 끝나자 이번에는 인도, 파키스탄 양쪽 관중석에서 환호성을 질러 대고 그 앞으로 군인들이 힘차게 행진을 한다. 발을 높이 차올려 땅바닥을 향해 쿵쿵 내리치기도 한다. 기합 소리 같은 고함도 질러 대며 힘을 과시한다.

국경의 거대한 '춤판', 눈물이 났다

양쪽 위병대의 힘 과시가 상대를 향해 우쭐거리는 침팬지나 오랑우탄 같아 보인다. 험상 궂은 얼굴로 부풀린 가슴을 쿵쿵 두들겨 대는 오랑우탄처럼 힘겨루

긴장감을 느낄 수 없는 인도, 파키스탄 국경선. 국기 하강식에 앞서 인도 여성들이 신나게 춤판을 벌이고 있다.

기를 하고 있지만 성난 오랑우탄과 달리 살기가 없어 보인다. 양쪽 군인들이 보여 주는 힘겨루기에서 긴장감을 느낄 수 없었다. 상대 국가를 위협하기보다는 우스꽝스러운 한 편의 퍼포먼스를 연출했다.

퍼포먼스나 다름없는 힘겨루기가 어느 정도 진행되자 국경 문이 열리고 양쪽 지휘관들이 상대편을 향해 걸어가 경례와 함께 짧은 악수를 나눈다. 곧바로 위병들이 뻣뻣한 걸음걸이로 힘차게 국경선으로 다가가 국기 앞에서 서로 어깨를 나란히 하고 나팔 소리와 동시에 국기를 내린다. 국기를 내릴 때, 어느 한쪽이 기울지 않도록 절도 있고도 조심스러운 동작을 선보인다.

국기를 내릴 때의 엄숙한 분위기를 제외한 모든 행사가 익살스럽고 평화롭기만 한 와가 국경 검문소. 와가 국경 검문소는 인도와 파키스탄을 연결하는 유일한 육상 교통로라고 한다. 그동안 이곳에서는 주로 실수로 국경선을 넘은 민간인들이 상대국에서 수감 생활을 한 뒤 본국으로 송환되는 장소로 이용됐다.

1998년 판문점을 통해 소떼 500마리가 방북 길에 올랐던 우리나라처럼 2005

년 10월, 파키스탄 지역에 강도 7.6의 대지진으로 엄청난 국가적 위기에 빠져 있을 때 인도는 이곳 와가 국경선에서 '평화의 구호품'을 전달하기도 했다. 또한 이곳에서 양파와 마늘 등 6개 품목의 농산물을 인도에서 파키스탄으로 수출하는 국경 무역이 이뤄지기도 했다고 한다.

본래 하나였던 인도와 파키스탄. 파키스탄 쪽에는 파키스탄 국부 무함마드 알리 진나의 사진이 걸려 있고 인도 쪽에는 마하트마 간디의 사진이 걸려 있다. 두 개의 나라로 갈라서기 전에 두 사람 다 독립운동에 일생을 바쳤다. 나는 이 두 사람의 사진을 보면서 남북한을 대표하는 항일 독립운동가, 김일성과 김구를 떠올렸다.

특히 김구와 간디의 일생은 닮았다. 독립운동의 방법은 달랐으나 두 사람 모두 죽음에 이르기까지 하나 된 조국을 포기하지 않았다. 아힘사, 비폭력으로 인도 독립을 위해 일생을 바치고 하나 된 인도를 내세우다가 힌두교 극우파에게 암살당한 간디, 마찬가지로 독립운동에 일생을 바치고 하나의 조국을 열망하다가 극

국기 하강식에 앞서 퍼포먼스를 벌이는 인도 국경 의장대. 이들은 몸짓이 마치 오랑우탄처럼 우스꽝스럽다.

우파에게 암살당한 김구 아닌가.

파키스탄의 국부, 무함마드 알리 진나가 독립운동가였듯이 조선 민주주의 인민공화국의 김일성 역시 독립운동가였다. 인도와 파키스탄의 국경 지대, 와가 검문소의 간디와 진나의 사진처럼 한반도의 판문점에 조선 민주주의 인민공화국을 건국한 국부라 할 수 있는 김일성과 대한민국 임시 정부의 주석이었던 김구의 사진이 걸리는 상상을 했다. 두 사람의 사진이 내걸린 판문점 양쪽에서 한민족은 물론이고 온갖 외국인 관광객들이 신명나는 꽹과리 장단에 한바탕 춤판을 벌이는 상상을 해 보았다.

하지만 친일파 후손들이 득세하는 대한민국은 이런 상상조차 국가보안법으로 옭아매고, 조선 민주주의 인민공화국은 권력 세습에서 벗어나지 못하고 있지 않은가. 아! 내 조국 한반도는 어디로 가고 있는가. 한바탕 평화로운 춤판으로 시작하는 인도·파키스탄 국기 하강식을 보고 돌아서는 온몸에 서글픔이 몰려왔다.

인도에서 기차 타기가
제일 어려웠어요

암리차르에서 델리로 가는 버스 안이었다. 비좁은 침대칸에서 나와 함께 칼잠
으로 누워 있는 이준 씨의 어깨를 흔들었다.

"오줌 안 마려워?"

"전 괜찮은데요."

"그려, 그럼 그냥 자."

오줌보와 함께 폭발한 성질……, 버스를 세우다

암리차르에서 출발한 지 세 시간쯤 지났는데도 버스는 휴게소에 멈출 생각도
하지 않았다. 10시쯤에 버스가 출발했으니 밤 열두 시가 훨씬 넘어서고 있었다.
운전기사를 제외한 거의 모든 승객들이 잠든 버스 안에서 홀로 온몸을 꼼지락 거
리고 있었다. 이준 씨가 옆으로 누워 있던 몸을 바로 세우며 걱정스럽게 말했다.

"운전기사한티 얘기하믄 적당한 곳에서 세워 준다던데요."

"좀 더 버텨 보고……."

버스는 내가 그러거나 말거나 한 시간을 더 달렸다. 단전에 힘을 모아 오줌보
를 붙잡고 있던 나는 도저히 참을 수 없었다. 염치 불구하고 버스 기사 앞으로 다
가가 화장실 문을 두드리듯 운전석을 보호하고 있는 유리 칸막이를 툭툭 쳤다.

운전석 옆에서 졸고 있던 차장이 눈을 꿈뻑거리며 나를 빤히 쳐다본다.

"얼마나 더 가야 화장실에 갈 수 있습니까?"

버스 차장은 귀찮다는 듯 대꾸도 없이 고개를 돌려 이내 눈을 감아 버린다. 나는 다시 칸막이 문을 두드렸다.

"오줌을 싸야 하는데……."

"당신 자리에 가서 앉아 조금만 기다려 봐요."

그리고 30분 이상을 지나도 버스는 쌩쌩 달리기만 했다. 우리는 버스 맨 뒤 칸에 타고 있었기에 창문을 열고 볼일을 볼까 싶을 정도로 다급해져 다시 운전석 앞으로 다가가 차장에게 말했다. 그랬더니 귀찮은 표정으로 똑같은 말을 반복했다.

"잠깐만, 기다려 봐요."

버스 안의 독재자가 따로 없었다. 점점 화가 나기 시작했다. 화가 폭발하면 오줌보도 폭발할 것만 같았다. 오줌 줄기와 화를 꾹꾹 눌러 참아가며 십 분쯤 지나 버스를 세우지 않으면 여기서 싸 버리겠다고 말할 기세로 다시 운전석 앞으로 다가갔다. 그때 구원병이 나타났다. 말끔하게 생긴 인도 청년이 내 뒤를 따라나섰다. 그리고는 차장과 운전기사에게 명령하듯 큰 소리로 말했다.

"이봐! 나도 볼일을 봐야 하니까. 당장 버스 세워!"

그리고 5분도 채 안 돼 적당한 장소에 버스가 멈춰 섰다. 출발한 지 4시간쯤 지나서였다. 버스가 멈춰 서자 여기저기에서 사람들이 우르르 몰려나와 도로변 곳곳에서 바지를 까 내리고 볼일을 봤다. 이들 역시 오줌보를 꾹꾹 눌러 참고 있었던 것이었다. 인도에 와서 처음으로 호되게 당한 기분이었지만 시원한 오줌 줄기에 활활 타오르던 화 기운이 꺼졌다. 모든 게 지나고 보면 아무것도 아닌 것이다. 하지만 내 앞에 또 다른 난관이 기다리고 있었다.

우리 일행은 새벽 무렵에 델리 빠하르간지에 도착했다. 델리에서 각자 가야 할 목적지를 향해 열차표를 예매하기로 했다.

연극배우 이준 씨는 낙타 사파리를 경험하기 위해 카톡 친구가 기다리고 있다는 자이살메르로 떠나기로 했다. 인천 공항에서부터 줄곧 함께해 왔던 현정이, 지희, 순이는 인도 유학생 주상 씨와 함께 타지마할로 목적지를 잡았다.

나 역시 본래 예정지였던 바라나시로 떠날 준비를 했다. 바라나시에서 한국에서 알고 지낸 이 선생과 카톡을 통해 알게 된 여자를 만나기로 했다. 〈오마이뉴스〉에 실린 내 연재 글을 즐겨 찾아 읽었다는 그녀, 나처럼 처음 인도 여행을 하고 있고 그것도 홀로 인도 여행을 감행하고 있다는 겁 없는 그녀가 대체 어떤 사람인지 궁금했다.

그녀를 본래 콜카타에 자리한 마더 테레사의 '죽음의 집'에서 만나기로 했다. 그런데 델리에 도착하자마자 홀리 축제에 막혀 열차표를 예매하지 못해 일정이 뒤틀려 버린 것이다. 그녀와 만나기로 약속한 날짜는 딱히 정해져 있지 않았다. 하지만 대략 만나기로 한 날짜가 일주일이 넘었기에 델리와 캘커타의 중간 지점

우리 일행은 델리에 도착해 서로 다른 지역으로 떠나기 전에 한국인이 운영하는 식당에서 마지막으로 식사를 했다.

인 바라나시에서 만나기로 했다.

다들 각자 가고자 하는 목적지가 따로 있어서 바라나시는 나 혼자 떠나야 했다. 어느 정도 인도에 익숙해져 인도 어디든 혼자 떠나는 것은 문제가 되지 않았다. 다만 인도 밤거리보다도 더 골치 아픈 열차 예매가 문제였다.

게스트하우스에 짐을 풀어 놓고 젊은 친구들과 한국 식당에 들러 모처럼 한국 음식을 먹었다. 본래 내가 가지온 옷은 단벌이었기에 150루피짜리 우리 돈으로 3천 원 정도 헐렁한 윗옷을 구입하고 나서 무작정 델리 역으로 향했다. 어떻게 표를 예매할 것인지는 가 보면 알겠지라는 심정으로 외국인 전용 열차 예매 사무실로 찾아갔다. 때마침 그곳에 이준 씨가 와 있었다. 몇몇 외국인들 역시 이준 씨처럼 열차 예매를 위한 서류를 앞에 놓고 비지땀을 흘리고 있었다. 대부분 열차표 구입 용지에 코를 박고 안내 직원에게 검사를 맡아 다시 작성하곤 했다.

이들은 그나마 영어가 통하기에 수월한 편이었다. 하지만 나는 영어마저 '깡통'이었다. 이준 씨가 작성 요령을 겨우 터득했다는 용지를 그대로 베끼다 시피하여 열차표를 구할 수 있었다. 이준 씨가 없었다면 비지땀을 뻘뻘 흘려 가며 개고생 했을 것이었다. 델리에서 바라나시까지 기차로 열두 시간 이상 걸린다고 해서 다음 날 아침에 도착하기 위해 저녁 시간대의 열차표를 끊었다. 다른 기차역에서 헤매지 않기 위해 열차표 예매 용지 한 부를 필사해서 보관해 두었다.

젊은 친구들과 헤어질 시간이 다가왔다. 열흘 동안 서로를 의지해 가며 여정을 보냈던 젊은 친구들과의 아쉬운 작별 인사를 나누고 늦은 저녁 델리 역으로 향했다. 드디어 온전하게 혼자가 되었다.

열차를 타기 위해 한참을 헤매야 한다는 사전 정보에 따라 한 시간 정도의 여유를 갖고 델리 역으로 향했다. 델리 역에 도착하자마자 이슬비가 내리기 시작했다.

열차표에 적힌 번호에 따라 플랫폼을 찾는 것은 그리 어렵지는 않았다. 하지만 열차 칸을 찾는 것이 문제였다. 열차는 보통 1, 2, 3등 칸으로 나눠져 있다. 외국인 여행자들은 주로 1, 2등 칸을 이용하는데 1등급은 에어컨이 나오는 3A, 2A, 1A로 표시되어 있고 내가 이용할 열차 칸인 SL^Sleeper Class^은 에어컨이 나오지 않는 2등급이라 할 수 있다.

가격이 저렴한 3등 칸은 인도 현지인들이 주로 이용한다. 3등 칸을 이용할 현지인들이 길게 줄지어 서 있었다. 중간에 새치기하는 사람들도 보인다. 아수라장이 따로 없다. 경찰인지 역 관리인들인지는 알 수 없지만 제복을 입은 사내들이 손에 들려 있는 작대기로 새치기하는 사람들을 여지없이 후려치며 질서 유지에 나서고 있다.

기차 타기가 이렇게 어려워서야

나는 짐짓 여유를 부렸다. 기차표에 적혀 있는 번호를 머릿속에 몇 번이고 숙지해 가며 어슬렁어슬렁 열차 칸을 찾아 나섰다. 길게 이어져 있는 열차는 어림잡아 150m는 넘어 보였다. 열차 칸이 보이지 않아 결국 이리 뛰고 저리 뛰었다. 아무리 찾아 봐도 기차표에 적혀 있는 열차 칸 번호가 보이지 않는다.

그렇게 30분쯤을 헤매고 다니다가 인도 현지인들이나 열차 관리인들에게 "영어를 할 줄 아느냐?"고 물어 가며 기차표를 내밀어 보였다. 하지만 어떤 사람들은 앞으로 가라 하고 어떤 사람들은 뒤쪽으로 가 보라 한다. 이 사람 저 사람에게 물어 종합적인 판단을 내려 기차표 번호와 맞다 싶은 열차 칸으로 올라탔다.

열차 안으로 들어서자 인도 현지인들로 인산인해를 이루고 있었다. 여기저기서 고성이 오가며 좌석 쟁탈전을 벌이고 있었다. 뭔가 이상하다 싶은 생각과 함께 사람들 사이를 비집고 들어가 기차표에 적혀 있는 번호와 같은 좌석을 찾았다. 땀을 훔쳐 가며 겨우 자리를 찾았다 싶었는데 인도 현지인 몇몇이 이미 자리를 잡고 앉아 있었다. 기차표를 내밀며 말했다.

한 시간을 헤매고 나서 천신만고 끝에 열차 칸을 찾아 지정 좌석에 앉을 수 있었다.

"거기 내 자리인데요."

영어를 할 줄 모르는지 내 좌석 번호에 앉아 있는 그는 딴짓을 한다. 옆에 앉아 있던 인도 청년이 내 표를 유심히 보더니 열차 칸을 잘못 선택했다며 내려서 SL 칸을 다시 찾아보라고 한다. 알고 보니 3등 칸에 들어와 있었던 것이었다.

"어이구, 환장하건네!"

배낭을 챙겨 메던 내 입에서 한국말이 저절로 튀어 나왔다. 휴대 전화를 열어 보니 출발 시간이 20분도 채 남지 않았다. 사람들 사이에 배낭이 꽉 끼어 빠져나 가기조차 힘든 3등 칸 열차 밖으로 겨우 빠져나왔다. 빗방울이 제법 굵어지고 있 었다. 다시 뛰기 시작했다. 그리고 다시 물었다. 열차 관리인에게 물어물어 올라탔 는데 이번에 올라탄 열차 칸에는 내 기차표와 맞는 좌석 번호가 보이지 않는다.

"아, 죽겠구먼."

어리바리한 시골 영감 처음 타 보는 기차 놀이가 따로 없었다. 부리나케 다시 그 열차 칸에서 내려 SL칸이 있다는 앞쪽을 향해 뛰었다. 급박한 상황이 닥치면 본성이 드러나기 마련인가 보다. 평소 여유만만하게 늘어지는 인간이 허둥대며 어찌해야 할 바를 모르고 있었다. 나는 가쁜 숨을 몰아쉬며 그 자리에 우뚝 멈춰 섰다. 그동안 젊은 동료들에게 의지해 별 탈 없는 여정을 보내오다가 비로소 낯선 땅 인도에 와 있다는 사실을 실감했다.

추레한 옷차림, 텁수룩한 수염에 봉두난발의 긴 머리, 생김새는 전혀 서두를 것 없어 보이는 내가 땀을 뻘뻘 흘려 가며 이리 뛰고 저리 뛰고 있는 모습이 보였다.

영화의 한 장면이 따로 없었다. 영화 속에서 누군가에게 쫓겨 기차를 잡아타야만 목숨을 부지할 것만 같은, 혹은 시간에 쫓겨 떠나는 애인이라도 붙잡아야 하는 허둥대는 꼴이 딱 내 모습이었다. 카메라 앵글이 나를 집중적으로 포착해 롱테이크로 따라붙었다면 가히 볼 만했을 것이었다.

바라나시로 향하는 8시 40분 기차가 떠날 예정이라는 안내 방송과 함께 열차가 조금씩 움직이기 시작했다. 지정 좌석을 찾지 못하면 아무 곳이나 퍼질러 가면 되지 싶어 일단 SL이 찍혀 있는 열차 칸에 올라탔다. 열차가 역을 빠져나가기 시작했다. 땀인지 빗물인지 온몸이 젖어 있었다. 그래도 혹시나 싶어 기차표를 꺼내 좌석 번호를 확인했다. 기차표를 들고 눈을 이리저리 굴리고 있을 때였다. 꽁지머리를 한 젊은 동양인이 손을 내밀며 영어로 말했다.

"열차표 좀 보여 주실래요?"

그는 내 열차표를 꼼꼼히 살펴보더니 땀에 흠뻑 젖어 있는 내 얼굴을 슬쩍 쳐다보고 빙그레 웃으며 말한다.

"여기, 내 바로 옆 자리네요."

"아이구, 감사합니다."

초보 여행자들에게 악명 높다는 인도 열차 타기, 혹독한 군사 훈련을 받고 난 훈련병처럼 배낭을 내려놓고 꽁지머리 사내 옆 자리에 풀썩 주저앉았다. 하지만 혹독한 인도 적응기는 여기서 끝난 것이 아니었다.

인도에서 한국인 숙소 찾다가,
이렇게 당하네

빗물과 땀에 절어 열차 칸을 헤매고 다니다가 천신만고 끝에 자리를 잡고 앉은 곳에는 전부 외국인만 있다. 3명씩 마주 보고 앉을 수 있는 좌석에는 러시안 가족과 독일인 그리고 내가 앉을 자리를 알려 준 꽁지머리 일본 청년이 이미 자리를 잡고 앉아 있었다. 독일인과 일본 청년은 유창한 영어로 둘이서 뭔가 얘기를 나누고 있었다. 러시안 가족은 나처럼 초보 영어 회화 수준이었기에 비슷한 처

바라나시행 열차에서 만난 러시안 가족과 독일인

지라 쉽게 어울릴 수 있었다.

한데 대화 상대들이 묘한 조합을 이루고 있었다. 독일과 일본 그리고 한국과 러시아, 과거 침략을 한 국가와 침략을 당한 국가의 사람들이 끼리끼리 어울린다는 생각을 하고 있었다.

나는 그 생각 끝에 외국인을 만나면 한 사람으로 바라보기 이전에 그 나라의 역사와 문화를 집약시켜 바라보게 된다는 사실을 인식했다. 마치 인터넷에 입력된 정보가 전부로 여겨 내 머릿속에 입력된 편견의 지식들을 들이대고 있었다.

낡은 역사의 편견으로 본 다국적인들

그 낡은 역사의 편견으로 독일인을 나치로, 일본 청년은 제국주의 쪽발이를 연상하게 되면 그들 또한 러시안을 빨갱이로, 한국인인 나를 미 제국주의의 속국인 쯤으로 연상하게 될 것이었다. 말수가 적어 보이는 독일인은 내내 조용한 미소를 짓고 있었고, 열차 표를 보여 달라며 친절하게 내 좌석 번호를 확인해 준 일본 청년은 오랜 여행으로 다져진 맑은 눈빛을 하고 있었다.

일본 청년과 독일인은 조용조용 얘기했지만 어머니와 함께 인도 여행길에 오른 남매, 러시안 가족은 모두가 유쾌 발랄했다. 닭 벼슬 모양으로 머리를 세운 러시안 청년, 유리게니는 뜻밖에도 불교 신자라고 한다. 가족들과 바라나시 주변에 자리한 스라나가르, 쿠시나가르, 부다가야, 룸비니 등의 불교 성지를 순례할 예정이라는 것이다.

나 또한 부처님을 늘 마음에 두고 있었기에 유리게니와 금세 친해질 수 있었다. 영어 대화의 한계를 느낀 나는 동생 스님이 챙겨 준 반야심경을 꺼내 그에게 보여 줬다. 틱낫한 스님의 해석이 붙어 있는 〈반야심경〉 책 뒷면에는 영어 번역본이 있었다. 그는 반야심경을 몇 구절 읽고 나서 엄지손가락을 치켜들며 아주 좋아했다.

〈반야심경〉 구절처럼 이것이 있으면 저것이 있기 마련이었다. 혹독한 인도 열차 타기 끝에 기분 좋은 인연들을 만나게 된 것이었다. 부처님 말씀이 새겨진 〈반야심경〉 덕분에 나 너 분별없이 우리는 한 시간도 채 안 돼 서로 음식을 한자리에 모아 놓고 나눠 먹는 사이가 되었다.

나는 12시간 넘게 걸린다는 열차 시간을 염두에 두고 챙겨 온 바나나와 오렌지를 꺼내 놓고 러시안 가족은 술과 빵을 꺼냈다. 소문대로 러시아 사람들은 한국 사람들처럼 술을 좋아하는 것 같았다. 그들이 배낭에서 주섬주섬 꺼낸 술은 캔도 아닌 병맥주였다. 장난이 발동한 러시안 청년이 병따개를 찾다가 포기하고 맥주병 뚜껑을 창틀에 대고 후려친다. 다행히 병 모가지는 깨지지 않았지만 뚜껑이 그대로 있다.

"나한테 줘 보세요."

나는 라이터를 꺼내 들고 병맥주를 달라며 손짓을 했다. 라이터를 이용해 한 방에 뻥 소리 나게 따 주었더니 다들 두 눈이 휘둥그레진다. 그렇게 서로 먹거리를 주고받아 가며 간단한 대화를 나누며 식사를 했다. 러시안 가족은 말할 때마다 하하하거리며 호탕하게 웃어 대곤 했다. 특히 러시안 엄마는 나와 얘기할 때마다 내 무릎이나 등을 탁탁 치면서 묻거나 대답했다.

"나이가 많아 보이는데 혼자 여행을 다녀요?"

"이제 50대 중반입니다."

"흰 수염 때문에 나이가 더 들어 보이네요, 우리 아들은 스물일곱, 딸은 스물셋, 당신은 나하고 두 살 차이 나요."

그녀가 나보다 두 살 많다는 것인지 두 살 덜 먹었다는 것인지 알 수 없었지만, 러시안 가족들과 얘기하면서 나는 단 한 번도 타 본 적 없는 시베리아행 열차 안에 있다는 착각에 빠지곤 했다.

자정이 가까워질 무렵 우리는 등받이 좌석을 펼쳐 3층 침대 칸을 만들어 각자 번호에 맞춰 딱딱한 침대에 누웠다. 안면을 튼 덕분에 간혹 도난 사고가 발생한다는 배낭 걱정을 풀어 놓고 편하게 잠을 청할 수 있었다.

13시간 기차 여행 후 바라나시 역 도착

얼마나 지났을까 열어 놓은 차창 밖으로 시원한 바람과 함께 이른 아침 햇살이 들어왔다. 애당초 12시간 정도 걸린다는 열차는 중간중간에서 수없이 연착하는 바람에 델리에서 출발한 지 13시간을 훨씬 넘게 걸려 바라나시 역에 도착했다.

러시안 가족들과 작별 인사도 제대로 나누지 못하고 오토릭샤꾼들이 대기하고 있는 역 광장으로 나섰지만, 아무도 나를 잡지 않았다. 현지인처럼 생긴 내 겉모습 때문인지 오토릭샤꾼들조차 접근하지 않았던 것이다. 나는 짐짓 바라나시의 지리에 훤한 여행자처럼 거드름을 피우며 오토릭샤꾼들에게 접근했다.

"강가, 메인 가트에 가려면 얼마면 갈 수 있나요?"

"200루피!"

"에이 무슨 소리요, 100루피 오케이?."

"노!"

100루피로는 턱도 없다는 표정으로 오토릭샤꾼들은 고개를 돌려 버린다. 나는 짐짓 딴청을 피우다가 다시 그들에게 접근해 흥정을 했다.

"강가 메인 가트 주변에서 한국인이 운영하는 게스트하우스까지 150루피 오케이?"

"오케이!"

오토릭샤에 올라타면서 다시 물었다.

"한국인이 운영하는 게스트하우스가 어디에 있는지 알고 있지요?"

"잘 알고 있으니까 걱정하지 말아요. 거기까지 데려다 줄 테니까."

도로를 비집고 달리던 오토릭샤가 복잡한 거리 한가운데에서 멈췄다. 나는 한국인이 운영한다는 게스트하우스를 잘 알고 있는 것처럼 그에게 말했기에 한국인 숙소가 어디에 있느냐고 묻지 못하고 무조건 내렸다.

오토릭샤꾼이 한국인이 운영하는 게스트하우스를 잘 안다고 했기에 오토릭샤가 멈춘 주변에서 사람들에게 물어보면 금방 찾아갈 것만 같았다. 하지만 이 사람 저 사람 붙들고 물어봐도 한국인이 운영한다는 게스트하우스를 찾을 길이 없었다.

"한국인이 운영하는 게스트하우스가 어디에 있습니까?"

"그 게스트하우스 이름이 뭡니까?"

"이름을 모르겠네요."

나는 게스트하우스의 이름조차 모르고 있었다. 돌이켜 생각해 보면 그 너른 바라나시 강가에서 이름도 모르는 한국인 숙소를 찾는 것은 무리였다. 나중에 알게 된 것인데 한국인이 운영한다는 게스트하우스는 오토릭샤가 다닐 수 없는 복잡한 골목길을 한참 들어선 곳에 자리 잡고 있었다. 그럼에도 오토릭샤꾼에게

바라나시 역에서 잡아탄 오토릭샤가 어딘가 알 수 없는 바라나시 강가 근처에 내려 줬다.

한국인이 운영한다는 게스트 하우스를 찾기 위해 미로처럼 이어져 있는 바라나시 골목길을 헤매고 다녔다.

바라나시 강가 지리를 잘 아는 척 거드름을 피워 가며 이름도 모르는 한국인 숙소로 데려가 달라고 했으니 "나는 바라나시를 전혀 모르는 생초보자니까 알아서 아무데나 버려두고 가슈."라고 말한 것이나 다름없었다.

더위와 무거운 배낭에 짓눌려 바라나시 강가 근처의 미로나 다름없는 골목을 헤매고 다니다가 그 복잡한 골목 한가운데 우두커니 서서 이것이 있으면 저것이 있다는 〈반야심경〉의 구절을 다시 떠올렸다. 내가 오토릭샤꾼에게 잘 아는 것처럼 거드름을 피워 가며 속였으니 당연히 그 또한 나를 속이지 않겠는가. 자업자득이었다.

나는 몸과 마음이 지쳐 한국인이 운영한다는 숙소를 포기하고 근처에 있는 게스트하우스를 잡기로 했다. 하지만 바라나시에서 흔하게 마주칠 수 있다는 숙소를 알선해 주겠다며 접근해 오는 현지인들은 물론이고 외국인 배낭족들조차 보이지 않았다.

"게스트하우스를 찾고 있는데 어디로 가야 합니까?"

"저쪽으로 가 보세요. 여기서는 게스트하우스를 찾기 힘들 것입니다."

인도 현지인들이 가리키는 손짓을 따라 땀을 뻘뻘 흘려 가며 무작정 걸었다. 오토릭샤가 멈춘 자리는 한국인이 운영하는 게스트하우스는 고사하고 외국인들이 즐겨 찾는 게스트하우스 밀집 지역과 거리가 먼 곳이었다.

내게는 그 흔한 지도 한 장 없었다. 인터넷이 터지는 휴대 전화가 있었지만, 그동안 함께 다녔던 젊은 친구들이 곧잘 활용했던 주변 검색조차 할 줄 모르는 어리숙한 중년 사내였다. 그렇게 대책 없이 소똥이 여기저기 너저분하게 퍼질러져 있는 비좁은 골목길을 한 시간 가까이 헤매고 다녔지만, 그 어떤 게스트하우스도 눈에 띄지 않았다. 얼마나 걸었을까. 그 골목길이 그 골목길 같았다. 온몸이 녹초가 되어 미로에 갇혀 있다는 기분에 휩싸여 있을 무렵 동양인 여자 둘이 골목 저편에서 걸어오고 있었다. 너무나 반가워 다짜고짜 물었다.

"한국 사람입니까?"

"아닌데요, 중국 사람인데요."

"아, 그러세요, 혹시 한국인이 운영하는 게스트하우스를 알고 있나요?"

"잘 모르겠습니다."

"그럼 어디에 묵고 계시나요?"

30대 초반으로 보이는 중국인 여자들은 자신들이 묵고 있다는 게스트하우스를 소개해 주겠다며 앞장서 걸었다. 그들이 친절하게 안내한 낡고 오래돼 보이는 게스트하우스 건물에는 '요기로지'라는 낡은 간판이 붙어 있었다.

낯선 바라나시 거리를 헤맨 끝에 오래된 게스트하우스를 찾다

바라나시 강가 근처에서 구하기 힘든, 아주 저렴한 150루피에 불과한 방을 구할 수 있었다. 빈대가 득실거릴 것 같은 낡은 침대에 작은 식탁 하나 달랑 놓여 있는 형편없이 비좁은 방이었지만, 내가 원하는 그런 방이었다. 만약 한국인 숙소를 찾아갔다면 이 방의 두 배에 해당하는 300루피 이상을 줘야 했을 것이다.

배낭을 풀어 놓고 낡은 시트가 깔려 있는 침대에 누웠다. 천 년 도시 바라나시의 갠지스 강이고 뭐고 생각할 겨를도 없이 녹초가 된 몸을 딱딱한 침대에 떠맡겼다. 천장에 붙어 있는 선풍기는 물론이고 창문에서 후덥지근한 바람이 몰려왔다.

그 후덥지근한 바람에 실려 내가 지금 어디에 있는지 누구인지조차 까마득하게 다가왔다. 내가 아는 것은 조금 전에 헤매고 다녔던 미로와 같은 수많은 골목길이 전부처럼 여겨졌다. 카르마^{불교의 업業}나 다름없는 낡은 노트북이 들어 있는 무거운 배낭을 메고 땀을 뻘뻘 흘려 가며 낯선 골목길을 헤매고 다닌 시간이 한 세월을, 한 생을 보낸 것처럼 아득하게 다가왔다.

아는 사람 하나 없는 바라나시, 나는 바라나시의 어디쯤에 있는지조차 모르는 곳에 누워 있다. 그동안 나는 살아오면 주로 내가 아는 길, 내가 아는 사람들을 찾아다녔다. 내가 아는 길이 전부였고 아는 사람들이 전부였다. 그들과 함께 가는 길이 전부라고 믿고 있었다. 그런 나를 떠올려 놓고 보니 지금의 내가 낯설고도 생경하게 다가왔다.

이제 비로소 인도에 와 있다는 느낌과 피로감이 기분 좋게 몰려오면서 내가 원하는 곳과는 전혀 상관없는 낯선 곳에 내동댕이쳐 준 오토릭샤꾼이 고맙게 다가왔다. 그가 아니었으면 어떻게 익숙한 내가 아닌 낯선 나를 기분 좋게 만날 수 있었겠는가.

화장터에서 만난 이혼남과 별거남, 고해성사를 하다

한국 식당을 찾아 나서다

숨이 턱턱 막혀 왔다. 잠에서 깼다. 천장에 달라붙어 있는 선풍기 팬이 부지런히 바람을 내보내고 있지만 그마저 후덥지근했다. 얼마나 잤을까. 휴대 전화로 시간을 봤다. 오후 3시가 조금 넘었다. 서너 시간 잠을 잤다. 온몸이 끈적거린다.

인도에 와서 딱 한 번 샤워한 기억이 난다. 한국에서 단벌로 가지고 온 옷을 열흘 내내 입고 다녔다. 흰옷이 때 구정물에 절어 거무스름해졌다. 내가 묵고 있는 숙소는 3층인데 2층에 공동 화장실과 샤워장이 있다.

30도가 넘는 한낮의 태양열에 샤워 꼭지에서 나오는 물조차 미지근해져 있다. 미처 비누를 챙기지 못했다. 가볍게 샤워하고 나서 새 옷으로 갈아입었다. 바라나시로 출발하기 전에 델리에서 산 누리끼리한 줄무늬의 인도풍 옷이다. 샤워를 하고 나니 허리가 푹 꺾일 정도로 허기가 몰려온다.

인도에 와서 열흘 내내 젊은 친구들과 함께 다니며 분에 넘치도록 잘 먹고 다녔다. 하루에 한두 끼로 보냈던 한국보다 더 잘 먹었다. 한국에서 혼자 생활하면서 산나물을 캐서 무쳐 먹거나 한두 가지 반찬으로 해결했기에 생활비도 아주 적게 들었다. 한 달에 50만 원 정도의 비용을 예상하고 인도에 왔다. 그 돈으로 이동하고 먹고 자는 일을 해결해야 하기 때문에 비용을 최소로 줄여야 한다. 바라나시에서 가장 싼 숙소를 잡았기에 일단 숙소 잡는 데는 성공한 셈이다. 숙소에서 심부름을 하는 젊은 사내에게 물었다.

"바라나시에 한국 식당이 여럿 있다는데 아세요?"

"이 근처에 맹구 식당이 있습니다."

"맹구? 아, 거기 좀 알려 주세요."

'맹구'라는 말이 반가웠다. 한국 식당은 분명 인도 식당보다 비쌀 것이었다. 끼니 해결보다는 한국 사람들을 만나 바라나시에서 가장 가 보고 싶었던 화장터의 위치를 자세히 알고 싶었다. 숙소 계단을 내려서는데 누군가 부르는 소리가 들린다.

"헤이, 친구! 나 좀 봐요."

분명 나를 향해 부르는 소리다. 긴 수염은 없지만 인도 요기들처럼 윗옷을 벗고 목에 염주를 주렁주렁 매단 사내가 나를 빤히 쳐다보며 손짓한다.

"무슨 일이죠?"

"잠깐 들어와 볼래요?"

내가 멈칫거리자 사내가 내 옷을 가리키며 다시 말했다.

"당신 옷 어디서 샀나요? 여기서 싸게 팔고 있어요. 구경해 보시죠."

바라나시 옷 가게 주인과 친구가 되다

나는 옷에 대한 관심보다는 요기yogi, 요가 수행자처럼 보이는 그가 더 궁금해 가게 안으로 들어섰다. 열댓 벌의 옷이 진열된 그의 작은 옷 가게는 어림잡아 두 평 반 남짓했다. 옷 가게라기보다는 그만의 소박한 신전에 가까웠다. 흙으로 꾸며진 작은 공간의 중앙에는 그가 모시고 있는 신이 낡고 조악한 그림으로 앉아 있었다. 삼지창을 들고 있는 것으로 짐작건대 인도의 3대 신 중 하나인 시바 신인 듯싶었다.

그는 이 작고 비좁은 공간에서 시시때때로 명상을 하고 있다고 한다. 내가 한국 사람이라고 하니까 덥수룩한 수염의 내 모습이 수행자처럼 보였는지 그가 묻는다.

"한국의 요기입니까?"

"명상에 관심이 많긴 한데 수행자는 아닙니다. 그냥 여행자입니다."

숙소 앞에서 만난 인도 요기. 아주 작은 옷가게를 운영하고 있다.

그는 내가 여느 외국인 여행자들처럼 영어를 잘하는 줄 알고 길게 말한다. 영어가 짧은 나로서는 그의 말을 다 이해할 수는 없었지만 대략 요점 정리하자면 이렇게 말하는 것 같았다.

"나는 바라나시의 힌두 사원에 기거하고 있는 큰 스승을 모시는 힌두 수행자다. 옷 장사는 끼니를 해결하기 위한 방편이다. 내가 주로 하는 것은 신에게 기도하는 일, 명상이다."

그는 짜이를 내주면서 델리에서 파는 가격보다 50루피 싸게 팔 테니까 옷을 살 친구들이 있으면 데려오라고 한다. 옷을 팔기 위해 거짓말을 하는 것으로 보이지는 않았다. 그는 또 옷을 사지 않아도 되니까 아무 때나 친구처럼 짜이를 마시러 놀러 오라고 한다.

옷 가게에서 빠져나와 비좁은 골목길을 따라 맹구 식당을 찾아가면서 인도에서 낯선 누군가가 친절을 베풀며 내주는 그 어떤 것이든 받아먹지 말라고 적혀 있는 인도 안내서를 떠올렸다. 짜이를 다 마시고 나서 생각난 것이 다행이었다. 그 경고장이 앞서 떠올랐으면 나는 불안감을 감추지 못하고 그를 이상한 눈으로 바라보며 경계했을 것이고, 친구로 사귀지 못했을 것이다.

맹구 식당을 찾아가면서 길을 잃지 않기 위해 빵 조각을 떼어 놓는 헨젤과 그

인도 바라나시 갠지스 강

레텔을 떠올렸다. 숙소로 되돌아갈 길을 찾기 위해 미로와 같은 낯선 골목을 꺾어 들어갈 때마다 빵 조각을 흘리는 대신 인상 깊은 건물들을 머릿속에 입력시켰다.

맹구 식당은 내가 머물고 있는 숙소에서 그리 멀지 않은 곳에 있었다. 하지만 한국 사람들을 만날 수 있을 것이라는 기대감이 무너졌다. 맹구 식당 주인은 한국 사람이 아니었다. 인도 현지인과 결혼하여 자식까지 둔 일본 여자가 운영하고 있었다.

음식 값도 비쌌다. 메뉴판을 보니 비교적 싼 음식이 내가 묵고 있는 숙소의 하루 비용과 맞먹었다. 나는 그중에서 가장 싼 국수 종류를 시켜 먹고 맹구 식당 주인이 알려 준 골목길을 따라 갠지스 강으로 향했다 나중에 알게 된 것인데, 이곳 식당 이름은 맹구가 아니라 메구였다. 미로 같은 골목길을 빠져나와 갠지스 강으로 향하는 길은 쉽지 않았다. 처음 출발했던 길을 두 차례나 반복해서 오고 간 끝에 겨우 골목을 빠져나와 갠지스 강 앞에 설 수 있었다. 다시 숙소로 돌아갈 일이 까마득했지만 길을 헤매는 것에 익숙해져 있어 더 이상 당황스럽지 않았다.

골목길에서 빠져나온 곳은 공교롭게도 시장을 끼고 있는 가트의 중심지, 메인 가트목욕 제단였다. 그 메인 가트 양옆으로 갠지스 강 줄기를 따라 총 6km에 이른 다는 가트가 길게 늘어서 있었다. 강가에는 거지와 분간하기 힘든 헝클어진 머리에 남루한 옷차림의 요기들이며, 울긋불긋한 옷차림의 인도 여인들과 흰옷을 입은 힌두교인들, 카메라를 앞세워 강가를 하릴없이 배회하는 외국인들 등 온갖 사람들이 오락가락하고 있었다.

30도를 웃도는 한낮의 따가운 태양을 피해 오래된 나무 그늘 밑에 앉아 있거나 쓰레기들이 널려 있는 강가에 몸을 담가 목욕하고 기도를 올리는 사람들이 보였다. 거기에다 인도 어디에서나 쉽게 볼 수 있는 소와 개들이 곳곳에 누워 있거나 어슬렁거리고 있었다.

강가를 바라보며 오래된 사원과 건물들이 들어서 있었고, 저만치 화장터라 짐작되는 곳에서는 연기가 오르고 있었다. 그 옆에서는 낚시를 하거나 빨래를 하고 있었다. 삶과 죽음이 한자리에 모인 '천 년 도시 바라나시'라는 말이 비로소 실감 났다.

'강가'에서 씻어 내는 탐욕과 분노, 어리석음

나는 화장터가 보이는 오른쪽 가트 쪽을 향해 무작정 걸었다. 가트 중간중간에서는 힌두교도들이 땡볕을 피해 천막을 친 그늘 밑에 모여 앉아 종교 의식을 치르고 있었다. 그들 대부분은 머리를 삭발했다.

"밖으로 나가세요."

"예?"

힌두교도들의 종교 의식을 물끄러미 쳐다보고 있는 내게 손짓을 한다. 그가 가리키는 바닥에 금이 그어져 있었다. 일정한 공간을 성역처럼 확보해 놓고 그 안에서 의식을 치르고 있었던 것이다. 종교 의식을 이끄는 사람이 따로 있었는데 그중에는 열일곱 살도 안 돼 보이는 청소년도 있었다. 그가 열정적으로 경전을 암송하면서 줄지어 앉아 있는 사람들 앞에 놓인 빈 접시에 제물을 나눠 주고 있었다.

"지금 무엇을 하는 것입니까?"

나는 함께 구경하던 중년의 인도 사람에게 목소리를 낮춰 물었다. 그는 내게 장황하게 설명했다. 내가 알아들을 수 있는 그의 설명을 종합해 보면, 가트에서 종교 의식을 치르는 사람들은 모두 힌두교도들이며 가족 단위로 의식을 치르고 있다는 것이다. 또한 이 의식의 목적은 갠지스 강을 상징하는 강가 신에게 가족의 건강과 행복을 기원하는 것이라고 했다.

대부분 인도 사람들은 갠지스Ganges 강을 '강가gangga'로 부르는데, '강가'는 갠지스 강을 상징하는 여신의 이름이다. 강가는 영어 표기인 갠지스 강의 본래 힌디 어 이름이며, '어머니 강가'로 신성시 여기고 있다.

힌두교도들은 자신들의 성지로 여기고 있는 바라나시, 갠지스 강에 몸을 씻으면 죄와 업이 씻겨 나간다고 믿고 있다. 또한 시신을 태워 그 재를 갠지스 강에 뿌리면 열반에 들 수 있다고 한다.

힌두교도들이 의식을 치르고 있는 바로 아래에서는 오물투성이의 강물에 몸을 담그고 어떤 이는 입을 헹구기도 한다. 더럽다는 것은 무엇일까. 탐욕스럽고 분노하고 어리석은 사람의 마음자리만큼 더러운 것이 또 어디에 있겠는가. 오물이 흐르는 강가에서 저들이 씻어 내는 것은 몸의 때를 씻어내는 것이 아니라 자비로운 어머니의 품에 안겨 더러운 마음자리, 탐진치불교 용어로, 탐욕스럽고, 분노하며, 어리석은 상태를 씻어 내겠다는 것이 아닐까.

'어머니 강가'. 자식이 그 어떤 추악한 죄를 저질렀다 해도 용서해 주는 존재가 어머니가 아니던가. 인간들이 온갖 오물로 '어머니 강가'를 더럽히고 욕되게 하고 있지만 '어머니 강가'는 그 모든 것을 받아 주고 있었다.

탐진치에서 벗어나지 못하는 인간은 신성한 어머니 강가를 더럽히는 오물이나 다름없었다. 그 오물이나 다름없는 죄 많은 인간들은 강가에 몸을 담가 그 자비로운 어머니의 품에 안기고 있는 것이었다. 어머니의 자비심은 멈춤 없이 흘러가는 강줄기처럼 무한했다. 강가는 히말라야에서부터 흘러온 강이다. 인간을 정화하는 어머니 강가는 히말라야에서부터 흘러내려 온 대자연의 힘이기도 했다.

강가를 따라 가트 깊숙이 들어서자 동양인 처녀가 인도 아이들과 놀이를 하면서 해맑은 웃음을 나누고 있었다. 그녀는 한국 여성이었다. 그들 앞에 한국인이 운영한다는 게스트하우스가 있었다. 숙소에는 2인실밖에 없다고 했다. 원룸이 하나 있는데 한국인이 장기 투숙을 하고 있다고 한다. 내가 묵고 있는 숙소보다 두 배 이상 비싼 2인실을 쓰는 것은 무리였다.

한국인이 운영하는 숙소를 나와 화장터로 향했다. 화장터 사람들에게 불경죄를 저지르는 것 같아 가까이 다가가 사진을 찍지 못하고 멀리 떨어져 앉아 카메라 초점을 맞췄다. 가만히 생각해 보니 나는 삶과 죽음의 한가운데 앉아 있었다. 왼편에서는 목욕을 하거나 빨래를 하고, 오른편에서는 시신을 태우고 있었던 것이다.

누군가 내 곁에 앉았다. 나는 그때까지 화장터에 시선을 고정시키고 나는 누구인가, 나는 누구인가? 하고 헛도는 음반처럼 마음속으로 '나는 누구인가?'를 반복하고 있었다. 그렇게 '멍 때리고' 앉아 있었기에 어떤 생각을 했는지 기억이 나지 않았다. 내가 어디에 와 있는지 어디에 앉아 있는지 까마득히 잊고 있었다.

뜨거운 땡볕 아래에서 얼마나 오랫동안 앉아 있었을까. 내 등 뒤로 서 있는 건물들이 강가로 향해 그림자를 드리우고 있을 무렵 누군가 내 곁에 앉았다는 것을 인식했다. 화장터 가까이에 하염없이 앉아 있던 사내였다. 그를 본 순간 나는 누구일까?를 반복하면서 화장터 코앞에서 잔뜩 웅크리고 앉아 있던 그 사내를 내내 먼 발치에서 바라보고 있었다는 것을 알았다. 그가 영어로 물어왔다.

"한국 사람이세요?"

"예, 그런데요."

"저도 한국 사람인데, 혹시 담배 피우세요?"

"예? 담배요?"

"죄송한데 담배가 떨어져서……."

그가 다시 내게 "무슨 생각을 하고 계셨어요?"라고 물어 왔다. 내가 무슨 생각을 했을까? 다시 돌이켜 생각해 보니 나는 삶과 죽음의 중간에서 살아 있는 것도 죽어 있는 것도 아니라는 생각을 했던 거 같기도 했다. 말 없이 담배 연기를 내뱉던 그가 뜬금없이 말했다.

"살 타는 냄새를 맡아 가며 열흘 가까이 화장터에 앉아 있었죠. 대체 내가 뭘 하면서 살아왔는지……. 내 안에 분노심만 키워 오면서 내 잘난 맛에 살아왔을 뿐이지, 나는 아무것도 아닌 그냥 어리석은 존재였더라고요."

"…… 저도 마찬가지입니다."

돌이켜 보면 내가 살아온 길이 그랬다. 고통 받고 있는 사람들을 위해 온전히 몸을 던져 살아온 것도 아니고, 그렇다고 중생의 아픈 마음자리를 보듬어 주는 자비로운 수행자의 길을 걸어온 것도 아니었다. 반거들충이 무엇을 배우다가 중도에 그만두어 다 이루지 못한 사람 로 분노심만 키워 왔지, 나는 아무것도 아니었다. 그가 다시 말했다.

"큰 욕심 없이 살아왔다고 생각했는데 착각이었어요, 나만큼 욕정에 사로잡힌 탐욕스런 인간이 없더라고요. 그런 내가 불쌍해 열흘 내내 눈물만 쏟고 가는 것 같네요."

그는 인도에 오기 전 이혼을 했다고 한다. 인도는 이번이 두 번째라고 했다. 인도 다람살라에서 만난 여자와 결혼해서 10여 년을 살았고, 그 둘 사이에 딸이 하나 있다고 했다. 그가 먼저 속없이 털어놓는 바람에 우리는 서로 소박맞은 여인들처럼 궁상맞게 살아온 이야기를 저물어 가는 강가에 쏟아 부었다.

"제 살아온 얘기가 추잡한 삼류 소설 같지요. 모든 게 다 내 업보였습니다. 아까 말씀드렸지만 수행자의 길을 가던 놈이 한순간의 욕정을 이기지 못해 이 꼴이 되고 말았지요. 그 오만과 자만심으로 결국 이 꼴이 됐으니 자업자득이지요."

"내 처지도 크게 다를 바 없습니다. 아이들 엄마가 끊임없이 이혼을 요구하고 있어 이러지도 저러지도 못 하고 있으니까요."

"그나마 딸이 있어서 행복했습니다. 제 딸은 부모와 달리 한없이 착합니다. 부모의 다툼이 끊이지 않았는데, 그 진흙탕 같은 곳에서 핀 연꽃 같은 녀석이지요."

"내게도 그런 두 아들이 있습니다."

우리는 서로 바보처럼 "푸하하" 웃다가, 분통을 터뜨리다가 어느 순간 인생의 패배자처럼 우울해지곤 했다. 그 사이에 땅거미가 짙어지기 시작했고 화장터의 불빛이 살아나기 시작했다. 낯선 곳, 그것도 주검들의 냄새가 진동하는 화장터 때문이었을까. 아니면 이혼한 그와 별거 중인 내 처지와 다를 바 없는 동병상련에서였을까. 나 또한 그에게 세상에서 가장 친한 친구를 만난 것처럼 할 얘기, 못 할 얘기들을 다 쏟아 냈다. 만난 지 불과 한 시간도 채 안 돼 우리는 서로 어떤 이야기든 자유롭게 주고받았다.

오늘 밤 헤어지면 평생 만날 수 없는 인연이라 여겼기에 마치 죽음을 목전에 둔 사람들처럼 서로가 서로에게 고해 성사를 하고 있었던 것이었다. 그는 내일 아침, 히말라야 깊숙한 곳으로 떠날 예정이라고 했다. 우리는 서로 약속이라도 한 듯 이름조차 묻지 않았다. 마치 천 년 전, 바라나시 어딘가에서 만난 까마득한 인연들처럼 아무런 기약 없이 이름도 성도, 그 흔한 휴대 전화 번호도 모른 채 헤어졌다.

천 년의 세월 속으로……

우리가 자리를 털고 일어났을 때 저만치 메인 가트에서 '아르디 뿌자Arti Pooja' 라는 의식이 펼쳐지고 있었다. 매일 저녁 강가 가트에서 벌어지는 뿌자는 강가 의 여신에게 제를 올리며 죽은 사람을 위로하는 힌두교의 전통 의식이라고 한 다. 나는 그 수많은 사람 틈에 끼어 앉았다.

화로에 담긴 향불이나 불꽃을 흔드는 무용수들의 부드러운 몸짓을 이끌어 내 는 인도의 전통 음악을 듣다가 어느 순간 아찔한 현기증에 사로잡혔다. 천 년 세 월 속으로 빨려 들고 있다는 착각이 일어날 정도로 정신이 몽롱해지면서 아득해 졌다. 조금 전 화장터 부근에서 만났던 사내와의 인연이 까마득한 과거 같았다. 암리차르 황금사원에서 그랬던 것처럼 나는 알 수 없는 그 혼미한 내면에서 빠져 나오기 위해 고개를 몇 차례 흔들어 댔으나 소용없었다.

뿌자 의식이 끝나갈 무렵 수많은 사람이 강가 여신에게 소원을 담아 띄운 '디 와꽃이 담긴 작은 나뭇잎 접시의 기름 심지에 불을 밝힌 것'들이 강줄기를 타고 유유히 흘

비라나시 강가 가트에서 매일 저녁 열리는 힌두교 종교 의식 뿌자. 강가 여신을 경배하고 죽은 자들을 위로하는 의식이라고 한다.

러가고 있었다. 천 년 도시 바라나시의 첫날 밤은 그렇게 기분 좋은 것도, 기분 나쁜 것도 아니었다. 혼미한 내 의식 속으로 작은 불꽃들이 수없이 흘러가고 있었다. 어디로 가는지도 모르는 내 존재 의식처럼……

화장터에서 밥 먹고 살지만,
놀라운 인도 노인의 경지

5시가 조금 넘은 이른 아침, 갠지스 강은 아직 동이 터 오르기 전이다. 저만치 화장터에서 장작불이 타오르고 있다. 어스름한 새벽 공기를 휘이휘이 젓어 대는 불꽃들이 내게 가까이 다가오라는 듯 손짓한다.

나는 뭔가에 홀리듯이 그 불꽃을 향해 걷는다. 불꽃에서 연기와 뒤섞인 잿가루가 날린다. 사방 천지를 날아다니는 연기에 실려 비릿한 냄새가 콧속으로 파

동트기 전 이른 새벽 화장터. 바라나시에 머물렀던 일주일 동안 매일 새벽 이 화장터에 나가 두세 시간을 보냈다.

고든다. 분명 살 타는 냄새다. 나는 좀 더 가까이 다가가지 못하고 엉거주춤 서서 그 냄새의 진원지, 화장터를 물끄러미 바라보고 있다.

화장터 주변에는 시신을 태우며 슬픔에 겨워 통곡하는 사람들도 없다. 다만 돌계단에 앉아 침통한 표정으로 담배를 피워 물고 있는 몇몇 사람들과 개 몇 마리가 땅바닥에 코를 박은 채 어슬렁거리고 있다.

바라나시 화장터 앞에 서서 20년 세월을 회상하다

'저 개들은 죽음의 고통을 알 수 있을까. 나는 죽음의 고통에서 얼마나 자유로울 수 있을까. 생로병사의 고통에서 벗어날 수 있는 길은 무엇인가. 부조리한 현실 속에서 이웃을 내 몸처럼 사랑하는 마음, 탐욕스런 마음에서 벗어나 베풀며 살아갈 수 있는 길은 무엇일까. 그 마음 그대로 금강석처럼 단단하게 흔들리지 않고 살아갈 수 없는 것일까.'

결혼 전, 나는 비슷한 질문 앞에 서 있었고 그 질문에 대한 해답을 얻기 위해 수행자의 삶을 기웃거리고 있었다. 그 물음 앞에 쩔쩔매 가며 이 절 저 절 찾아다니며 수행자들을 만났고, 주저앉아 수많은 책을 접했다. 종교 서적과 성자들의 말을 담아 놓은 정신 세계에 관련된 서적들에서 성자들을 만났다. 책 속의 성자들은 명쾌한 해답을 내놓았다. 그들은 한결같이 모든 것이 마음에 달려 있다고 말했다.

하지만 책 속의 성자들이 말하는 그 참마음을 내 마음대로 조절할 수 없었다. 성자들이 제시한 해답은 명쾌했지만, 막상 부조리한 현실에 부딪히게 되면 그 좋은 마음은 뜬구름처럼 사라져 버렸다. 부조리한 현실의 벽 앞에서 산산조각이 났다. 좋은 마음을 품게 될수록 오히려 더 깊은 고통의 상처만 남았다.

성자들의 말은 그냥 말이었다. 그들의 경험 세계는 내게 관념일 따름이었다. 책 속의 빛과 그림자에 불과한 풍경이었고, 책 속의 세계일 따름이었다. 성자들의 얘기를 담은 책들에 깊이 빠져들수록 갈증만 증폭됐다. 성자들이 제시한 참

아침 해가 떠오르는 갠지스 강에서 기도를 올리는
인도 사람들

마음자리는 의식을 자유롭게 해 주
었지만, 그 자유로운 의식만큼 현실
의 고통이 뒤따랐다. 성자들의 말
은 현실의 벽 앞에 부딪혀 허우적거
리고 있는 고통을 잠시 잠재워 주는
진통제에 불과했다. 거기에서 벗어
나고 싶었다.

그리고 인도 고행길을 작심했고
그 길목에서 한 여자를 만나 아이가
생겨 결혼했다. 그렇게 20년을 살
았다. 그리고 20년 전 작심했던 고
행 길에서 머물고 싶어 했던 바라나
시 화장터 앞에 서 있다. 20년이라
는 세월이 한순간에 흘러가 버렸다.
저 갠지스 강물처럼 흔적 없이 흘러
가 버렸다.

화장터를 먼발치에 두고 멍 때리
고 있을 무렵 갠지스 강 동쪽 야트
막한 산에서 아침 해가 솟아오르고
있었다. 삶과 죽음의 경계를 가르듯
이 붉은 해가 떠올랐다. 그 붉은 빛
이 갠지스 강에 떠 있는 배들을 보
기 좋게 물들이고 있었다. 거기서
이른 아침부터 갠지스 강에 몸을 담

그고 있던 힌두교도들이 기도를 올리고 있었다. 문득 바라나시 인근에 위치한 사르나트에 머물고 있던 부처님이 제자들을 화장터로 보냈다는 글을 어디선가 읽은 기억이 떠올랐다.

나는 천 년 세월을 뛰어넘어 부처님의 제자가 된 기분으로 화장터 앞으로 가까이 다가가 돌계단에 쪼그려 앉았다. 시간이 흐를수록 점점 더 많은 사람들이 화장터 주변으로 몰려들었다. 그만큼 화장터 군데군데에 시신을 태우기 위한 장작더미가 쌓여 가고 있었다.

한쪽에서는 다 타고 남은 장작을 휘적거리며 뼈를 모으는 사람, 화장을 마치고 그 재를 갠지스 강에 뿌리는 사람, 그 주변에서 코를 벌름거리며 어슬렁거리는 개들도 보였다. 어느 정도 불길이 타오른 장작더미에서는 불길에 뚱뚱 부은 두 발이 삐죽이 드러나 있었다. 나는 돌리던 고개를 바로잡아 그 모습을 직시했다.

추레한 거지 행색의 노인이 손짓하다

그렇게 살 타는 냄새를 맡아 가며 점점 따가워지는 땡볕 아래 한 시간 이상을 앉아 있을 무렵이었다. 누군가 내게 손짓을 했다. 장작개비처럼 마른 노인이었다. 아무 데서나 먹고 자는 듯 보이는 추레한 거지 행색의 노인이었다.

하지만 그의 손짓은 아주 부드러웠다. 그는 말 없이 내게 자신이 앉아 있는 바로 옆자리, 그늘막에 앉으라며 손바닥으로 툭툭 친다. 노인의 손짓은 마치 슬로비디오를 보는 것처럼 느리고 부드러웠다. 그 손짓에 경계심을 해제했다. 이제까지 살아오면서 그처럼 부드러운 손짓을 접한 적이 있었나? 나는 그 부드러운 손길을 거부할 수 없었다. 아니, 그 손짓이 너무 부드러워 그 품에 안기고 싶을 정도였다.

천막 아래 노인이 앉아 있는 그늘막에는 돗자리가 깔려 있었다. 나는 표 나지 않게 곁눈질로 노인의 눈빛을 보았다. 온몸이 쭈글쭈글 살가죽만 씌워져 있어

바라나시 화장터에서 만난 노인. 부드러운 손짓으로 나를 돗자리가 깔린 그늘막으로 불러 앉혔다.

보이는 바싹 마른 노인이었지만, 눈빛은 아주 부드러웠다. 동시에 강렬한 그 무엇이 있었다. 그는 내게 자리를 양보해 주고 나서 미동도 없이 화장터 불꽃을 주시했다. 나 역시 같은 시선으로 시신을 태우는 장작불에 시선을 고정시켰다. 장작불이 다 타들어 간 곳에서는 사람들이 살덩어리가 엉킨 숯을 강물에 던지고 있다.

나는 노인에게 '왜 여기에 앉아 있습니까?', '어떤 일을 하는 분입니까?' 등등의 질문을 하고 싶었지만, 부질없는 생각이라 여기고 이내 접었다. 하지만 나는 수행자가 아니라 어쩔 수 없는 글쟁이였다. 질문 대신 작은 사진기를 꺼내 화장터를 응시하고 있는 노인의 말없는 표정을 담아냈다. 내가 사진을 몰래 찍을 때 노인은 슬쩍 나를 보더니 다시 화장터를 바라본다. 노인이 나를 보았을 때 순간, 이렇게 말하는 듯했다.

'마음공부를 하려면 먼저 너의 글과 말, 설령 성자들의 말이라 할지라도 그것이 관념으로 머릿속에 박히게 되면 가차 없이 버려라, 그럴싸하게 포장해 사람들을 현혹시키는 글들을 버려라, 너의 마음공부는 거기서부터 시작해야 한다.'

미동도 없는 노인의 무표정은 깊은 명상에 잠겨 있는 듯 보였다. 노인과 나는 그렇게 한 시간 가까이 아무런 대화도 없이 시신을 태우는 장작불을 하염없이 바라보고 있었다. 장작불이 꺼지고 그 재를 강물에 뿌릴 무렵이었다.

온갖 풍파에 뒤틀려 잔가지만 앙상하게 남아 있는 고목처럼 앉아 있던 노인이 부스스 일어섰다. 비로소 나는 입을 열어 "도와 드릴 일 없느냐?"고 묻자 노인은 부드럽게 손을 내저으며 계단 아래로 내려선다.

계단을 내려선 노인은 장작이 쌓여 있는 곳으로 다가가 몇 개의 장작을 어깨에 짊어진다. 노인은 화장을 다 끝내고 남아 있는 잿더미까지 말끔하게 정리된 화장터에 장작을 내려놓는다. 노인은 화장터에 장작을 쌓는 일을 하고 있었던 것이다. 땡볕 아래에서, 그것도 후끈거리는

노인은 화장터에서 시신을 화장하는 장작 쌓는 일을 하고 있었다.

화장터 열기를 아랑곳하지 않고 그 일을 반복하고 있었다.

장작 쌓는 일을 하고 돌아온 노인……, 그늘을 양보하다

노인이 짊어진 삶의 무게 때문이었을까. 갑자기 울음이 울컥 솟구쳤다. 주체할 수 없이 눈물이 나왔다. 돌이켜 생각해 보면 노인 때문만은 아니었다. 시신을 태우기 위해 장작 쌓기를 반복하고 있는 노인의 발걸음, 그것은 내 삶의 여정이었다. 한낱 검게 타다 남은 숯 덩어리에 불과할 내 자신의 주검을 향해 고통이 반복되는 삶을 살아가고 있었다.

지난 몇 년 동안 아내와 끊임없는 다툼으로 내 가슴에는 사랑과 자비심보다는 증오심으로 들끓었다. 그 증오심은 여지없이 숨 막히는 고통으로 다가왔다. 나는 여전히 증오심과 고통을 털어 내지 못하고 있었다. 서로 사랑하고 살기에도 부족한 삶을 왜 그토록 고통의 무게에 짓눌려 살아야 하는가. 장작불에 살이 타들어 가는 주검들은 그 부질없는 증오심, 뒤틀린 마음의 짐을 내려놓으라 이르고 있었다.

장작을 짊어진 노인은 젊은 일꾼들 틈에서 흰 수염과 번쩍이는 눈빛으로 끊임없이 계단을 오르내리고 있었다. 고통이 반복되는 삶, 노인은 마치 끊임없이 반복되는 자신의 업을 불사르기 위해 장작더미를 쌓는 듯 보였다. 노인 또한 조만간 자신이 쌓고 있는 저 장작더미 위에 눕게 될 것이다. 어디 노인뿐이겠는가. 그 누구든 저 주검의 장작더미에서 벗어날 수 없다.

바라나시의 화장터를 둘러본 사람들 중에는 더러 인도의 가난한 사람들은 장작을 살 돈조차 없어 화장조차 제대로 못 한다고 말한다. 부자로 살았던 사람들은 장작을 높게 쌓아 놓는다. 모두가 사실이다. 한국에서도 살아생전 큰 사찰을 거느린 스님들조차 보통 스님들보다 다비장이 더 호화롭다. 하지만 죽음 앞에서는 차별이 없다. 죽음 앞에서는 평등하다. 죽음 앞에 장작을 높이 쌓아 올리는 것이 무슨 의미가 있겠는가.

장작을 다 쌓은 노인은 다시 그늘막으로 돌아오고 있었다. 맨 처음 만났을 때 죽음을 앞둔 사람처럼 몸 하나 바로 일으킬 수 없으리라 여겼던 노인이었다. 노인이 다가오는 순간 "아!" 내 입에서 짧은 감탄사가 터져 나왔다. 힘든 노동일에서 돌아온 노인에게서 지친 표정은 물론이고 거친 호흡조차 느낄 수 없었던 것이다.

노인이 돌아왔을 때, 길게 늘어진 땡볕이 내가 앉아 있던 그늘막 깊숙이 파고 들어 끈적끈적하게 핥아 대고 있었다. 힘든 노동일에서 돌아온 노인이었지만 내게 자신의 그늘 자리를 양보하고 계단으로 내려선다.

"저는 괜찮습니다. 그냥 앉아 계세요."

"……"

노인은 말없이 예의 그 부드러운 손짓으로 거기 그냥 앉아 있으라고 한다. 마치 큰 스님이 동자승에게 자비를 베풀 듯이. 그리고 나서 노인은 아주 평화로운 얼굴로 땡볕 계단에 앉아 다시 화장터를 응시한다.

나는 땡볕에 앉아 있는 노인에게 너무나 미안해 재빨리 화장터 주변에 있는 가

이른 새벽부터 외국인 관광객들은 현지 안내인을 앞세워 화장터 구경을 하거나, 갠지스 강에 배를 띄워 화장터를 지켜보기도
한다.

게로 달려갔다. 거기서 물 한 병을 사려다가 두 병을 샀다. 한 병만 사 오면 자리를 양보하듯, 노인이 거절할 것 같았기 때문이었다.

"이거 좀 마시세요. 저도 한 병 있습니다."

"……."

물병을 건네자 노인은 그마저 거절했다. 그 부드러운 손짓으로 빙그레 웃으며 자신의 물이 있으니 걱정 말라는 표정을 보내온다. 노인 옆에는 먹다 남은 아주 적은 양의 물병이 놓여 있었다. 노인의 얼굴에 여유와 평화가 넘쳐나고 있었다. 그 표정에서 보이지 않는 인도의 힘이 온몸으로 전해져 왔다.

내가 노인에게 공손히 두 손 모아 감사의 인사말을 건네고 헤어질 무렵 화장터 주변을 어슬렁거리는 소들과 개들이 여전히 코를 벌름거리고 있었고 현지 안내자를 뒤따라온 외국인 관광객들의 발길이 잦아지고 있었다. 또한 갠지스 강에는 화장터 가까이 다가와 주시하는 나룻배며 목선들이 늘어나기 시작했다.

화장터에서 돌아서는 내내 노인의 모습이 머릿속에서 지워지지 않았다. 노인은 수염이 멋진 요기도 구루도 아니었다. 자신의 어깨에 짊어져야 하는 장작개비처럼 빼빼 마른 거지 행색의 노인이었다. 그럼에도 근접하기 힘든 근엄함이 있었다. 물 한 모금 동냥하지 않는 당당함이 있었다.

힘든 노동에도 호흡이 흐트러지지 않았던 것은 높은 경지에 오른 수행자의 모습, 그 자체였다. 요가 수행과는 상관없는 그 무엇이었다. 그의 부드러운 손짓이 그랬다. 부처님의 손짓이 저러하지 않았을까. 부처님의 염화미소가 저러하지 않았을까 싶을 정도로 그 자비로운 손짓과 미소는 온몸으로 체화된 것이었다. 죽음을 일상으로 접하고 있는 노인에게는 삶과 죽음을 초월한 그 무엇이 깊이 스며 있다는 생각이 들었다.

화장터를 빠져나와 갠지스 강을 바라보는 메인 가트로 자리를 옮겨 앉아 있는데 한 인도 청년이 내게 접근해 왔다. 자신의 낡은 휴대 전화를 내밀며 함께 사진을 찍자고 하더니 이번에는 전화번호까지 교환하자고 한다. 그리고는 짜이 한 잔을 마시자고 한다. 내가 돈을 내려 하자 극구 뿌리치며 자신이 돈을 낸다. 나는 부끄러워 얼굴을 들 수 없었다.

그가 내게 다가왔을 때 '혹시 돈이라도 요구하는 것이 아닐까? 아니면 뭔 물건을 팔려고 수작 부리는 것은 아닐까?'라는 불신을 가졌던 것이다. "처음 보는 사람이 친절하게 접근하면 의심하라."는 인도 여행 안내서의 경고장에 또다시 속고 말았다.

그 검은 피부의 인도 청년과 짜이를 마시면서 인도 여행길은 두려움을 심어 주는 경고장을 한 장 한 장 찢어 나가는 과정인지도 모른다는 생각이 들었다. 그렇게 경고장을 찢어 갈수록 좀 더 깊이 있는 인도가 다가오고 있었다. 겉모습이 거지나 다름없는 화장터 노인의 그 부드러운 손짓과 미소와 같은…….

이혼하자는 아내,
병든 개와 내가 뭐가 다른가

일상에서 벗어나 어디론가, 그것도 멀리 해외로 배낭 하나 짊어지고 떠난다는 것은 기쁜 일이다. 동시에 그만큼 고통스러운 일이다. 어디론가 떠난다는 것은 일상에 만족하지 못했기 때문이다. 일상이 즐거우면 떠날 이유가 없다. 여행은 고통스런 도피처가 아니라 즐거운 도피처가 되어야 한다. 그럼에도 나는 인도 델리에서 다람살라, 암리차르를 거쳐 바라나시에 오기까지 내내 그 '고통스런 도피처'에서 벗어나지 못하고 있었다.

"내가 뭘 잘못했다고 집을 나가라는 거냐!"

"당신의 그 잘난 고집 때문에 내가 얼마나 힘들었는데! 더 이상 당신에게 맞춰 살지 않겠어!"

"내 삶의 방식이 뭐가 나쁜데!"

나는 아내에게 분노하고 있었다. 아내와 나는 고통스럽게 서로를 향해 바락바락 소리를 질러 대고 있었다. 꿈이었다. 새벽 5시가 다 되어 가고 있었다. 땀으로 흥건한 몸을 일으켰다. 어제처럼 낡은 천 가방 하나 달랑 걸쳐 메고 게스트하우스를 빠져나왔다.

자신들의 영역을 지키는 바라나시 가트의 개

아내에게 고통을 주었던 순간들, 그땐 몰랐다

비좁은 골목길은 여전히 어두운 기운이 남아 있다. 몇몇 사람들이 맨발로 내가 묵고 있는 게스트하우스 근처의 힌두 사원으로 향하고 있다. 사원으로 향하는 골목에는 경찰인지 군인인지는 알 수 없지만 정복 차림의 사내들이 탄창이 장착된 기관총을 꿩총처럼 헐렁하게 둘러메고 서 있다.

화장터로 향하는 길목으로 꺾어 들자 검은 소와 개 한 마리가 쓰레기들이 널려 있는 골목을 뒤적거리며 어슬렁거리고 있다. 어제와는 달리 발걸음이 무겁다. 발걸음보다 머리가 더 무겁다. 그 복잡한 바라나시 골목길을 더듬거리며 갠지스 강, 번 가트화장터로 향하고 있는 나는 여전히 꿈속의 화 기운에서 벗어나지 못하고 있었다.

'고통은 어디에서 오는가.' 내 고통은 누군가를 미워하는 자비 없는 분노에서 비롯된다. 자비심 가득한 분노는 잘 삭힌 효소처럼 향기가 난다. 하지만 자비심 없는 분노심은 구더기들이 들끓는 썩은 젓갈처럼 구린내가 나기 마련이다. 내 안에서 자비심 없는 '분노의 구더기'들이 나를 고통스럽게 갉아먹고 있었다.

일주일 동안 바라나시에서 머물며 매일 새벽 화장터에 갔다.

화장터에 도착하자 어슴푸레한 새벽 기운을 밀쳐 내며 어제처럼 아침 해가 붉게 떠오르고 있다. 어제와는 달리 머뭇거리지 않고 화장하는 모습을 좀 더 가까이에서 볼 수 있는 계단으로 곧장 향했다. 계단 아래에서 강아지 몇 마리가 어미 품에 안겨 잠들어 있고 한 사내가 활활 타오르는 장작불을 뒤적거리고 있었다. 장작불 사이에서 잔뜩 부풀어 있는 살덩어리가 얼핏 보인다.

화장터에서 장작을 쌓던, 어제 만났던 노인이 보이질 않는다. 노인과 함께 앉아 있던 낡은 돗자리 위에 누군가 잠들어 있거나 앉아서 갠지스 강 위로 시나브로 떠오르는 붉은 아침 해를 바라보고 있었다. 화장터 주변을 아무리 둘러봐도 노인이 보이지 않는다. 어디로 갔을까. 혹시 병이라도 난 것이 아닐까.

나는 바라나시에서 머무는 일주일 내내 화장터에 쪼그려 앉아 비릿한 주검 냄새를 맡아 가며 내 자신을 갉아먹고 있는 그 '고통의 구더기'들을 바라보고 있었다. 그동안 행복이라는 단어를 남발하고 살아오면서 아내에게 고통을 주었던 순간들을 떠올렸다. 그녀의 고통은 곧바로 나에게로 되돌아 왔다.

농사를 지어 가며 적게 먹고 살아가는 소박한 행복론이 담겨 있는 몇 권의 책을 내고 주변 사람들과 어울려 시시때때로 불의에 항거하는 촛불을 들었다. 그 과정에서 그녀와 티격태격했지만 그녀 역시 그 삶을 함께 하는 동반자라고 생각했었다. 하지만 '그녀가 진정 내 삶의 동반자였을까?'라고 그녀의 입장에서 깊이 있게 생각해 보질 않았다.

그녀는 돈벌이가 변변치 않아 힘들었던 가정을 유지하게 위해 궂은 일을 마다하지 않으며 살아왔다. 그런데 그런 아내를 보수적이라 탓하며 경제적 삶에서 초월한 삶을 살고자 했던 내 삶의 방식에 맞춰 20여 년을 살았으니 얼마나 괴롭고 힘들었을까. 한편으로 그녀의 괴로움을 이해하면서도 결국 나는 내 삶의 방식을 고집스럽게 내세웠다.

"고통스럽게 돈벌이 하다가 결국은 고통스럽게 삶을 마감하는 그런 삶이 뭐가 좋아서, 왜 버리지 못하는 거지?"

나는 '그녀의 삶은 그르고 내 삶의 방식이 옳다.'라는 결론을 내리면서 얼치기 진보주의자가 되어 그녀를 공격하곤 했다. 그녀는 이혼을 하자며 고통스럽게 반격해 왔다. 나는 그 고통의 사슬을 끊어 보려 했지만 소용이 없었다.

부조리한 세상을 비판하고 있었지만 내 자신 또한 그 부조리에서 벗어나지 못하는 어리석은 인간이었다. 행복한 세상을 꿈꾸고 있었지만 가장 가까이에 살고 있는 그녀에게 고통을 안겨 주고 있었다. 나는 그 부조리한 삶의 고통에서 벗어나기 위해 '시시포스의 신화'에 나오는 시시포스처럼 고통스럽게 언덕 위로 돌을 굴리고 있었다.

통통하게 살집이 오른 강아지 한 마리가 단잠을 자고 있는 화장터 주변에는 암수 개 한 쌍이 짝짓기를 시도하고 있다. 그 옆에서 장작불을 뒤적거리던 인도 사내가 막대기를 휘젖어 그 개들을 쫓아내며 한바탕 웃는다. 그 한옆에서는 어제와 마찬가지로 화장터를 둘러보고 있는 외국인 몇몇이 현지인의 설명을 듣고 있다. 바라나시 화장터가 관광의 한 코스로 전락하고 있는 것이다. 삶의 언덕 위를

향한 돌 굴리기에 지친 나는 병든
개처럼 화장터 주변에 쪼그려 앉아
스스로에게 물었다.

"시신을 태우는 불쏘시개, 최소한
제 몸을 태우는 저 장작개비의 자비
심만큼이라도 온전하게 베풀며 살
아가고 있는가."

그렇게 한두 시간을 쪼그려 앉아
있다 보니 어느새 따가운 아침 볕이

비라나시 화장터에서 만난 강아지

온몸으로 쏟아져 내리고 있었다. 어제 노인과 함께 앉아 있던 그늘진 천막은 이
미 다른 사람들이 차지하고 있다. 나는 어제처럼 다시 갠지스 강을 따라 메인 가
트 쪽으로 발걸음을 옮겼다.

저 병든 개와 내가 뭐가 다른가, 눈물이 왈칵 쏟아졌다

화장터를 빠져나오고 있는데 개 짖는 소리가 들려왔다. 화장터 주변에서 어슬
렁거리던 개들이 그 개 짖는 소리를 향해 일제히 몰려간다. 우르르 몰려간 개들
은 비쩍 마른 개 한 마리를 둘러싸고 위협을 가하고 있다. 위협을 당하는 개는 바
닥에 등을 대고 누워 있다. 배를 드러내 놓고 네 다리를 하늘로 치켜 세운 항복의
자세로 잔뜩 겁에 질려 있다.

화장터 주변에서 어슬렁거리는 개들에게도 자신들의 영역이 있었던 것이다.
그날 이후 나는 그 영역 다툼을 몇 차례 목격할 수 있었다. 한 녀석이 화장터로
꺾어지는 길목에서 보초를 서고 있었고 다른 개들이 접근하면 여지없이 짖어 댔
다. 그 소리에 여기저기서 예닐곱 마리의 개들이 떼로 몰려들어 자신들의 영역
밖으로 쫓아냈다.

화장터 입구를 지키고 있는 개(왼쪽 사진). 화장터 입구에 다른 개가 들어서자 화장터 개들이 일제히 모여들었다. 바라나시 가트에서 어슬렁거리는 개들은 자신들의 영역이 따로 있다.

　화장터 주변의 영역을 지키기 위해 성성한 이빨을 드러내는 개들과 사람 사는 세상이 크게 다를 바 없어 보였다. 아니, 개들과 사람은 다르다. 내가 본 바라나시 개들은 다른 영역의 개들에게 위협만 가할 뿐이지 죽도록 물어뜯지는 않았다. 사람들은 자신들의 탐욕을 채우기 위해서는 물불 가리지 않고 전쟁까지 일으켜 종족들까지 죽이지 않던가.

　항복한 개는 부리나케 화장터 영역 밖으로 달아났다. 나는 그 개가 달아난 방향을 향해 걷는다. 메인 가트 오른편, 온갖 오물들이 둥둥 떠다니는 강가에서 몇몇 사람들이 낚시를 하고 있다. 낚싯대가 따로 없다. 조악한 낚싯줄 끝에 바늘을 달아 강물에 던져 놓고 막대기에 그 줄을 걸어 놓았다.

　낚시하는 사람들 주변은 쓰레기 천지다. 그들 옆에 쪼그려 앉았다. 땡볕이 따갑다. 눈앞에서 고기들이 펄떡펄떡 뛰고 있는데 좀처럼 낚싯바늘을 물지 않는다. 나는 일이십 분도 채 버티지 못하고 일어섰지만 낚시하는 사람들은 붙박이인 듯 쪼그려 앉아 있다.

　저들은 낚시에 집착하고 있는 것이 아닐지도 모른다. 더러움과 깨끗함을 가리지 않고 쓰레기 더미 위에서 낚시 바늘을 던져 놓고 있듯이 고기잡이에 집착하지 않아 보인다. 잡히면 좋고, 안 잡혀도 상관없다는 식으로 마냥 쪼그려 앉아 있다. 살생이니 뭐니 따지지 않는다. 저들의 조상들이 그러했듯이 죽으면 바라나시 화장터에서 한 줌 재가 되어 이 강물에 뿌려질 것이고, 또한 물고기 밥이 될지도 모른다. 저들의 고기잡이는 그저 생활의 일부처럼 보인다.

내가 옳으니 그르니, 추하거나 아름다움을 따져 가며 잔머리를 굴리고 있을 때 바라나시 갠지스 강은 쓰레기가 둥둥 떠다니는 무질서 속에서 어제나 오늘이나 삶과 죽음이 질서 정연하게 일상으로 흘러가고 있었다. 내일도 마찬가지일 것이다. 한쪽에서는 시신을 불살라 그 재를 강물에 뿌리고 다른 한쪽에서는 그 화장한 시신의 재를 먹고 자랐을 물고기를 낚기 위해 낚싯바늘을 던져 놓을 것이다. 땡볕 아래 녹아내리는 시간처럼 갠지스 강은 더러움과 깨끗함, 삶과 죽음을 느리게 흘러보내고 있다.

나는 낚시하는 사람들 틈에서 빠져나와 제 영역도 없이 떠도는 개처럼 땡볕 아래 흐물흐물 걷는다. 걷는 그림자가 흐릿하게 녹아내린다. 흐릿해지는 의식을 되찾기 위해 하늘을 바라본다. 하늘 높이 새 한 마리가 날아가고 있다. 말과 언어들의 환상에 사로잡혀 온 세월들을 다 녹여 버리고 저 우주 끝까지 훨훨 날아가고 싶은 충동이 일어난다.

지구 어디에서도 볼 수 있는 저 푸른 하늘, 문득 나의 보금자리 한국의 고흥 앞바다에서 하늘을 보고 있다는 느낌에 정신이 아찔해진다. 끝없이 이어지는 고통의 수레바퀴를 언덕 위로 굴려가며 똑같은 길을 반복해서 걷고 있다는 느낌이 든다. 땡볕 때문인지 모른다.

때마침 담벼락에 박혀 뿌리째 서 있는 나무 한 그루가 보인다. 그 그늘 밑에 강아지 한 마리가 힘없이 누워 있다. 통통하게 살집이 오른 화장터의 강아지와는 다르다. 저 아래 강가 모래사장에서 늘어져 잠들어 있는 개들과 외떨어져 있다.

어미도 없고 친구도 없는 비쩍 마른 병든 강아지다. 그 병든 강아지를 보듬다가 아는 사람 하나 없는 바라나시에서 병든 개처럼 땡볕 아래 헤매고 있는 내 처지와 다름 없음에 갑자기 눈물이 왈칵 쏟아졌다. 누군가를 보듬기 이전에 먼저 보듬어야 할 것은 고통 속에서 허우적거리고 있는 내 자신이었다.

"고통 속에서 허우적거리는 너 자신의 일상조차 보듬지 못하고 어떻게 너 아닌 다른 사람, 다른 이웃을 보듬을 수 있겠는가."

뿌리가 드러난 그늘진 고목이 그렇게 내게 말하고 있는 것 같았다.

바라나시 강가를 헤매다가 만든 졸시 '그림자'

늘어진 시침 분침
땡볕에 녹아내리네
길은 흐릿해 지고

외벽을 뚫고 자란 고목. 그늘진 곳에서 병든 강아지를 만났다.

어디로 가시나
그대 어디로 가시나요
발가벗은 새 한 마리
날개도 없이 날아가네
끝없는 저 우주 끝으로
점 하나
주저앉아 노래하네
메말라 버린 눈물의 노래
어디로 가시나요
타는 몸
발걸음은 익어 가고
땡볕 아래 걷는 그림자
그대 슬퍼 말아요
지친 영혼 쉬어 가는 길목에
그늘진 나무 한 그루
발가벗어 뿌리째 서 있잖아요
그대 울지 말아요

메시지 몇 번만에 만난 그녀,
"사모님이 알면 어쩌려고"

화장터로 가기 위해 매일 아침 해 뜨기 전에 숙소를 나섰는데 오늘은 조금 늦었다. 숙소 밖으로 나서자 벌써 아침 해가 떠올라 있었다. 비좁은 골목길에 누군가 쪼그려 앉아 그림을 그리고 있다. 인도 여인, 60대 초반 할머니다. 사람들이 자신이 그린 그림을 밟고 지나가거나 말거나 아랑곳 하지 않고 그림 그리기에 몰두하고 있다.

이른 아침 바라나시 골목길에서 인도의 전통 종교 의식 중에 하나인 랑골리를 그리고 있는 할머니

"이게 무슨 그림이죠?"

할머니는 영어를 알아듣지 못했다. 내가 다시 손짓으로 그림을 가리키자 그제서야 알아듣겠다는 듯이 조용히 입을 뗀다.

"랑골리, 랑골리……."

"아, 이게 랑골리라는 거구나."

할머니가 그리고 있는 것은 인도의 종교 미술이라 할 수 있는, '랑골리Rangoli'라는 그림이다. 랑골리는 어떤 이야기가 담긴 그림이라기보다는 신에게 가족의 안녕과 복을 기원하는 종교적인 의미가 담겨 있는 한두교 문양이다.

전통적으로 쌀가루나 돌가루를 이용하여 그리는 랑골리. 하루가 지나면 사람들의 발길에 사라져 버릴 것을 무얼 그리 정성을 쏟고 있을까. 문득 우리가 살아가는 삶이 그러한 것 같다는 생각이 들었다. 생명을 가진 모든 것들은 언젠가는 사라지기 마련이다. 다만 죽음에 이르기까지 나름대로 생에 의미를 부여해 가며 살아가고 있는 것이다. 하루가 지나면 사라져 버릴 것을 뻔히 알면서 매일 아침, 정성을 다해 랑골리를 그리고 있는 저 할머니처럼. 하지만 사진을 찍고 돌아서면서 문득 할머니에게 있어서 랑골리를 그리는 과정은 할머니가 믿고 있는 한두신을 만나는 과정이라는 생각이 들었다. 그렇게 할머니는 삶을 풍요롭게 해 주는 한두신을 만나고 있었고 나는 죽음의 신을 만나기 위해 화장터로 향하고 있었다.

힌두 신을 만나는 할머니, 죽음의 신을 만나는 나

어제처럼 화장터에 앉아 있는데 그녀에게서 바라나시 역에 도착했다는 메시지가 날아왔다.

'릭샤 타고 메인 가트에서 내려 달라고 하세요. 거기서 봬요.'

그녀에게 메시지를 날리고 메인 가트 쪽으로 이동하는데 자꾸만 눈 주변이 근질거린다. 아침에 잠자리에서 일어날 때부터 그랬다. 별거 아니라 여겼는데 아무래도 눈병이 났나 보다. 원인이 무엇일까. 사흘 내내 화장터 코앞에서 앉아 있었기에 화장터의 잿가루가 날려 눈에 들어간 것일까. 어제 만났던 나무 그늘 밑에 외떨어져 있던 병든 강아지가 떠올랐다. 돌이켜 생각해 보니 그 병든 강아지를 어루만지고 나서 곧바로 손을 씻지 않았다.

다행히 라이방, 검은 안경이 있었다. 안경을 쓰고 나니 눈에 손이 덜 간다. 사실 눈병에 대한 걱정보다는 그녀가 궁금했다. 어떤 여자일까. 인도 여행 인터넷 카페를 통해 알게 된 여자였다. 카톡 메시지를 통해 인도 배낭여행은 고사하고 영어는 물론이고 비행기조차 제대로 탈 줄 모르는 초보 여행자임을 실명으로 솔직하게 밝혔는데 메시지가 날아왔다.

'혹시 〈오마이뉴스〉에 글 쓰는 송성영, 그분 아니세요?'

반가웠다. 누군가가 날 알아준다는 것은 고맙고 반가운 일임에 틀림없다. 그녀도 인도 여행 초보자라고 했다. 그래도 영어는 좀 하겠지, 나와 달리 기차표 정도는 끊을 수 있겠지 싶어 며칠 정도 서로 의지하면 좋겠다는 생각으로 시간 맞춰 캘커타에서 만나기로 했었다.

내 애초 계획은 델리에서 캘커타에 있는 마더 테레사 '죽음의 집'에 들러, 케랄라 주와 함께 인도 공산당맑스주의 주 정부가 들어서 있던 서벵골, 산티니케탄을 둘러보고 바라나시로 향하는 것이었다.

하지만 델리에서 홀리 축제로 기차표 예매를 할 수 없는 바람에 캘커타로 갈 수 없었다. 그녀가 캘커타 마더 테레사 '죽음의 집'에서 자원봉사를 하는 동안 나는 젊은 한국인 친구들과 함께 다람살라와 암리차르를 돌아 다시 델리에서 바라나시로 왔던 것이다. 그 중간중간에 그녀와 몇 차례의 카톡 메시지를 통해 바라나시에서 만나기로 했는데 그게 바로 오늘이었다.

내가 두어 시간을 헤맨 끝에 겨우 찾았던 강가 메인 가트를 그녀는 단박에 찾아 왔다. 그녀는 아주 당차 보였다. 이 너른 인도 땅에서 메시지 몇 차례로 생면

바라나시 골목길에는 더러 앉아서 쉴 공간이 있다. 병든 개처럼 혼자 떠돌아다니다가 바라나시에서 내 글을 읽었다는 한 여성 독자를 만났다.

부지의 낯선 사람을 만날 수 있다는 것이 생소하면서 신기했다. 그녀는 캘커타에서 만났다는 중국 청년을 메인 가트에서 우연히 재회했다며 몇 마디 대화를 나누고 깊은 포옹으로 헤어진다. 아주 자연스럽게 보였지만 내게는 익숙지 않은 장면이다. 저런 스스럼없는 몸짓들이 부러울 때가 있다.

내게도 남녀 간에 이성을 초월해 만나고 헤어질 때 간단한 포옹으로 애정을 나누고 싶은 마음이 있다. 하지만 나는 그런 애정 표현에는 몸이 잔뜩 굳어 있다. 어려서부터 몸에 밴 남녀칠세부동석 따위의 유교적인 관습에서 벗어나지 못하고 있다. 머릿속에서는 그 관습이 깨져 있다고 여기고 있지만 막상 그런 상황이 닥치면 쉽게 몸이 따라가지 않는다.

그녀는 크고 작은 배낭을 두 개씩이나 가지고 다녔다. 손에 들려 있는 가방을 챙겨 주려 했는데 한사코 거부한다. 해외 배낭여행자들은 남녀 구분 없이 자신의 짐은 자신이 챙기는 게 불문율이라는 것이다. 나는 이런 것이 잘 이해가 가질 않았다. 히말라야를 등반하는 것도 아니고, 형편에 따라 상황에 따라 달라질 수 있지 않겠는가. 내가 똑같이 무거운 배낭을 짊어지고 있다면 그럴 만도 한데 내 짐은 이미 숙소에 있기 때문에 얼마든지 도움을 줄 수 있었다.

메시지 몇 번 만에 만난 그녀, '달려라 하니'

우리는 곧장 숙소로 향했다. 때마침 내가 묵고 있는 숙소에 원룸이 한 칸 비어 있었다. 원룸은 3층 건물에 있었는데 그동안 나와 프랑스 청년이 3층 건물을 독차지하다시피 쓰고 있었다. 3층에 자리한 원룸은 저렴한 숙비만큼이나 비좁고 낡았지만 그녀는 거리낌 없이 그 방을 사용하겠다고 한다.

나는 그녀에 대해 전혀 알지 못했지만 그녀는 이미 내 생활 글을 통해 나를 파악하고 있었다. 내 글을 읽고 그녀가 갖고 있을 어떤 편견을 깨 주고 싶었다. 우리 가족은 더 이상 책 속에서처럼 행복하지 않다. 책 속에서처럼 소박한 삶을 살아 내던 아내가 더 이상 소박한 삶을 살지 않겠다며 내게 이혼을 요구하고 있다고 솔직하게 말해 줬다.

며칠 내내 갠지스 강가 화장터에서 주검들과 마주하고 있어서 그랬을까. 요 며칠 존재감이 한 줄기 바람처럼 가볍게 다가왔다. 그동안 아내의 이혼 요구라는 무거운 짐을 지고 있었다. 내 안에 무겁게 자리 잡고 있는 그 고통의 짐들을 훌훌 벗어던지고 싶었다. 그래서 그런지 생전 처음 보는 그녀에게 글로는 쓸 수 없는 온갖 얘기들을 하소연하듯 시시콜콜 늘어놓았다.

글을 쓴다는 것은 끊임없이 업을 쌓는 일이라는 생각이 들었다. 인생이란 어디로 튈지 모르는 탁구공처럼 정해진 것이 없다. 하지만 책은 인쇄가 되어 나오는 순간 고정화된다. 과거에 그대로 갇혀 때로는 그 삶이 현재와 미래까지 고정시켜 놓기도 한다. 나는 때로 내 책 속에 갇혀 살아왔다.

책 속에서 말한 것처럼 농사를 지으며 최소한의 돈벌이로 돈을 벌어 최소한으로 소비하고 살아가는 소박한 삶에 대한 원칙들을 계율처럼 지키며 살고자 했다. 수행자들이 계율 속에서 깨달음이라는 자유를 찾

인도 안내서를 옆에 끼고 다니는 바지런한 그녀 덕분에 새콤달콤한 바라나시의 유명한 음료 라씨를 비롯해 저렴하고 맛난 인도 전통 음식을 먹을 수 있었다.

아가듯 나 또한 그 소박한 생활을 통해 자본에서 벗어날 수 있는 자유를 찾고자 했다. 돌이켜 보면 아내는 그 계율에 숨이 막혔을 것이었다.

그런 면에서 소설 쓰기는 얼마나 편리한가. 자신의 속마음을 화자를 빌려 풀어낼 수 있고 차마 말할 수 없는 진실들을 소설이라는 장치를 빌려 쓸 수 있다. 거기다가 그럴듯한 구성이나 문장으로 좀 더 비밀스럽고 은밀하게 부풀려 쓸 수 있지 않은가.

소설 속 이야기들은 그 누구도 책임을 지지 않아도 된다. 하지만 살아가는 이야기는 다르다. 글쓴이의 소박한 삶을 따르고 존중해 주는 독자가 있다. 글쓴이는 그 독자들에게 일정한 책임을 져야 한다. 또한 그런 책임감 때문에 사실 그대로 기록하는 일이 쉽지 않다. 사실 그대로 기록하게 되면 누군가에게 큰 상처가 될 수도 있기 때문이다.

그녀는 내 글을 통해 소박한 생활 속에서 행복을 찾아가는 우리 가족의 살아온 얘기들을 대충 알고 있었다. 내가 아내와 별거 중이며 이혼을 앞두고 있다는 사실을 털어놓자 그녀는 예상보다 그리 크게 놀라지 않았다. 그녀는 무덤덤하게 듣고 있다가 한마디 툭 던진다.

"그동안 욕 많이 보셨네요."

나는 솔직담백한 그녀가 맘에 들었다. 내가 속에 있는 것을 털어놓자 그녀 역시 살아온 얘기들을 쉽지 않게 꺼내 놓았다. 누구나 말 못 할 사정들이 있다. 누군가에게 그 얘기를 털어놓게 되면 마음이 한결 가벼워진다. 이틀 전 갠지스 강가 화장터에서 만난 사내처럼, 만난 지 불과 한나절도 채 되지 않아 그녀와 오래 전부터 알고 지내온 친구처럼 가까워졌다. 한국이 아닌 인도라는 지역과 공간이 속내를 쉽게 풀어 놓을 수 있는 마법을 지니고 있었다. 그녀는 당차고 쾌활했지만, 보헤미안 흉내를 내가며 줄담배를 뻑뻑 뿜어 대는 자기도취에 빠진 자유분방한 여자는 아니었다.

그녀와 죽이 잘 맞는 것은 먹거리에서였다. 그녀 또한 나처럼 먹는 것에 별로 신경 쓰지 않았다. 우리는 식당에서 하루에 한두 끼의 식사를 하고 나머지는 과일이나 라씨새콤달콤 시원한 요구르트 맛이 나는 인도 전통 음료수로 해결했다.

그렇게 함께 마시고 먹고 같은 숙소에서 보내면서 서로 공생 관계를 유지했다. 그녀는 영어도 제대로 구사하지 못해 대화 상대가 거의 없이 홀로 떠도는 내게 즐거운 말동무가 돼 주었다. 현지인 닮은 나는 여자 혼자 다니기 위험하다는 인도에서 그녀의 방패막이 돼 주었다.

그녀는 쾌활하고 활동적이었다. 이것저것 찾아볼 것이 많아 보이는 그녀는 늘 달리는 폼으로 걷는다. 앞장서서 걷는 단발머리의 뒷모습이 마치 만화 영화 〈달려라 하니〉의 하니를 연상케 한다. 그래서 나는 그녀에게 '달려라 하니'라는 별명을 지어 주었다. 그녀는 그 별명이 분에 넘친다며 좋아라 했다.

나는 달려라 하니, 그녀의 뒤를 정신없이 따라다녔다. 엄마 치맛자락을 붙잡고 도시에 나온 촌놈처럼 어리바리 뒤따라 다녔다. 그녀는 안내서를 옆구리에 끼고 다니며 바라나시 주변의 음식점이나 가 볼 만한 곳을 상세하게 찾아 다녔다. 나는 바라나시에서 사흘째 머무는 동안 가본 곳이라고는 갠지스 강가와 화장터가 전부였는데 그녀는 하루 이틀 사이에 주변 맛집이며 라씨 집 등을 찾아냈다. 그 덕분에 저렴한 인도 식당에서 맛있는 인도 전통 음식을 배불리 맛볼 수도 있었다.

다음 날 이른 새벽, 두 눈이 부어오르고 눈곱이 끼기 시작했다. 눈병이 점점 심해지고 있었다. 그럼에도 어김없이 화장터로 향했다. 그녀는 거리낌 없이 화장터로 따라나섰다. 그리고 불에 타서 재가 되어 가고 있는 주검을 오랫동안 직시했다.

화장터에서 나와 메인 가트를 중심으로 오른쪽 강줄기를 따라 한참을 걸었다. 가트가 끝나는 지점에서 릭샤를 타고 사르나트로 향했다. 부처님 최초의 설법지인 사르나트는 바라나시에서 10km도 채 안 되는 거리에 있다. 부처의 깨달음이 있기 이전부터 바라나시 갠지스 강가 주변에는 오늘날처럼 요가 수행자들과 힌두교의 베다 의식을 치르는 사람들이 몰려들었다. 이미 부처님 이전 시기부터 바라나시는 힌두교 성지였던 것이다.

부처님 최초의 설법지 사르나트

사르나트 녹야원에 들어서면 멀리 거대한 탑, 다메크 스투파Dhamekh Stupa 직경 28.5m, 높이 43.6m의 탑. 다메크는 산스크리트 어로 법法의 중계라는 의미이고, 스투파는 '흙으로 쌓아 올린 탑'을 뜻한다가 한눈에 들어온다.

부다가야 보리수 밑에서 깨달음을 얻은 고타마 싯다르타는 중생 구제의 마음으로 사르나트로 향한다. 부다가야에서 사르나트까지는 장장 250km에 이르는 거리다. 바라나시 인근의 작은 마을, 사르나트 녹야원사슴동산에는 싯다르타와 함께 고행의 길을 걸었던 다섯 명의 수행자들이 머물고 있었다. 그렇게 고타마 싯다르타, 부처님이 깨달음을 얻고 나서 이들에게 최초로 법을 펼쳤다. 하여 이곳 사르나트를 초전법륜지初轉法輪地, 처음으로 법의 수레를 굴린 곳라 이른다.

여전히 자신들의 몸을 혹사시켜 고행을 하고 있는 다섯 명의 수행자들에게 부처님은 "악기의 줄을 너무 팽팽하게 조이면 줄이 끊어지고 줄을 너무 느슨하게 풀어 놓으면 음악을 연주할 수 없다."며 다음과 같이 말했다.

"수행자들이여, 세상에 두 가지 극단이 있다. 수행자는 그 어느 한쪽으로도 기울어서는 안 된다. 두 가지 극단이란 무엇인가? 하나는 욕망이 이끄는 대로 관능의 쾌락에 빠지는 것이다. 그것은 천박하고 저속하며 어리석고 무익하다. 또 하나는 자기 자신을 괴롭히는 데 열중하는 것이다. 그것은 피로와 고통만 남길 뿐 아무런 이익이 없다. 수행자들이여, 이 두 가지 극단을 떠난 중도가 있다. 그것은 눈을 밝게 하고 지혜를 증진시키며 번뇌를 쉬고 고요하게 한다……."

인도 최초로 통일 국가를 이루었던 아소카 대왕은 이곳 사르나트 녹야원이 초전법륜지임을 알리는 석주를 세웠다. 7세기에는 당나라 현장 스님이 이곳 사르나트를 찾아 '1천 500여 명의 스님, 높이 100m 가까이 되는 불탑, 거대한 아소카 석주 등과 함께 수많은 불탑과 사원들이 즐비했다.'고 기록했다. 그 후 이슬람교

부처님 최초의 설법지에 우뚝 서 있는 사르나트의 스투파(탑). 부다가야에서 깨달음을 얻은 고타마 싯다르타는 이곳까지 250 킬로미터를 맨발로 걸어와 함께 고행했던 다섯 수행자에게 최초로 설법을 했다.

사르나트 부처님 최초 설법지로 소풍 나온 인도 아이들과 함께 사진을 찍었다.

가 확산되면서 도시의 건물들은 파괴되었고 불교는 급속히 쇠퇴했다. 8세기 신라의 혜초 스님은 이곳을 순례하면서《왕오천축국전》에 도시와 유적이 파괴되었음을 기록하고 있다.

탑 앞에는 동남아시아 스님들로 보이는 수행자들이 모여 앉아 명상에 잠겨 있다. 그 앞으로 개 몇 마리가 생각 없이 한가롭게 누워 있다. 한 옆에서는 탑돌이하는 스님들도 보인다. 다메크 스투파 주변에는 옛 건물의 흔적들이 남아 있다. 현재 남아 있는 기단의 모양과 건물 배치를 통해 불상을 모신 자리며 수행자들이 머물렀을 승원터, 탑 자리 등을 대략 짐작해 본다. 이곳은 부처님의 가르침을 받기 위해 구름떼처럼 몰려온 수행자들의 공동체라고 할 수 있다.

부처님은 여기서 불교의 근본 핵심 사상인 사성제四聖諦 네가지 성스러운 진리와 팔정도八正道 깨달음과 열반으로 이르는 여덟 가지 길를 설법했을 것이다. 사성제와 팔정도는 간단하게 말하자면 고집멸도苦集滅道, 즉 고통이 있고 그 고통의 원인이 있으며 그 고통을 멸할 수 있다. 아울러 고통을 멸하는 방법이 있고 그 고통을 멸하는 방법인 여덟 가지의 도를 팔정도라고 한다.

나는 그 옛날 부처님의 설법을 떠올리며 좀 더 오래 머물고 싶었지만 볼 것 많고 가고 싶은 곳 많은 그녀에게 먼저 가라고 할 수는 없었다. 둘이 다니면 서로 관심사가 다르기 때문에 불편을 감수할 수밖에 없다. 그녀 역시 마찬가지였으리라.

우리는 녹야원 주변에서 소풍 나온 인도 아이들을 만났다. 인도의 여느 아이들과 마찬가지로 녀석들 역시 사진 찍는 것을 좋아한다. 인도 아이들과 함께 사진을 찍고 나서 인도에서 가장 큰 종교 대학이라 할 수 있는 베나레스 힌두 대학을 찾아갔다. 하지만 아쉽게도 사르나트 박물관처럼 이곳 대학 박물관 역시 문을 닫는 날이었다.

바라나시에 자리한 베나레스 힌두 대학은 릭샤나 자동차로 둘러보아야 한다. 30분 이상을 걷고 또 걸어도 끝이 보이지 않을 정도로 넓다. 더위를 식히기 위해 나무 그늘을 찾아 들어갔는데 숲 속에서 한 남학생이 여학생에게 기타를 가르치고 있었고 그 옆에서 몇몇 학생들이 토론을 벌이고 있었다. 어지러울 정도로 복잡한 바라나시 시가지와는 전혀 다른 세상이 펼쳐지고 있었다.

다음 날 바라나시까지 비행기를 타고 온 이 선생을 만났다. 오래 전 글을 통해 알게 된 이 선생은 몇 년에 한 번꼴로 어쩌다 만나는 사이다. 내가 알고 지내는 사람 중에 거의 유일하게 사업을 하는 사람이다. 한국에서 담배와 고추장을 공수해 온 이 선생에게 돈을 건네자 받지 않는다. 이 선생이 바라나시에 도착하고부터 그녀와 셋이서 함께 여기저기 기웃거리며 싸돌아다녔다. 이 선생은 나와 그녀가 같은 숙소에서 함께 다니는 것을 보더니 야릇한 눈빛으로 말한다.

"사모님이 아시면 기분 안 좋겠네요."

"그런 눈으로 보지 말아요. 저 양반하고는 이 선생이 생각하는 그렇고 그런 사이가 아니니까. 그냥 내 글에 관심을 가졌던 독자일 뿐인데요 뭘. 그리고 애들 엄마는 내가 누구하고 다니든 전혀 관심이 없어요. 이혼에만 관심이 있지…….."

보통 사람들은 남녀가 함께 다니면 뭔 일이라도 일어날 것처럼 보는 눈빛부터 달라진다. 특히 외국에서 남녀가 만나서 같은 숙소를 쓰고 함께 밥을 먹으러 다니고 있으니 이상한 눈으로 바라보는 것은 어쩌면 당연한 것일지도 모른다. 그의 말을 듣고 가만 생각해 보니 예전에 내가 그랬었다.

남녀가 함께 밥이라도 먹으면 뭔 일이라도 벌어질 사이처럼 공연히 곁눈질을 보냈다. 세상 물정 모르던 순진한 시절이었다. 하지만 이 선생의 눈빛은 그런 순진한 눈빛이 아니었다. 마치 바람피우는 현장을 목격한 사람처럼 같은 숙소에서 묵고 있다니까 한 방을 같이 쓰는 것이 아닐까 하는 불온한 생각을 하고 있는 듯했다.

이 선생의 말을 듣고 나는 내 자신을 냉정하게 들여다봤다. 나는 정말 그녀에게 이성적으로 아무런 감정이 없는 것일까. 아무런 감정이 없었다고 하면 그것은 거짓말일 것이다. 분명한 것은 그녀에게 점점 호감이 가고 있다는 것이었고 그게 내심 불안하게 작용하고 있었다. 하지만 그녀는 여자 몸으로 혼자 다니는 것이 위험한 인도에서 단지 나를 믿을 만한 방패막이로 삼았을 것이었다. 그녀에게 있어서 그 상대가 이 선생이 될 수도 있다는 것을 잘 알고 있었다.

나는 법적으로 배우자일 뿐인 아이들 엄마에게 몹시 지쳐 있었다. 그 누군가에게 하소연하고 지친 마음을 위로 받고 싶었는데 바라나시에서 그녀를 만났던 것이었다. 그녀에게 마음이 쏠리고 있을 무렵이었다. 우연의 일치였을까? 별거까지는 봐 줄 만한데 이혼은 절대로 하지 말라며 신신당부를 했던 큰아들 녀석이 내 페이스북에 자신이 어렸을 때 찍은 가족사진을 올려놓았다. 거기서 아내와 내가 웃고 있었다. 그날 밤 나는 눈병에 시달리면서 부처님 말씀을 다시 한 번 떠올렸다.

"수행자들이여, 세상에 두 가지 극단이 있다. 수행자는 그 어느 한쪽도 기울어서는 안 된다. 두 가지 극단이란 무엇인가? 하나는 욕망이 이끄는 대로 관능의 쾌락에 빠지는 것이다. 그것은 천박하고 저속하며 어리석고 무익하다. 또 하나는 자기 자신을 괴롭히는 데 열중하는 것이다. 그것은 피로와 고통만 남길 뿐 아무런 이익이 없다."

나는 인도에 온 지 겨우 보름 만에 너무 느슨하게 마음의 줄을 풀어 놓고 부처님께서 말씀하신 이 두 극단을 향해 가고 있었다. 눈병이 그냥 생긴 것이 아니라는 생각이 들었다. 보이지 않는 그 어떤 기운이 내게 눈병을 통해 경고장을 내밀고 있다는 생각이 들었다.

인도에서 만난 선재동자, "왜 사진을 찍어 대는 거죠?"

오늘은 '달려라 하니'와 이 선생과 셋이서 산티드라 씨네 집에 가기로 했다. 20대 후반의 산티드라 씨는 이 선생이 메인 가트에서 사귀었다는 인도 현지인이다. 그의 또 다른 이름은 '선재'. 그는 바라나시 메인 가트 주변에서 힌두 의식을 치르는 사람들의 머리를 깎아 주는 거리의 이발사이며 순례객들과 외국인 관광객들에게 마사지를 해 주는 안마사이기도 하다.

바라나시 메인 가트 주변을 걷다 보면 친근하게 다가와 악수를 청하듯 손을 내미는 사람들이 있다. 악수를 하자는 줄 알고 반갑게 손을 맞잡으면 손을 꼭 움켜쥐고 마사지를 시작한다. 그리고 묻는다.

"마사지 받아 볼래요?"

그들이 바로 안마사들이다. 멋모르고 온몸을 맡겼다가는 최소 100루피 이상을 줘야 한다. 갠지스 강가 가트 주변에서 나는 그런 사람들을 여럿 만났다. 그들이 내민 손들

바라나시 갠지스 강가 메인 가트에서 마사지 일을 하고 있는 산티드라 선재 씨 부자. 선재 씨가 시골 마을로 우리 일행을 초대했다.

바라나시 외곽 지역에 있는 가난한 사람들이 사는 움막집

을 잡는 대신에 '나마스테' 합장으로 공손하게 거절했다. 목욕도 제대로 하지 않는 나 같은 인간에게 마사지는 가당찮은 일이었다. 생각해 보니 내게 손을 내밀던 사람 중 하나가 산티드라 씨 였다. 그는 전신 마사지를 해 주면 보통 100루피 정도를 받는다고 한다. 늘 웃는 얼굴의 그는 그렇다고 마사지 비용이 딱히 정해져 있는 것이 아니라고 말한다.

"어떤 사람은 300루피를 내기도 합니다. 하지만 돈이 목적이 아닙니다. 마사지 받는 사람이 행복하면 나도 행복합니다. 그것으로 만족합니다."

그는 아버지와 함께 마사지를 하고 있었다. 그가 손님을 데리고 오면 주로 그의 아버지가 마사지를 해 준다. 그의 아버지는 이곳 메인 가트에서 '안마 마스터'로 불리운다. 한번 받아 보라는 이 선생의 강압적인 권유로 나는 그의 아버지에게 간단한 안마를 받아 보았다. 팔과 목 등이 시원해진 안마를 받고 나서 그에게 100루피 돈을 건네주려 하자 한사코 거부한다. 자신들의 집에 가는 손님에게 어떻게 돈을 받겠냐는 것이었다. 돈을 들고 있는 내 손이 부끄러웠다.

바라나시 근처의 움막촌, 카메라를 들이대다

그의 집은 바라나시 가트를 중심으로 갠지스 강 건너 농촌 마을에 자리하고 있다. 술과 담배를 하지 않는 그의 가족들을 위해 숙소 주변에서 인도의 전통 과자를 샀다. 우리나라의 한과와 비교할 수 있는 인도의 전통 과자는 보통 '사모사나

'스위트'라 불리운다. 하지만 그 맛은 한과와 비교할 수 없을 만치 너무 달다. 입 안이 얼얼할 정도다.

산티드라 씨와 함께 오토릭샤를 타고 시골 마을로 가는 도중에 수박도 한 통 샀다. 그의 집으로 향하는 도로 주변은 난민들의 거주지 같다. 난민들의 '하꼬방' 보다도 더 허름하다. 겨우 햇빛과 비만 가린 거적떼기로 덮여 있는 움막들이다. 이 움막들이 도로 양옆으로 줄지어 늘어서 있다. 오토릭샤를 타고 지나가며 움 막집 사진을 찍었다. 그 움막집 앞에 서 있는 어린아이가 그 큰 눈으로 오토릭샤 가 잠시 멈춘 틈을 타서 함부로 카메라를 들이대고 있는 나를 아무런 표정도 없 이 빤히 쳐다보고 있다.

"사진을 왜 찍어 대는 거죠?"

가난에 찌들려 꼬질꼬질한 아이가 그렇게 묻고 있는 듯했다. 나는 그 말에 그 어떤 대답도 내놓을 수 없었다. 사진조차 찍을 수가 없었다. 그냥 웃어 보이자 사 내아이도 빙그레 웃는다. 카메라를 들이댈까 싶은 마음이 드는 순간 오토릭샤가 바쁘게 출발한다

바라나시를 오가며 생활하고 있는 그의 시골 마을 입구에는 소똥들이 널려 있 었다. 소똥들을 말리기 위해 아예 탑처럼 쌓아 올렸다. 이 소똥들은 대개 연료로 쓰인다. 시골 마을 집들은 도시의 움막과는 비교할 수 없을 만치 나름 규모를 갖 추고 있다. 바람에 많이 노출돼 있는 허허벌판의 가옥들이라 그런지 대개 ㅁ자 로 된 벽돌집이었다.

그의 집은 부모님 방, 동생 방, 형 가족의 방, 그리고 그의 가족이 쓰고 있는 방, 이렇게 네 개의 방으로 돼 있었다. 외양간 옆에는 작은 공간이 있었다. 이 공간은 소똥과 황토를 이겨 바른 맨바닥으로 되어 있다. 한낮의 뜨거운 더위를 피해 낮 잠을 잘 수 있는 피서처라며 그가 우리에게 한번 누워 보라고 권한다. 아이들이 마당 한 옆에서 펌프질을 해 가며 물을 뒤집어쓸 정도로 무더운 날씨였는데 이

방에 들어서자 시원한 기운이 온몸으로 스며들어 왔다.

그의 집 옆에는 따로 또 한 채의 집이 있었다. 큰아버지 가족이 살고 있는 큰집이라고 한다. 큰집 역시 가족 모두가 한 공간에서 생활하고 있었다. 한 집 건너 집들이 사촌, 팔촌, 친척들이라고 한다. 예전에 우리 농촌처럼 대가족으로 살고 있는 씨족 마을이었다. 낯선 외국인들이 찾아왔다는 소문에 몇몇 마을 사람들이 몰려왔다. 그들은 여기저기 들쑤시고 다니며 사진을 찍어 대고 있는 우리 일행들을 구경했다. 농사일에 관심이 많은 나는 집 주변의 밭을 둘러보았다. 텃밭에는 방울토마토와 고추가 심어져 있었고 대부분 밭들이 혼작을 하고 있었다.

방 한가운데 침대가 놓여져 있는 집에서 그의 가족이 차려 준 인도 음식을 대접을 받았다. 점심 식사를 하고 나서 힌두 신 사진이 모셔져 있는 작은 성전 앞에 이 선생이 500루피를 놓고 왔다. 이들 가족에게는 제법 큰돈이었다.

그리고 이 선생은 매일 식사 때마다 산티드라 씨에게 밥을 사 주겠노라 한 모양이다. 나는 이 선생에게 그를 도와주려는 의도는 좋은데 자칫 돈에 의지하게 되면 좋지 않은 결과가 나올 수도 있을 것 같다고 말해 줬다. 산티드라 씨는 그날 이후 자신의 일에 몰두하지 않고 이 선생 주변을 기웃거리고 있었기 때문이다. 그는 돈 잘 쓰는 한국의 사업가 이 선생에게 혹시 어떤 큰 도움을 받을 수 있지 않을까라는 기대를 하고 있는 것처럼 보였다.

우리는 산티드라 씨네 집을 나와 바라나시 강가 주변에 있다는 인도 아이들의 방과후 공부방을 찾아갔다. 문방구에서 노트와 연필 등을 사 들고 찾아간 공부방은 우연찮게도 내가 묵고 있는 숙소 근처에 있었다.

여기저기 솟아 있는 힌두 사원들, 동물들과 사람들이 뒤섞여 있는 어지러운 도로, 소똥과 범벅이 되어 있는 미로 속 같은 복잡한 골목길과 갠지스 강가에서 몸을 담그고 기도 드리는 힌두교인들이 떠오르는 바라나시, 거기에 당당하게 손을 내밀어 구걸을 하거나 염주 등을 팔고 있는 아이들이 전부처럼 다가오는 이 복잡

마을에 외국인이 왔다고 구경
나온 아이들이 선재 씨네 집
대문 밖에서 활짝 웃고 있다.

한 바라나시에서 골목길 깊숙한 곳 어딘가에서 가난한 아이들이 한자리에 모여 공부하고 있다는 것이 믿기지 않았다. 나는 다소 흥분된 상태였다. 갠지스 강가, 힌두교 성지라는 바라나시의 빤한 그림들 속에서 뭔가 새로운 기삿거리를 찾아낸 기분이었다.

빈민촌의 공부방, 그곳에서 나는 부끄러워졌다

공부방은 아주 비좁은 골목길을 꺾어 들어가 빈집이나 다름없는 컴컴한 공간을 통과해 다시 2층 계단을 밟고 올라가야 했다. 아이들이 학교에서 돌아오는 오후 3시부터 문을 연다는 공부방은 두 칸의 교실이 전부였다. 이곳에서 공부하는 아이들은 모두 50여 명. 우리가 찾아갔을 때는 20여 명의 아이들이 비좁은 교실 바닥에 옹기종기 모여 앉아 영어를 배우고 한 옆에서는 그림을 그리고 있었다.

공부방은 안마사 산티드라 씨의 형, 샤르마가 책임 선생님으로 있었다. 미국과 프랑스 국적을 가지고 있는 두 외국인의 후원으로 프랜츠 NGO 운영하고 있다고 한

바라나시 골목에 자리한, 부모가 없거나 가난한 집 아이들의 방과 후 공부방

다. 샤르마는 동생과 달리 영어가 유창했다. 나는 사진을 찍어 가며 그에게 초등학교 수준의 영어로 온갖 질문을 던졌다. 그의 유창한 영어를 반도 이해하지 못했지만 내가 아는 한도에서 정리해 보면 이랬다.

"공부방을 찾는 아이들은 부모가 없는 아이들이나 가정 형편이 아주 어려운 아이들이다. 초등학생에서부터 고등학생에 이르기까지 모두 10학년까지 있는데 1, 2, 3학년 4, 5, 6학년 7, 8, 9, 10학년 세 그룹으로 나눠서 공부하고 있다. 이곳 선생님들은 모두 5명, 이들은 영어를 비롯해 기타, 그림, 댄스, 컴퓨터 등을 가르치고 있다. 처음 공부방이 문을 열었을 때 갠지스 강가 가트에서 외국인들을 상대로 구걸하는 아이들이 대부분이었다."

그날 사진이 제대로 나오지 않아 다음 날 공부방을 다시 찾아가야 했다. 사진기를 들이대기도 전에 아이들의 맑은 눈빛을 보니 갑자기 얼굴이 화끈거렸다. 어제는 취재에만 몰두해 있어 아이들의 표정을 제대로 읽어 내지 못한 것이었다. 아이들의 맑은 눈빛을 보자마자 취재를 한답시고 공책 몇 권 들고 가서 호들갑을 떨었던 내 자신이 한없이 부끄러웠다. 바라나시 외곽 지역의 움박촌에서 나를 빤히 쳐다보았던 아이의 무언의 물음처럼 공부방 아이들의 눈빛이 똑같이 묻고 있는 듯했다.

"사진을 왜 자꾸만 찍어 대는 거죠?"

부모에게 사랑조차 제대로 못 받는 가난한 생활 속에서도 웃음을 잃지 않은 맑은 눈빛들, 나는 인도 아이들의 그 크나큰 눈을 보고 있으면 괜히 주눅이 들었다. 그래도 어쩌랴, 사진을 찍고 글을 쓴다는 것은 뻔뻔한 작업이다. 사진기를 들이댔다. 아이들이 사진 찍는 나를 쳐다본다. 내가 아이들을 보고 있는 게 아니라 아이들이 나를 보고 있었다.

그 순수한 눈빛들이 내 속을 훤히 꿰뚫어 보고 있는 듯했다. 아이들을 기삿거리의 대상으로 삼아 사진을 찍어 대고 있는 내 검은 속을 훤히 들여다보고 있는 것만 같다. 그 시꺼먼 마음으로 아이들의 공부를 방해하고 있는 것 같아 몇 장의 사진을 정신없이 찍어 대고 서둘러 공부방을 빠져나왔다.

공부방을 빠져나오면서 산티드라 씨의 형제들에게 붙여진 또 다른 이름인 '선재'를 떠올렸다. 저 교실에 앉아 있는 아이들 중에 '선재'라는 이름이 또 있을 것이었다. 나는 일주일 동안 바라나시에서 머물면서 '선재'라는 이름을 여기저기에서 만났다. 갠지스 강을 유람하는 보트 이름도 '선재 보트'이고, 자신들의 배를 타자며 호객했던 아이 이름이며 그 작은 체구로 노를 저었던 아이 이름도 '선재'였다.

〈화엄경〉의 선재동자화엄경에 나오는 젊은 구도자의 이름의 선재와 같은 이름을 쓰고 있는지는 알 수 없지만 나는 선재라는 이름과 만나면서 선재동자를 떠올렸다. 그 크고 맑은 눈빛의 인도 아이들을 보면서 〈화엄경〉의 선재동자를 떠올렸다.

인도에서 만난 선재, 내 안의 탐욕을 내려놓다

한문으로 선재善財의 재를 풀어 보면 재물을 뜻한다. 〈화엄경〉에 보면 선재동자는 재물이 아주 많은 집안에서 태어나 그 이름을 선재라 한 것으로 되어 있다. 인도 사람들이 '선재'라는 이름을 쓰고 있는 것은 아마 재물이 많기를 바라는 것

바라나시 시골에서 만난 인도 아이들의 해맑은 웃음

에서 비롯됐는지도 모른다. 하지만 〈화엄경〉의 선재동자는 재물과 상관없는 깨달음의 길을 걷는 구도자를 상징한다.

대승 불교의 대표적인 경전 중 하나인 〈화엄경華嚴經〉의 본래 이름은 '대방광불화엄경大方廣佛華嚴經'인데, 그 뜻은 '크고 넓은 부처님의 세계를 여러 가지 꽃으로 장엄하게 만드는 경'으로 풀이된다. 고은 선생의 소설과 장선우 감독의 영화 속 '화엄경'의 주인공으로 잘 알려진 선재동자는 〈화엄경華嚴經〉 '입법계품入法界品'에 나오는 인물이다.

선재동자는 문수보살文殊菩薩의 안내를 받아 선지식善知識을 찾아 천하를 떠돌아다닌다. 가장 낮은 자세로 떠돌아다니며 53명의 선지식을 만나 깨달음의 도를 구한다. 선재동자를 일깨워 주는 선지식들은 천민이나 왕을 가리지 않는다. 장사꾼, 뱃사공, 보살, 비구, 비구니, 선인, 바라문, 동자, 동녀, 왕, 천신에서부터 몸을 파는 창녀에 이르기까지 다양하다.

이 모든 사람들이 선재동자에게 가르침을 준 선지식이었으며 친구였다. 돼지의 눈에는 돼지만 보이고 부처의 눈에는 부처만 보인다고 했다. 선재동자가 만나는 사람들은 빈부귀천, 계급을 가리지 않고 모두가 스승이었고 부처였던 것이다.

화엄경에서 깨달음의 길을 찾아 떠나는 구도자를 어린 동자로 내세운 것은 무엇 때문이었을까? 어린아이처럼 순수한 마음이 바로 부처의 길이기에 어린아이처럼 순수한 마음, 초발심으로 구도자의 길을 가라 일렀던 것이 아닐까? 인류의 모든 성인들이 하나같이 어린아이처럼 되라 일렀던 것도 바로 여기에 있지 않나 싶다.

어린아이의 티 없이 맑은 눈빛을 보면서 어떤 목적을 가지고 카메라 셔터를 누르긴 하지만 잠시나마 내 안의 탐욕을 내려놓게 된다. 탐욕을 내려놓게 하는 세상의 모든 아이들은 선재동자나 다름없다. 선하고 악하고 가난하고 부유한 사람

가리지 않고 세상 모든 사람들을 친구로 만나는 선재동자. 누구나 친구가 될 수 있는 순수한 마음자리, 맑은 눈빛을 가진 세상 아이들은 선재동자다. 거리의 찢어지게 가난한 살림살이에 대책 없이 카메라를 들이댔던 몰상식한 나에게 빙그레 웃어 주었던 움막집 아이는 나를 일깨워 주는 〈화엄경〉의 구도자, 선재동자나 다름없었다. 어쩌면 그 아이가 내게 이렇게 말했는지도 모른다.

"배고픈 아이의 밥그릇을 걷어차면 세상은 배고픔으로 가득할 것이고 배고픈 아이에게 밥을 내주면 세상은 굶주리지 않을 것이다."

나 홀로 게스트하우스에,
외로움이 급습했다

　몇몇 인도 청년들이 아침부터 바라나시 화장터 부근에서 그림을 그리고 있다. 화폭이라는 공간에서 천년 세월을 간직한 낡고 오래된 건물들과 그 주변을 서성거리는 사람들이 만나고 있다.

　나는 그 장면을 사진기로 담아 내고 있다. 사진기 렌즈에 아무런 단장도 하지 않은 부스스한 서양 처자가 잡힌다. 잠자리에서 금방 일어나 대충 옷가지를 걸치고 나온 모습이다. 다만 선머슴 같은 그 여인의 손에 질 좋은 사진기가 들려 있

내 사진기 렌즈에 아무런 단장도 하지 않은 부스스한 서양 처녀가 잡혔다. 잠자리에서 금방 일어나 대충 옷가지를 걸치고 나온 모습이다. 나는 그녀에게 말을 걸고 싶었다.

다. 나는 그 아가씨의 사진기 렌즈에 잡혀 있는 주변 풍경 속에서 어슬렁거린다.

강가에서 만난 그녀, 나는 공상의 나래를 펼쳤다

아침 해가 떠오르는 강가에 몸을 담그고 기도를 올리는 인도 사람들 틈에 끼어 서양 처자가 환하게 웃고 있다. 종교와 국적을 초월한 동서양의 만남, 아침 햇살이 그녀의 소탈한 웃음을 더욱더 돋보이게 한다. 정말로 평화로운 풍경이다.

인도에 도착할 무렵 바라나시에서 살인 사건이 있었다는 소문을 접했다. 마리화나를 거래하던 일본인이 살해당했다는 얘기였다. 아니 이 사건은 그냥 소문이 아니었다. 신문에도 실린 사실이라고 한다. 바라나시에 오기 전부터 그 사실을 알고 있었기에 되도록 밤거리를 돌아다니는 것을 자제하고 있었다.

바라나시에서 떠돌아다닌 지 5일째로 접어들었다. 나는 인도 사람들 틈에서 무방비로 웃고 있는 서양 여성을 바라보며 그 긴장감을 내려놓고 있었다. 어머니의 손길처럼 모든 것을 감싸 안아 주는 강가, 바라나시 갠지스 강의 평화에 한 걸음 더 다가가고 있었다. 물결처럼 잔잔한 이 평화로운 분위기가 기분 좋은 상상 속으로 빠져들게 했다. 영화 속의 한 장면처럼 머릿속에서 그녀의 동선이 그려졌다.

20대 초반, 대학을 포기하고 세계 여행길에 나선 소탈한 성격의 그녀는 남자친구가 없을 것이다. 어젯밤 늦게까지 웃고 떠들어 가며 여행지에서 만난 친구들과 술을 마셨을 것이다. 혹은 요가나 인도의 전통 음악을 배우면서 동시에 사진기를 들이밀고 부지런히 스케치를 하고 돌아와 노트북 앞에서 밤늦게까지 사진 작업을 했을 것이다.

시도 때도 없는 정전으로 작업을 마저 다하지 못하고 쓰러지듯 잠들었을 것이다. 새벽, 알람 시계 소리에 겨우 일어나 머리 손질은 물론이고 세수조차 하지 않고 무겁게 내리누르는 눈꺼풀을 비벼 가며 강가의 일출을 담기 위해 서둘러 사진기를 챙겨 새벽 공기를 가르며 숙소를 빠져나왔을 것이었다.

공상을 끝내고, 나는 그녀에게 말을 걸고 싶었다. 하지만 그럴 용기가 나지 않았다. 스토커처럼 멀찌감치 서서 그녀의 일거수일투족을 사진기에 담아냈다. 나는 거침없는 그녀의 젊은 청춘을 시기하고 있었다. 아침 햇살처럼 생기 넘치는 환한 웃음과 호기심 가득한 눈빛으로 낯선

같은 숙소에서 머물렀던 프랑스 청년 필립. 한숨을 푹푹 내쉬어 가며 인도에서 만난 오스트리아 처녀에게 푹 빠져 있는 그와 일주일 내내 이웃사촌처럼 지냈다.

사람들에게 무방비로 다가설 수 있는 젊음이 부러웠다. 저 싱싱한 젊음에 끼어들고 싶었다.

하지만 영어 소통이 가능하지 않은 수염 허연 50대 중반, 거기다가 눈병으로 통통 부어오른 눈자위가 걸렸다. 지혜로운 수행자도 아니고 지식이 풍부한 중년 사내도 아닌, 거지 행색이나 다름없는 내 추레한 몰골을 바라볼 수밖에 없었다. 아, 내 젊은 청춘은 저 강물 속으로 깊이 침잠해 사라져 버린 지 이미 오래였다.

눈병이 심해 더 이상 싸돌아다닐 기력이 없었다. '달려라 하니'와 이 선생의 성화로 약국을 찾아가 손짓 발짓으로 구한 약을 먹고 눈에 발랐지만 별 소용이 없었다. 눈병이 발병한 지 사흘째 접어들면서 잠자리에서 일어나면 두 눈이 짙은 눈곱으로 봉합되어 있을 정도로 심해졌다. 물을 적셔 눈곱을 떼어 내야 할 정도였다.

그럼에도 매일같이 화장터로 나섰다. 오늘도 마찬가지였다. 화장터 계단에 앉아 명상을 하고 나서 강가 가트 길을 걸었다. 그리고 먼발치에서 서양 처녀를 만나 그 주변을 어슬렁거리다가 일용할 양식인 바나나와 오렌지 몇 개를 사 들고

일찌감치 숙소로 돌아왔다.

항상 변두리였던 나의 사랑, 그들의 젊음이 부럽다

모처럼 묵직한 노트북을 꺼냈다. 그동안 휴대 전화 메모장에 틈틈이 기록했던 내용들을 노트북에 옮겨 적고 사진도 정리했다. 하지만 눈이 아파 원고 쓰기는 무리였다.

"하아~."

노트북에서 손을 놓고 있는데 나와 같은 층에 기거하고 있는 프랑스 청년 필립이 공연히 내 주변을 어슬렁거리며 한숨을 토해 낸다. 필립은 나보다 하루 먼저 숙소에 들어왔다. 내가 숙소를 잡았을 때 그의 바로 옆방에는 오스트리아 여자가 묵고 있었다. 한데 내가 온 바로 다음 날 필립과 언성을 높이고 나서 그녀는 홀로 떠났다.

필립에게 물어보니 다른 숙소로 옮겼다고 한다. 그는 종종 그녀와 전화 통화나 메시지를 주고받아가며 바라나시 가트 어딘가에서 만나는 것 같았다. 그는 그녀와 헤어져 돌아오거나 그녀로부터 전화가 올 시간이 다가오면 숨을 푹푹 내쉬어가며 베란다 주변을 정신 사납게 서성이곤 했다.

"하아~"

"왜 그래? 그녀에게서 전화가 안 와?"

"오늘은 여기로 찾아오기로 했는데 오지 않네요. 10분이 넘게 지났는데……."

"좀 더 기다려 봐, 혹시 다른 남자 친구가 생긴 거 아냐?"

"나도 모르겠어요."

"네가 모르면 누가 알겠어?"

"……."

그는 더 이상 대꾸하지 않았다. 그녀가 찾아온다는 약속 시간에서 점점 멀어져 가자 그는 휴대 전화를 만지작거렸다. 건물 바닥이 폭삭 내려앉을 정도로 한숨 소리가 커져만 갔다. 하지만 그녀를 애타게 기다린 보람이 있었다. 그녀가 계단을 타고 올라오자 어둠에 싸여 있던 그의 표정이 환하게 밝아졌다. 덩달아 그녀를 초조하게 기다리던 나는 필립의 심정을 대변했다.

"필립이 그대를 얼마나 기다린 줄 알아?"

"정말이야, 필립?"

오스트리아 여자가 필립을 바라보며 되물었지만 그는 배시시 웃기만 한다. 나는 다시 엉터리 영어를 총동원해 필립의 간절한 마음을 전해 줬다.

"그대가 오늘 오지 않았으면 필립은 갠지스 강에 뛰어들었을지도 몰라."

"미안해."

그녀는 내 엉터리 말을 대충 이해했던 모양이다. 미안하다는 말을 짧게 던져 놓고 나와 필립을 번갈아 쳐다보더니 이내 필립을 꼬옥 안아 준다. 두 사람은 내가 알아들을 수 없는 장문의 영어로 대화를 나누고 나서 환하게 웃으며 숙소 계단을 타고 내려간다. 두 사람의 뒷모습에서 왠지 모르게 가슴이 저려 온다.

20대 초반의 청춘들, 두 사람은 이곳 바라나시를 떠나게 되면 인도 여행길 어디선가에서 헤어질지도 모른다. 그리고 훗날 인도를 떠올릴 때마다 서로를 가슴 아리게 떠올리게 될 것이었다.

이제 게스트하우스 3층에는 아무도 없다. 나 홀로 있다. 갑자기 외로움이 숨 막히게 몰려든다. 나도 저렇게 가슴 졸이며 한 여자를 사랑했던 시절이 있었던 가. 지난 시간들이 꼼지락거리며 일어선다. 내 젊은 청춘은 암울했다. 공부를 열심히 한 것도 아니고 학생 운동을 제대로 한 것도 아니다. 문학도로서 글을 제대로 쓴 것조차 아니다. 그렇다고 절절한 사랑에 빠져 본 적도 없었다.

내 사랑 이야기는 늘 변두리에 머물러 있다, 영화 〈비포 선라이즈〉의 단역 배우처럼. 열차에서 청춘 남녀가 비엔나 강가를 거닐다가 시를 써 주는 부랑자 같은 남자를 만난다. 시 써 주는 부랑자 남자는 두 사람에게 말한다. 자신에게 단어를 하나 건네주면 그것으로 시 한 편을 지어 선물하겠노라고. 내 젊은 청춘은 두 청춘 남녀 주인공보다는 시 써 주는 남자와 다름없었다. 사랑의 한가운데가 아니라 늘 변두리에서 서성거리고 있었다. 그렇게 감동적인 사랑 이야기에 잠시 스쳐 지나가는 인연, 단역으로 출연하는 부랑자에 불과했다.

해가 뉘엿뉘엿 지고 있음에도 불구하고 여전히 후덥지근하다. 앉아 있기도 서 있기도 불편했다. 그나마 눈의 붓기가 가라앉아 가고 있어 다행이다. 천장에서 픽픽 돌아가는 선풍기 바람을 쏘이며 낡은 침상에 누워 있다가 일어났다. 노트북 앞에 앉아 있다가 다시 밖으로 나와 베란다 주변을 서성거렸다. 그렇게 끈 묶인 개처럼 숙소 밖으로 나서지 못하고 어영부영 늦은 오후를 보내고 있는데 메시지 한 통이 날아왔다.

"눈병은 좀 어떠세요? 어둔 골목길을 헤치고 숙소로 되돌아가려니 겁이 나네요. 여기 한국 사람들과 함께 있어요. 술 한잔 할 건데 오실 수 있나요?"

'달려라 하니', 그녀였다. 반가웠다. 같은 숙소에서 매일 같이 얼굴을 마주 대하고 있었지만 오랜만에 만나게 될 친구의 메시지처럼 반가웠다. 누군가 나를 필요로 한다는 것이 기쁘고 고마웠다. 오스트리아 여자를 기다렸던 필립처럼 나 또한 오후 내내 '달려라 하니'의 메시지를 기다리고 있었던 것이다.

필름이 끊길 때까지 마신 술, 스스로에게 남긴 당부

나는 '달려라 하니'처럼 빠른 걸음으로 복잡한 골목길을 헤쳐 나갔다. 미로처럼 이어져 있는 바라나시 골목길 어딘가에 한국인이 운영한다는 게스트하우스가 있는데 거기서 그녀가 기다리고 있었다. 이 선생이 머무는 게스트하우스이기도 했다. 인천 공항에서부터 암리차르까지 나와 함께 동행 하다가 델리에서 다시 헤어졌던 세 여자 아이들도 합석한다는 것이었다.

숙소 옥상에 자리한 식당 테이블에는 '달려라 하니'와 한국인 중년 여성이 얘기를 나누고 있었다.

"우리 애들은 아직 안 왔나요?"

"우리 아이들이요?"

"열흘 가까이 함께 다녀서 그런지 입버릇이 돼 버렸네요."

"아무래도 우리처럼 나이 많은 여자보다는 어린 여자애들이 좋지요?"

"아니 그게 아니라, 내겐 딸 같은 아이들입니다."

"그래도 나이 어린 여자애들과 같이 다니는 게 좋잖아요."

"에이 참, 그게 아니래도 자꾸 그러네요."

그들은 남자들의 성적 취향에 대해 가벼운 농담으로 말하고 있었는데 나는 버럭 화를 내고 말았다. 여행지에서 만난 어린 여자 아이들을 딸처럼 생각한다는 내가 비정상인 것처럼 대화가 진행되고 있었기 때문이다. 딸 같은 아이들을 성적 대상의 여자로 말하는 것이 아무렇지도 않은 한국 사회, 그런 농담들을 자연스럽게 구사하는 것이 너무나 싫었다.

바라나시에서 만난 눈 맑은 거지 아이. 일반 가정집 아이인 줄 알았는데 나중에 알고 보니 중년 사내를 따라다니며 앵벌이를 하고 있었다. 오른쪽 사진은 길거리에 누워 잠을 자고 있는 인도 거지들

때마침 이 선생이 젊은 남자와 함께 왔다. 내게 농담을 자연스럽게 건넸던 중년 여성은 스무살 넘게 나이 차이가 나는 그 젊은 남자와 한방을 쓰고 있다고 한다. 숙소 비용을 절감하기 위해서라는 것이다. 물론 두 개의 침대를 이용해 따로따로 잠을 잔다고 한다.

서로 인도 여행길에서 있었던 얘기를 나누던 중에 중년 여성과 한방을 쓰고 있다는 그 젊은 남자는, 인도 상인들이나 릭샤꾼들을 파렴치한 사기꾼 취급을 했다.

"물건 살 때도 그렇고 릭샤꾼들 한테도 사기를 당한다니까요. 가격이 다 달라요. 무조건 깎아야 해요."

그들은 인도에 대해 불만이 많았다. 인도에 대한 비판적인 글을 쓰기 위해 여행을 다니는 것도 아닐 터이고 인도에서 오라고 초대장을 보낸 것도 아닐 터이다. 저들은 도대체 인도에 왜 왔을까? 인도 어디를 가나 불만투성이니 여행길이 얼마나 불편할까 싶었다.

뒤늦게 '우리 아이들', 델리에서부터 다람살라, 암리차르까지 함께 동행했던 세 여자 아이들이 동석했다. 우리는 인도 맥주를 마셨다. 인도 맥주는 소주와 맥주를 섞어 놓은 맛이 난다. 한국 맥주에 비해 알코올 도수가 더 높다. 맥주를 마시며 이런저런 얘기를 하다가 우리는 인도 거지들에 대해 이야기하고 있었다. 이번에도 중년 여성이 가장 불만이 많았다.

"거지들은 또 어떻고요. 너무 뻔뻔하잖아요. 일도 안 하고 놀고 먹어 가며 손이나 내밀고, 돈을 받고 고맙다는 표정도 없고, 인도 정부에서는 뭐하나 모르겠어요. 거지들을 구제할 수 있는 근본적인 대책을 내놓아야 하는데."

그녀의 끊임없는 불만에 나는 참다못해 쏘아 붙였다.

"우리에게도 책임이 있지 않을까요. 세계 어딘가에 거지들이 있다는 것은 그만큼 우리가 필요 이상으로 잘 먹고 있다는 것이지요. 비행기 타고 인도에 온 것도 그런 것이죠. 그리고 거지들에게 돈을 주지 않으면 그만입니다.

우리가 거지들에게 뻔뻔하니 어쩌니 그런 말을 할 자격이 있을까요? 스스로 거지임을 밝히고 손 내밀어 가며 돈 달라는 거지들은 차라리 솔직합니다. 정직합니다. 속셈을 숨기고 자본가에게 한 푼 더 받아먹기 위해 머리를 조아리고 온갖 권모술수를 부려 가며 노예처럼 살아가는 멀쩡한 거지들이 얼마나 많습니까."

나는 또다시 꼬장꼬장한 꼰대처럼 흥분하고 있었다. 주변 분위기가 갑자기 썰렁해져 갔다. 내가 그들을 어리석은 인간으로 몰아붙여 가며 가르치려 들고 있다는 것을 스스로 자각했다. 입을 닫고 말 없이 맥주를 마셨다. 마시면서 구걸하는 거지들에 대해 좀 더 깊이 생각을 했다.

거리에서 손을 내미는 가난한 거지들보다 비교할 수 없을 만큼 많이 가진 자들은 좋은 집과 자동차와 온갖 가전제품을 소유하고 있다. 그래서 거지와 다르다고 여긴다. 하지만 그들은 거리의 거지들보다 더 비굴하게 부를 축적한다. 머리를 조아려가며 살아왔다는 것을 자각하지 못한다. 하지만 거리의 거지들은 자신들이 거지라는 사실을 알고 있다.

누군가에게 군림을 당하는 사람은 누군가의 머리 위에서 군림을 하려 든다. 하여 그들은 자신에게 손을 내미는 가난한 사람들을 못된 거지 취급을 하는 것이다. 가진 것이 없어 구걸하는 가난한 거지들을 자신의 재물을 나눠 줘야 할 불행한 사람이라 여기지 않고 자신의 근성대로 하찮고 못된 거지 취급 하는 것이다.

가난한 거지들에게 10루피밖에 못 줘서 미안하다 여긴다면 속이 편하다. 10루피나 줬는데 고맙다는 인사를 하지 않는다고 비난하게 되면 그 순간 고통이 찾아오게 된다. 그것은 누군가에게 베풀고 스스로 자신의 뺨을 때리는 것이나 다름없다.

가난한 거지들에게 적선을 하는 순간, 자비심이 스며들면 모든 종교에서 말하는 천국의 문 앞에 서 있게 될 것이고 적선을 하면서 그 어떤 대가를 바라게 되면 그 순간 지옥 문 앞에 서 있게 될 것이다.

인도에 대해 불만 가득한 사람들은 어딜 가나 거지들이 손을 내민다고 짜증을 낸다. 거지들과 바가지 요금을 씌우는 사람들이 여행길을 망치게 한다고 믿고 있다. 사실 바가지 요금이나 거지들이 여행길을 망치는 게 아니다. 바가지 요금을 씌우는 상인들이나 거지들은 내가 그들 앞에 나서기 이전부터 이미 거기에 있어 왔다.

내가 그들에게 다가간 것이지 그들이 내게 온 것이 아니다. 거지들은 적어도 손을 내밀망정 남의 것을 빼앗으려 하지 않는다. 99개를 가진 부자들은 1개를 더 채워 배 터지게 먹고자 하지만 아무것도 없는 거지들이 바라는 것은 단지 그 1개를 얻어먹고자 할 뿐이다.

'우리 아이들'과 내일 헤어져야 한다. 이제 더 이상 인도에서는 만날 기회가 없다. 헤어지면 한국에서나 볼 수 있는 기회가 있을 것이었다. 누군가 돌아가면서 노래를 부르자고 했다. 한창 취기가 오른 내 차례가 돌아왔다.

연분홍 치마가 봄바람에 휘날리더라
오늘도 옷고름 씹어 가며 산 제비 넘나들던 성황당 길에
꽃이 피면 같이 웃고, 꽃이 지면 같이 울던……

'봄날은 간다' 노래를 하다가 가사를 까먹었다. 노래를 그만두고 술을 마셨다.

습관대로 새벽녘에 일어나 보니 이 선생 방이었다. 눈이 잘 떠지지 않는다. 어제 오후 좋아지기 시작했던 병든 눈자위가 다시 심하게 부어 있다. 술 탓이다. 나는 지난 밤 일을 기억해 낸다. 중간중간 필름이 끊어진 영화처럼 기억이 뚝뚝 끊겨 있다. 도대체 내가 왜 여기 인도까지 와서 부질없는 논쟁을 벌여 가며 술을 마시고 있을까라는 생각을 하면서 술을 마셨던 기억이 난다.

그렇게 시간이 갈수록 술이 나를 마시기 시작했고, '봄날은 간다' 노래를 부르다 말고 다시 술을 마시다가 필름이 끊겼다. 식탁에 엎드려 있다가 구토를 했고 누군가의 부축으로 이 선생이 묵고 있는 방으로 들어와 쓰려져 잔 기억이 전부다. 술 마시면서 휴대 전화에 메모를 했던 기억이 떠올랐다. 메모장에 내 스스로에게 당부하듯 이렇게 적혀 있었다.

　"누군가에게 함부로 어리석다 말하지 말라. 누군가를 비난하는 사람들을 어리석다고 비난하지 말라, 그 순간 '어리석은 사람들'의 맨 앞줄에 네 이름이 새겨질 것이다. 미우나 고우나 네가 만나는 모든 사람들을 네 자신의 어리석음을 바로 보게 하는 스승으로 여겨라. 네가 여행길에서 만나는 그 어떤 사람이든 모두가 사랑해야 할 사람들이다. 그들은 네가 가는 길을 두려움 없이 열어 줄 것이고 또한 네 젊은 청춘의 기운을 되돌려 줄 수 있는 사람들이다."

"음료수 절대 마시지 마라", 인도 여행의 금기를 깨다

이 선생은 잠들어 있다. 어젯밤 만취한 상태로 신세를 진 이 선생의 숙소를 빠져나와 곧장 새벽 화장터로 나섰다.

머릿속이 어질어질하다. 화장터로 향하는 골목길은 머릿속에서 침침하게 맴돌고 있는 술기운 같은 어둠이 남아 있다. 만약 자동차를 몰고 나섰다면 틀림없이 음주 측정기에서 불량한 소리가 났을 것이었다. 오늘은 시신을 태울 불을 지피기 위해 장작을 쌓고 있는 화장터 앞을 건성으로 지나친다. 바라나시 화장터를 찾은 지 일주일째 되다 보니 주검들이 무감각한 일상처럼 다가온다.

500루피어치 염주를 사다

오늘은 평소와 달리 화장터에서 왼쪽 길로 발걸음을 옮긴다. 화장터에서 오른쪽으로 걸어가면 강물에 목욕하고 기도를 올리는 인도 순례자들을 비롯한 외국인 관광객들로 북적이는 메인 가트가 나오는데 왼쪽 편 가트는 한가하다. 화장터에서 적당히 떨어져 있는 둥그런 가트에 자리를 잡고 앉았다. 가트 바로 앞으로 갠지스 강이 힘차게 흘러가고 있다. 그 앞으로 붉게 떠오르는 아침 해를 바라보며 어질어질한 술기운을 내린다.

시간이 지나면 술기운은 저 쉼 없는 강물처럼 흘러가 버리지만 내려놓고 싶어도 내려놓지 못하는 것이 있다. 주검 앞에서도 여전히 옳고 그름의 관념에 사로잡혀 있는 내가 있다. 낯선 곳에서의 두려움을 떨쳐 내지 못하고 있는 내가 있다.

그 어떤 집착에서 벗어나고자 마음을 다잡아 가면서도 여권이며 돈이 들어 있는 전대며 사진기와 휴대 전화가 들어 있는 천 가방을 재차 확인하고 있다. 그 어떤 집착에서 벗어나고자 일주일 내내 바라나시 화장터를 유령처럼 떠돌아다니고 있으면서도 변한 것은 아무것도 없어 보인다. 누군가 내 옆으로 슬그머니 다가온다.

"헤이! 어느 나라 사람입니까?"

피부색이 꺼뭇한 스물한두 살 정도 돼 보이는 인도 청년이다. 그가 내게 어느 나라 사람이냐고 묻고 있다. 인도 청년을 인식하자마자 나는 옆에 놓여져 있던 붉은 천 가방을 슬그머니 품 안으로 끌어당긴다.

"한국 사람인데요……."

"이것들 좀 구경 좀 하세요."

그제야 나는 그의 팔과 목에 염주들이 주렁주렁 매달려 있다는 것을 알았다. 내가 그를 멀뚱멀뚱 쳐다보고만 있자 다시 말한다.

"사지 않아도 상관없습니다."

"아, 예……."

"당신은 라마승입니까?"

그는 팔에 매달려 있는 염주를 가트에 내려놓고 내 붉은 천 가방을 가리키며 티베트 불교의 스님들을 칭하는 라마승이냐고 물어 온다. 나는 그가 붉은 천 가방이 라마승들이 메고 다니는 것이라고 알고 있다는 것이 신기했다.

"나는 라마승이 아닙니다. 이 붉은 천 가방은 티베트 불교 승려인 동생이 선물한 것입니다."

인도 청년은 내 엉터리 영어를 이해했다는 뜻인지 아니면 이해할 수 없다는 의

미인지 고개를 갸웃거리며 화장터 부근에서 명상을 하고 있는 내 모습을 본 적이
있다며 다시 묻는다.

"어떤 명상을 하십니까?"

"죽음……, 두려움……."

나는 더 이상 영어로 뭐라 설명하기 어려워 그냥 죽음 혹은 두려움에 관한 명
상이라고만 말해 줬더니 청년이 어설프게 웃는다. 청년의 인상이 낯익다. 치아
가 유난히 하얗게 보이는 까만 피부의 인도 청년을 만나는 순간부터 내내 어디서
본 듯한 느낌이 떠나지 않았다. 그랬다. 이틀 전 가트에서 보았던 청년이었다. 그
는 염주를 팔거나 마리화나를 유혹하는 젊은 인도 청년들 틈에서 심하게 따돌림
을 당하고 있었다. 그때 그는 슬픈 표정으로 웃고 있었다.

"마리화나 원해요?"

그는 마리화나를 구해 줄 수 있다고 말한다. 나는 대답 대신에 인도에서 가장
값싼 담배 '비리한 갑에 10~15루피. 우리나라 돈으로 200원 정도'를 꺼내 보였더니 자신
도 '비리'를 피운다고 말한다.

우리는 가트에 나란히 앉아 오래된 이발소에 걸린 액자 속 그림처럼 펼쳐진 강
저편 일출에 떠다니는 배들을 바라보며 비리를 피워 물었다. 그는 나를 슬쩍슬
쩍 곁눈질로 쳐다본다. 염주를 팔아 줬으면 하는 바람이 담겨 있다. 그럼에도 차
마 입 밖으로 꺼내지 못하는 눈치다.

담배를 다 피운 그가 주섬주섬 염주를 챙겨 일어서며 가볍게 손짓하며 인사를
하고 돌아선다. 나는 그를 불러 세웠다.

"잠깐만요."

나는 천 가방에 들어 있는 지갑을 꺼내 100루피짜리와 10루피짜리 지폐를 헤
아리다가 그만두고 그 청년 앞에 몽땅 내밀었다. 대략 500루피 정도 될 것이다.
나는 이 돈만큼의 염주를 달라고 했다. 청년은 팔에 걸려 있는 염주를 한 움큼 집

어 주더니 목에 걸려 있는 것까지 챙기려 한다. 내가 염주를 들어 올리며 이만큼이면 충분하다며 손을 내저었지만 청년은 목에 걸린 염주를 몇 개 더 건네준다.

청년이 기분 좋게 떠나고 나는 인연 닿는 사람들에게 선물해 주면 좋겠구나 싶은 마음으로 형형색색의 염주를 챙겼다. 그런데 등 뒤에서

대대로 물려받은 선재 씨의 염주. 100년이 넘었다고 한다.

누군가 부르는 소리가 들려왔다. 염주 청년은 이미 저만치 걸어가고 있었다. 내 주변에는 아무도 없다. 분명 나를 부르는 소리였다.

"절대 음료수를 마시지 마라", 금기를 깨다

내 등 뒤 가트에 앉아 있는 콧수염의 인도 중년 사내가 빙그레 웃으며 나를 향해 손짓하고 있다. 왜 그러냐고 묻자 그가 황토 빛깔의 잔을 들어 보이며 짜이 한 잔 하겠냐고 묻는다. 내가 엉거주춤 일어서서 그에게로 다가가자 보온통에서 짜이를 따라 준다. 그는 내가 염주를 구입하는 것을 쭉 지켜보았다며 한마디 한다.

"얼마에 샀습니까?"

"아마 500루피쯤 줬을 겁니다."

'너무 비싸게 줬네요.'

"알고 있습니다."

"그 많은 염주를 무엇에 쓰려는 거죠?"

나는 염주를 샀다기보다는 염주를 파는 착한 청년의 마음을 얻었다고 폼 나게 말해 주고 싶었다. 하지만 영어로 표현할 길이 없어 그냥 능력껏 몇 마디로 대신

선재 씨의 아들과 딸. 그 역시 어려서부터 아버지를 따라 갠지스 강의 가트에 나와 명상을 시작했다고 한다.

한다.

"친구들에게 선물하려고요. 하나 골라 가지세요."

그는 빙그레 웃으며 자신이 가지고 있는 염주를 들어 보이며 힘주어 말한다.

"고맙지만 괜찮습니다. 내게도 염주가 있습니다. 이 염주는 100년이 넘은 것입니다. 할아버지가 아버지에게 물려주었고 이제 그것을 내가 가지고 있습니다."

이 말을 듣고 비로소 나는 그가 건네준 인도인들이 즐겨 마시는 차, 짜이를 마실 수 있었다. 인도 안내서의 "누군가 호의를 베풀며 건네주는 음식을 먹지 마라. 특히 그 어떤 음료든 절대로 마시지 마라."가 이르는 또 하나의 금기 사항을 깨뜨리는 순간이다. 짜이가 달콤하다.

나는 글쟁이로 돌아와 내가 알고 있는 영어를 총동원해 그의 신상 파악에 들어간다. 그는 특별한 날을 제외한 매일 아침마다 이곳 가트로 나와 갠지스 강물에 목욕을 하고 시바신에게 기도를 올린다고 한다. 조상 대대로 그래왔다는 것이다.

"당신은 요기입니까?"

"아니요."

"그럼 직업이 뭡니까?"

"바라나시 상가에서 포목점을 운영하고 있습니다."

그의 이름은 레스케미스라 선재. 그는 자신의 비닐 가방에서 빗이며 작은 사발들을 주섬주섬 꺼내 가지런히 진열해 놓는다. 웃통을 벗고 있던 그는 대충 걸치고 있던 치마마저 벗어 놓고 팬티^{그의 말에 의하면 '랑고타'} 하나만 달랑 걸친 채 강물에 들어가 비누로 온몸을 씻어 낸다.

강에서 나온 그는 젖은 몸을 말려 가며 빗으로 숱이 거의 없는 머리를 곱게 빗어 넘긴다. 그렇게 몸을 정갈하게 하고 나서 노래 부르듯 힌두 경전을 읊조리고 있는데 두 아이가 찾아왔다. 그의 아들딸이라고 한다. 그 역시 자신의 자식들처럼 어려서부터 아버지를 따라 이곳 가트에 나와 시바 신에게 경배를 드렸다고 한다.

그의 조상이 바라나시에 정착한 것은 수백 년 전, 그날 이후 조상 대대로 거의

매일 아침 6시~10시 무렵까지 가트에 나와 시바 신에게 경배를 올려 왔다고 한
다. 시바 신에게 두 손 모아 가족의 건강과 행복을 기원하며 아울러 자신의 마음
속에 평화가 깃들 수 있도록 명상한다는 것이다.

갠지스 강의 수행자들을 만나다

그는 눈병으로 부어오른 내 눈자위를 유심히 보더니 묻는다.

"눈이 왜 그렇습니까?"

"화장터에서 병든 강아지를 만지고 나서부터 눈병이 났습니다."

그는 내 눈을 안쓰럽게 바라보더니 접시에 약간의 물을 넣고 돌가루 같은 것을
섞어 반죽한다. 그러고는 눈을 감으라고 한다. 정체를 알 수 없는 가루가 꺼림직
하여 내가 잠시 머뭇거리자 빙그레 웃으며 말한다.

"걱정 마세요. 이걸 바르면 한결 좋아질 것입니다."

그의 호의적인 웃음이 더 이상 거부할 수 없게 만든다. 나는 눈을 감고 그에게
얼굴을 내맡긴다. 그의 손가락이 진득진득한 붓이 되어 내 이마와 눈자위 주변
을 여러 차례 쓸고 지나간다. '저 출처를 알 수 없는 가루약 때문에 오히려 눈이
잘못되면 어쩌지?'라는 의문의 꼬리를 잘라 버리고 나는 스스로에게 최면을 걸
듯이 속으로 '두려움에서 벗어나려면 먼저 머릿속에 박혀 있는 인도 안내서가 안
내하는 의심 따위를 찢어 버려라.'라고 중얼거렸다.

"다 됐습니다. 손대지 말고 눈을 뜨고 잠시만 기다려 보세요."

5분도 채 안 돼 후끈거리던 눈자위가 점점 시원해진다. 그 시원한 느낌이 좋
다. 눈병이 금세 나을 것 같다는 믿음을 심어 준다. 내가 고맙다고 공손히 합장을
하며 '나마스테'를 건네자 그는 빙그레 웃으며 당부한다.

"당분간 물로 씻어 내지 마세요."

"나마스테."

내가 거듭 인사를 하며 자리를 털고 일어서자 옆에 앉아 있던 그의 아들딸이 합장을 하며 웃는다. 그의 가족의 가트 옆에 자리한 또 다른 가트에는 다른 가족이 앉아 있다.

머리를 삭발한 노인과 그의 손자가 아주 편안한 자세로 갠지스 강을 고요하게 바라보고 있다. 이들에게 명상은 따로 없어 보인다. 그저 묵묵히 평화로운 자세로 갠지스 강을 바라보고 있는 그 자체가 명상에 잠겨 있는 듯싶다. 이들 가족 역시 '레스케미스라 선재' 씨네처럼 조상 대대로 가트에 나와 시바 신에게 경배를 드려 가며 명상을 하고 있다.

문득 바라나시 가트에 앉아 있는 인도 사람들 모두가 요가 수행자인 요기처럼 다가왔다. 이는 큰 변화 없이 수천 년을 흘러온 도시, 바라나시의 힘이며 더 나아가 영혼의 나라로 일컬어지는 인도의 힘이라는 생각이 들었다.

그날 나는 숙소에 돌아와 종일토록 눈병이 가라앉기를 바라며 외출을 자제했다. 그 덕분에 눈의 붓기며 화기가 확연하게 가라앉았다. 마음에 긴장을 풀고 낯선 인도 사람들에 대한 두려움을 내려놓은 덕분이기도 했다.

그 두려움에서 벗어나게끔 했던 그의 웃음 섞인 손길 덕분이었다. 그렇게 정신 사납도록 혼잡하고 곳곳에 소똥이 널려 있는 더러운 인도 바라나시는 나를 눈병에 시달리게 했고 또한 두려움으로 가득한 내 영혼의 눈을 치유하는 약이 되어 주고 있었다.

"참 나약하시네요",
날 뚜껑 열리게 한 그의 한마디

더위가 한풀 꺾인 늦은 오후에 접어들면서 부어 있던 눈자위가 한결 좋아졌다. 아침마다 갠지스 강가에 나와 명상을 한다는 인도 중년 사내, 선재 씨가 발라 준 가루약 덕분이었다. 그 덕분에 노트북을 펼쳐 놓고 휴대 전화에 틈틈이 메모해 온 글을 정리할 수 있었다.

오후가 되면 땅이 꺼져라 한숨을 푹푹 쉬며 숙소, 베란다를 할 일 없이 배회하던 프랑스 청년 필립마저 여자 친구의 부름을 받아 일찌감치 숙소를 떠났다. 이것저것 볼 것 많은 '달려라 하니'는 이 선생을 비롯한 한국인 여행객들과 어울려 바라나시 어딘가를 기웃거리고 있을 것이었다.

숙소에 홀로 남아 노트북을 펼쳐 놓고 사진이며 틈틈이 적어 놓았던 메모 글을 대충 정리하고 나서 휴대 전화를 열었더니 '달려라 하니'로부터 두 통의 문자가 날아와 있었다.

'너무 슬퍼요. 송 선생님 지금 어디에 계신가요?'

문자 두 통, 걸음걸이가 빨라졌다

오늘 오후 한국에서 평소 힘들 때마다 의지해 왔던 사람이 교통사고로 세상을 떠났다는 부음을 받았다는 것이었다. 마음이 너무 아파 메인 가트에서 홀로 앉아 있다는데 올 수 없냐는 것이었다. 문자가 날아 온 지 1시간이 넘었다. 노트북에 코를 박고 원고를 정리하고 있어 문자를 확인하지 못했던 것이다. 홀로 얼마나 힘들어 하고 있을까. 그녀의 문자에는 누군가를 붙잡고 펑펑 울고 싶어 하는 마음이 담겨 있었다. 서둘러 숙소를 빠져나와 메인 가트로 향했다. 메인 가트로 향하는 골목길은 이미 어둠이 깔려 있었다.

패기 발랄한 이면에 사람들 앞에서 쉽게 꺼내지 못하는 아픔을 간직하고 있는 '달려라 하니'. 그 아픔을 어루만져 주었던 유일한 사람마저 세상을 떠났으니 얼마나 상실감이 크겠는가. 바라나시에서 처음 만났고, 만난 지 나흘째에 불과했지만 그녀는 아내로부터 이혼을 요구받고 있는 내 아픈 상처를 잠시나마 잊게 해주고 있었다. 그런 그녀가 고마웠고, 보잘것없이 나약한 나를 의지해 위로받고 싶어 하는 것이 고마웠다. 미로처럼 이어져 있는 어두운 골목길을 헤쳐 나가는 걸음걸이가 점점 빨라지고 있었다.

메인 가트에서는 한창 갠지스 강, 어머니 강가에 경배를 올리는 푸자 의식이

'달려라 하니'의 문자를 받고 바라나시 메인 가트에 도착했을 때, 푸자 의식이 한창 열리고 있었다.

진행되고 있었다. 천 년 세월 속으로 끌어당겨 정신을 아득하게 하는 인도의 전통 음악에 맞춰 제를 이끌어 나가는 무희들이 향로를 들고 춤을 추고 있다. 무희들의 부드러운 몸짓과 향로에서 나오는 연기들이 천 년 세월을 어지럽게 이어 주고 있다. 푸자 의식을 구경하는 수많은 인파에 파묻혀 문자를 날렸다.

'어디에 있습니까?'

'배를 타고 있습니다.'

'어느 쪽입니까?'

'무대 뒤편에 있습니다.'

가까스로 그녀를 찾았다. 그녀 옆에는 한국인 청년과 이 선생이 함께 있었다. 나와 연락이 닿지 않자 이 선생 일행을 불러냈던 것 같았다. 그렇지 않으면 동시에 문자를 날렸을 것이다. 나는 그녀의 아픈 속내를 품어 주지 못하고 말 없이 이 선생 옆에 앉아 푸자 의식을 주시했다.

'달려라 하니' 그녀가 나를 의지하고 있다는 생각은 큰 착각이었다. 솔직히 그녀의 아픈 마음을 위로해 줄 사람들이 곁에 있어 안심을 했다기보다는 묘한 질투심이 일고 있었다. 무대를 중심으로 모여든 수많은 사람들, 그 앞을 빈틈없이 가득 메운 사람들과 현란한 불빛들이 또다시 현기증을 불러일으켰다. 부음으로 슬픔에 잠겨 있는 그녀의 아픈 마음을 위로하기보다는 내 안에서 일고 있는 질투심 때문에 한없이 부끄러웠다.

힌두 대학교 안에 자리한 힌두 사원에 갔을 때도 그랬다. 사원에 들어서기 전에 자신의 아내에게 다정한 목소리로 전화를 걸었던 이 선생이 사원을 나오면서 커다란 꽃다발을 그녀에게 건네주었을 때 나는 사원 바닥에 떨어져 있던 보잘것없는 작은 꽃 한 송이를 주워 부끄럽게 내밀었다. 힌두 대학 식당에서 무엇을 먹을까 궁리하며 이 선생이 내게 물었다.

"송 선생님은 뭘 드실래요?"

"나는 두 사람 먹는 거 같이 먹을게요. 아무것이나 먹어도 상관없어요."

"왜 그리 우유부단합니까?"

"음식 이름도 모르고 그냥 특별히 먹고 싶은 게 없네요."

"거참, 나약하시네요. 줏대도 결단력도 없고……."

이 선생이 자꾸만 면박을 주었다. 그는 아무렇지도 않게 말했는지 모르지만 이글거리는 태양, 후덥지근한 날씨 탓일까. 내 귀에는 빈정대는 말투로 들려왔다. 바라나시에서 만날 때부터 그랬다. 나는 나이를 따져 가며 친구를 사귀지 않는다.

그럼에도 그는 한국에서는 나보다 나이가 세 살 정도 아래인 것으로 말해 놓고 인도에 와서는 동갑내기라 하는 것이었다. 특히 그는 '달려라 하니' 그녀 앞에서 종종 허세를 부리는 듯했다. 그가 나에게 나약하고 줏대도 결단력도 없다고 말하는 순간, 단순히 강렬한 햇빛 때문에 권총 방아쇠를 당기는 《이방인》알베르 카뮈의 소설의 주인공 뫼르쏘가 떠올랐다. 더 이상 참지 못해 버럭 화를 내고 말았다.

"내가 나약하다고 결단력이 없다고 하는데 젊었을 때 나도 꽤 독종이었어요. 내가 흐물흐물거리니까 사람들은 군대 얘기가 나오면 내가 방위 출신인 줄 안다니까요. 너무 그러지 말아요. 이래 봬도 고등학교 때 이미 태권도 사범을 했고, 군대에서는 특수 부대에서 있었습니다."

흥분된 목소리로 더듬거리며 그 지긋지긋했던 폭력의 시절을 과시하고 말았다. 얼굴이 화끈거렸다. 강렬한 햇빛 때문이 아니라 '달려라 하니', 그녀 때문이었다. 그녀 앞에서 내 자신을 과시하며 이 선생에게 속좁게 대응하고 있는 내 자신이 싫었다. 돈을 표시 나게 잘 쓰는 사업가인 그는 본래 친절한 성품이었다. 반면에 무언가를 내게 끊임없이 가르치려 했다.

그런 말 많은 이 선생과 '달려라 하니'와 함께 어딜 가게 되면 속 좁은 나는 '참을 인'자를 머릿속에 새기며 가능한 입을 닫고 있어야 했다. 나는 한시라도 빨리

한 여자를 사이에 두고 미묘하게 벌어지는 이런 부질없고도 치졸한 상황에서 벗어나고 싶었다. 눈병도 눈병이었지만 오후 내내 그들과 함께 어울리지 않고 노트북 앞에 앉아 있었던 이유이기도 했다.

푸자 의식을 보고 나서 우리 일행은 바라나시에서의 마지막 밤을 보내기 위해 '달려라 하니'와 내가 머물고 있는 숙소 근처의 작은 라이브 음악 카페로 향했다. 나는 이 카페에서 50루피 정도의 인도 전통 음료 '라씨'나, 좀 무리해서 캔 맥주 한 개를 시켜 놓고 인도의 전통 음악을 감상하곤 했다.

카페에는 내가 눈 인사로 사귀었던 인도 악사가 있다. 그는 우리 악기로 치자면 대금에 해당하는 인도 전통 악기를 연주하고 있다. 카페로 가는 도중에 나를 어리석은 인간으로 몰아세워 가며 끊임없이 가르치려 드는 이 선생에게 또다시 버럭 화를 내고 말았다.

"전직이 선생님이었습니까?"

"아니요."

"왜 자꾸만 가르치려고 합니까?"

돌이켜 생각해 보니 그는 나를 궁지에 몰거나 면박을 주려 했던 것이 아니었을 수 있다는 생각이 들었다. 그는 그냥 자신의 성품대로 친절을 베푼다는 것이 그렇게 비쳤을 것이었다. 신이 있다면 신이 그를 통해 내 자신을 바라보게 하려는구나 싶을 정도로 그는 끊임없이 옹졸한 내 자신을 바라보게 만들었다.

그렇게 나는 이 선생을 통해 나를 보았다. 이 선생이 나를 대하는 것과는 다른 경우이긴 하지만 나 또한 이 선생과 다름없었다. 얼치기 진보주의자인 나는 나와 정치적인 성향이나 성품이 다른 아내가 내 식대로 따라 주기를 바랐다. 옳고 그른 잣대를 들이대 가며 끊임없이 가르치려 했다. 아내는 그런 내가 지긋지긋했을 것이었다. 화가 났을 것이었다.

카페에 들어서자 인도 사내가 악기 연주를 하고 있다가 나를 알아보고 눈인사

를 한다. 나는 그를 바라나시에 머
물면서 서너 차례 만난 적이 있다.
내 나이와 엇비슷해 보이는 그는
나를 만나면 영어로 "어이, 나의 친
구!"라고 반기곤 했다. 그는 바라나
시를 중심으로 한 자리에서 한두
달 정도 머물러 가며 리쉬케시, 마
날리 등 인도 각지를 떠돌고 있다고
했다.

숙소 근처 라이브 카페에서 인도의 전통 음악을 연주하고 있
는 인도 사내의 음반.자존심 강한 그와 서너 차례 만났다.

　연주를 마치고 난 그는 카페 손님
들에게 음반을 권한다. 내가 손을 들어 보이자 그는 우리 일행이 앉아 있는 탁자
쪽으로 다가와 내게 다정한 얼굴로 인사를 하고 자신의 연주곡이 담겨 있는 음반
을 내밀었다. 두 장에 300루피라고 한다. 동행했던 한국인 청년이 인도 사내가
바로 옆에 있음에도 한국말로 빈정거렸다.

　"이거 음질도 안 좋을 건데, 너무 비싸요. 100루피면 살 수 있을 텐데."

　"한때 밴드를 했다는 젊은 사람이 그러면 쓰나. 내가 살 거니까 걱정 마요."

　"송 선생님이 나무에 거름을 많이 주면 위험하다고 했잖아요."

　한국인 청년은 내가 모든 것을 돈으로 해결하려 드는 한국인 여행자들을 나무
랐던 것을 비꼬고 있었다. 나는 내 친구를 욕하는 것 같아서 날을 세워 말했다.

　"그런 경우 하고는 다르지요. 값싼 음식을 골라 하루에 한두 끼 먹는 내가 돈이
많아서 그런 게 아니니까요. 나는 이 분을 개인적으로 좋아하고 또 노래하는 내
아들이 생각나서 구입하려는 것입니다."

　"몇 푼 안 되는데 내가 사 드릴게요."

　이 선생이 불쑥 나섰다.

"내가 꼭 사고 싶은 이유가 있어서 그러니까 내가 살게요."

"제가 사 드린다니까요."

미처 이름을 묻지 못했던 연주자는 어쩌면 한 물간 그렇고 그런 뜨내기 연주자일지도 모른다. 하지만 그는 분명 자존심 강한 연주자였다. 내가 처음 이 카페에서 그의 연주를 들었을 때였다. 그가 연주를 마치자 한 서양인이 거지에게 적선하듯 10루피를 건네자 고집스러운 표정으로 거부했다. 그 따위 돈 필요 없다는 그런 표정이었다.

나는 그의 자존심 강한 고집스러움이 좋았다. 그에게서 자본에 휘둘리지 않는 떠돌이 악사의 자존심을 보았다. 그런 그의 모습이 좋아 몇 차례 이 카페를 찾았던 것이었다. 그와 골목길에서 우연히 만나기도 했다. 그는 거지들처럼 더러운 골목길 그늘에 주저앉아 상가 사람들과 어울려 호탕하게 웃어 가며 얘기를 나누고 있었다. 소탈한 그의 모습이 좋았다.

그는 노래 부르는 뮤지션 아들이 있다는 나를 반겼다. 만날 때마다 진심이 담긴 어조로 "나의 친구"라고 불러 주었던 그에게 바라나시를 떠나기 전에 작은 선물을 건네주고 싶었다. 그게 바로 그의 자존심이 담긴 음반을 사 주는 것이었다. 그의 연주 음악도 연주 음악이었지만 무엇보다도 그의 자존심을 사 주고 싶었던 것이었다. 이런 내 마음을 한때 뮤지션이었다는 한국인 청년이나 이 선생이 알 리가 없었다. 내가 지갑을 꺼내자 이 선생이 한사코 막아섰다.

"제가 사 드린다고 해도 자꾸 고집 피우시네."

"아들한테 선물하려고요. 이건 내가 살게요."

"거 참, 정말 고집 세시네."

이 선생이 빈정대는 말투로 한사코 내 지갑을 막아 세웠다. 결국 나는 부질없는 자존심 싸움을 하는 것 같아서 지갑을 닫아야 했고 인도 악사들을 향해 이놈, 저놈 함부로 말하던 이 선생이 돈을 지불했다. 그는 배짱 두둑한 사내가 되었고 나는 다시 우유부단한 사람이 되고 말았다.

돌이켜 생각해 보면 나는 참 까다로운 인간이었다. 이 선생이 차려 놓은 음식을 놓고 그냥 고맙다고 넙죽 받아먹으면 그만인데 영양가를 따져 가며 제 입맛대로 반찬 투정이나 하는 한심한 인간이었다. 바라나시에서 그와 함께 보냈던 시간들이 대체로 이런 식이었다.

나를 바로 보게 해 준 이들

우리는 함께 다니지 말았어야 했다. 서로 피곤하게 할 따름이었다. 그 중심에 '달려라 하니'가 있었다. 이들은 내가 얼마나 까다롭고 어리석인 인간인지를 바로 보게 해 주었다. 인도까지 와서 한심하게 질투심 따위로 남 탓이나 하지 말고 네 갈 길이나 똑바로 가라 이르고 있었다.

어디 이들뿐이었는가. 화장터에서 만난 장작 쌓는 노인의 부드러운 손짓이며 무지막지한 아내에게 내쫓기고도 자신을 탓했던 한국인 이혼남, 낯선 내게 아무런 조건 없이 짜이 한 잔을 사 주었던 인도 청년과 소박한 옷 가게 요기, 매일 아침 가트에 나와 명상을 한다는 포목점 사내며 나의 속좁은 자비심을 일깨워 주었던 거지들에 이르기까지 시원한 한 줄기 바람처럼 스쳐 지나간 수많은 인연들, 바라나시에서 만난 모든 인연이 나를 바로 보게 해 주었다. 나의 어리석음을 일깨워 주었다.

다음 날, 바라나시를 떠날 시간이 돌아왔다. '달려라 하니' 때문인지 나 때문인지는 몰라도 그냥 헤어지기가 아쉽다며 이 선생이 이른 아침 갠지스 강 가트에서 만나자고 했다. '달려라 하니'와 함께 짐을 꾸려 가트로 나섰다. 이른 아침부터 가트 한 옆에서 요가 학원생들이 온갖 요가 동작을 선보이고 있었다. 우리는 말 없이 한 동작 한 동작을 지켜보았다.

요가 수업을 마친 어린 청춘들이 갠지스 강가에서 작은 등잔을 들고 각자의 소

갠지스 강가에서 이른 아침 요가를 하고 있는 요가 학원생들

원을 빌고 나서 그 등잔을 강물에 떠운다. 나는 강물에 몸을 맡기는 등잔을 바라
보며 내 안에서 잔뜩 웅크리고 있는 또 다른 나, 슬픔과 분노가 가득한 한 중년 사
내를 떠올린다. 그 중년 사내는 화장터의 주검들 앞에서 쭈그려 앉아 있다. 삶과
죽음이 한자리에서 춤추며 흘러가는 저 갠지스 강가에서 그림자처럼 서성거리
며 내내 흐느끼고 있다. 그 중년 사내가 내게 말을 건네고 있다.

  슬픔도 기쁨도, 행복도 불행도 한순간
  영원한 것은 아무것도 없다네
  저 강물처럼 밤낮 없이 흘러갈 뿐
  그럼에도 시간의 고삐를 잡고 떠나시게
  눈물이 강물처럼 넘쳐나는 허무의 끝으로

요가 수업을 마친 소년들이 작은 등잔을 들고 각자 소원을 빌고 있다.

혼자서 떠나시게나…….

하지만 나는 혼자가 아니었다. 인연 닿는 데까지 함께 떠날 '달려라 하니'가 있었다. 나처럼 그녀 또한 자신이 짊어져야 할 상처를 안고 어디론가 떠나야 했다. 하지만 여자 혼자 몸으로 낯선 길을 떠나기에는 용기가 나지 않았을 것이다. 길동무로 삼을 누군가가 필요했고 거기에 내가 있었다. 나 역시 유쾌 발랄한 그녀를 원하고 있었다. 인도에 온 지 20일째 접어들고 있었다.

마음 한편에서는 '혼자서 가라' 이르고 있었지만 현지인들과 언어 소통이 어려운 데다가 여전히 혼자라는 것이 외로웠다. 그 외로움을 채워 줄 그녀가 있었다. 그렇게 우리는 서로 필요로 하는 길동무가 되기로 했다.

우리는 미리 예약해 놓은 하르드와르Hardwar행 열차를 타기 위해 바라나시 역으로 향했다. 하르드와르에서 인도 요가의 고장이라 할 수 있는 리쉬케시로 가기로 했던 것이다. 바라나시에서 하루 이틀 더 머물 것이라는 이 선생이 역까지 따라나섰다.

사실 '달려라 하니'는 이 선생과 함께 떠나야 했다. 고행자처럼 재미도 없고 즐길 줄도 모르고 거기다가 느릿느릿 움직이는 나보다는 바삐 몸을 움직여 여기저기 기웃기웃 참견하며 신나게 놀고 먹고 즐길 줄 아는 이 선생과 함께 여행을 떠났으면 더욱더 신나는 여행길이 될 것이었다. 하지만 이 선생이 바라나시에 오기 전에 우리는 이미 기차표를 예약해 놓은 상태였다.

내게 부담이 될 정도로 과분한 친절을 베풀어 준 이 선생과 헤어져 우리는 우여곡절 끝에 그 '악명 높은 인도 열차 타기' 관문을 통과해 좌석에 앉았다. 기분 좋은 피로감이 몰려왔다. 난생 처음 열차를 타고 미지의 세계로 떠나는 소년처럼 가슴이 설레었다. 수행자들의 요람이라 일컬어지는 리쉬케시는 20여 년 전, 내가 그토록 가 보고 싶어 했던 곳이었다. 나는 거기서 눈 맑은 동굴 수행자를 따라나서고 싶었다.

'시바 신이 보우하사', 버스는 더욱 난폭해졌다

힘들게 찾아 헤맨 끝에 겨우 자리를 잡아서 그런지, 열차 객실이 평온하게 다가왔다. 여기저기 빈자리도 보인다. 배낭을 등 뒤에 받쳐 놓고 두 다리를 쭉 펴 편안한 자세로 차창 너머로 시선을 고정했다. 나른한 행복감마저 몰려온다.

바라나시에서 만났던 고마운 인연들 그리고 더 이상 얼굴 마주 보기 싫은 인연들, 자신의 물욕을 과시해 가며 끊임없이 가르치려 들었던 한국 사내나 불만 가득한 얼굴로 끊임없이 인도 험담을 늘어놓았던 한국 아줌마를 더 이상 만나지 않아도 된다.

좋은 인연이거나 나쁜 인연이거나 이제 더는 만날 일이 없다. 세상 인연이라는 게 한순간 차창 사이로 지나치는 풍경들이나 다름없음에도 나는 이 인연들을 붙들고 앉아 글로 옮길 것이었다. 그러고 보면 글을 쓴다는 것만큼 크나큰 집착이 어디 있겠는가 싶다.

차창 너머로 북인도의 농촌 풍경들이 한가롭게 스쳐 간다. 한국은 지금쯤 보리밭에서 푸른 기운이 오르고 있을 것이고, 농부들은 부지런히 논과 밭을 갈고 있을 것이다. 상추 씨를 뿌리고 감자를 심고, 오이, 토마토, 참외, 수박 등등의 모종을 준비할 것이었다. 하지만 한국의 봄 날씨와는 달리 북인도 열차는 보리밭이 황금 물결로 일렁이고 있는 여름을 향해 내달리고 있다.

열차에서 바라본 풍경들이 편집 안 된 생생한 다큐멘타리를 보는 것 같다.

끝없이 펼쳐진 보리밭, 누렇게 익은 보리를 수확하는 사람들, 새참을 이고 가는 아낙네들, 할 일 없이 빈둥거리는 소들, 논과 밭 사이에 길쭉하게 서 있는 나무들, 특이한 것은 한국과 달리 논밭 중간마다 잎이 풍성한 나무들이 농부에게 그늘진 휴식처를 제공하고 있다는 것이다.

한국에서는 농지 주변의 나무들을 베어 버린 지 이미 오래다. 작물에 그늘이 지면 수확이 그만큼 적기 때문이다. 모든 것이 돈으로 환산되는 자본주의는 농부의 쉴 공간마저 돈벌이로 환산시켜 버린 것이다. 거기다가 보리밭 사이로 휘이휘이 날아가는 새들이 눈에 잡히는데, 허수아비는 거의 보이지 않는다.

두 가닥 레일 위를 달리는 열차 주변 풍경들

두 가닥의 레일 위를 달리는 열차 주변 풍경들이 시시각각 변하고 있다. 나는 세상에서 가장 큰 화면을 펼쳐 놓고 인도의 한 단면을 바라보고 있다. 인도 열찻길 주변 풍경들을 편집하지 않고 고스란히 보여 주고 있는 한 편의 다큐멘터리를 감상하고 있다는 착각이 들 정도다. 그래서 여행의 백미 중 하나가 바로 열차를 타는 일이 아닐까 싶다.

얼마쯤 달렸을까. 역 주변에 쌓여 있는 석탄을 수레에 부지런히 옮겨 싣는 노동자들이 보인다. 한옆에서는 힘겹게 삽질하고 있고, 한옆에서는 온몸에 검은 석탄 가루를 뒤집어쓴 노동자들이 잠시 일손을 놓고 모여 앉아 하얗게 치아를 드러낸 채 웃고 있다.

석탄 가루를 뒤집어쓴 노동자들이 잠시 휴식을 취하며 하얀 이를 드러내며 웃고 있다.

또 저만치에서 펌프질로 물세례를 받아가며 한낮의 뜨거운 태양을 식히고 있다. 하얀 치아를 드러낸 저들의 웃음 때문일까. 뜨겁게 작열하는 태양 아래 고된 노동일을 하고 있지만, 고통스럽다거나 불행해 보이지 않는다.

하지만 나는 그 웃는 순간만을 포착했을 뿐이다. 그 힘겨운 노동에서 웃는 일보다는 고통스러운 순간들이 더 많을 것이다. 우리는 누군가의 힘겨운 삶을 떠올리며 자신의 고통을 위로받거나 한다. 또한 누군가의 풍족한 삶을 통해 자신의 처지를 한탄해 가며 상대적인 박탈감을 맛보기도 한다. 그 박탈감은 고통과 불행의 시작이기도 하다.

삶은 기나긴 여정이다. 열차를 타고 어딘가를 향해 떠나는 여행길이나 다름없다. 누구는 인도 서민들과 부대껴 가며 혹여 배낭이라도 분실할까 싶어 2등급 객실이 힘들다며 배낭 분실이 없고 시원한 에어컨이 나오는 1등급 객실을 선택한다. 하지만 마음먹기에 달려 있다.

2등급 열차에서 좋은 마음으로 사람들을 사귀면 배낭을 분실할 염려가 없고 창문을 열어 에어컨보다 더 청정한 자연의 바람을 만끽할 수 있다. 좌석에 앉아서 갈 수 있다는 것만으로도 행복감을 맛볼 수 있게 된다. 그럴 때, 비로소 열차 주변을 스쳐 가는 풍경조차 한 편의 감동적인 다큐멘터리로 다가오게 될 것이다. 하지만 20시간 가까이 달리는 열차 여행이 지겹고 힘들다고 느끼는 순간 고통이 찾아오게 될 것이다. 시간이 후딱 지나가기를 바라야 하는 지긋지긋한 다큐멘터리와 마주쳐야 할 것이다.

20시간 가까이 달리는 열차 여행

통로를 사이에 둔 열차 바로 옆 칸에는 콜카타에 살고 있다는 인도 가족이 앉았다. 바라나시 역에서 열차 객실을 찾아 함께 헤맸던 인도 사내의 가족들이다. 인도 사내조차 헤맸을 만큼 열차 객실을 찾는 일은 쉽지 않다. 그들은 결혼한 지 3개월도 채 안 된 신혼부부라고 한다. 인도 사람들은 대체로 가족과 함께 여행길에 오르는 일이 많다. 이들 신혼부부는 나이 든 부모님과 삼촌 그리고 두 명의 이모와 함께 힌두 성지 순례에 나서고 있었다.

바라나시에서 아침부터 달려온 열차는 어느새 어둠을 향해 달리고 있다. 바라나시 역에서 사 온 오렌지와 바나나로 간단하게 요기를 하고 나자, 졸음이 밀려온다. 아래위 침대칸을 나눠 쓰고 있는 '달려라 하니'와 교대로 눈을 붙이기로 했다.

열차 안은 델리에서 바라나시로 올 때의 혼잡함과는 사뭇 다르다. 빈 좌석이 보일 정도로 여유가 있다. 여기저기 객실에 사람들이 늘어져 있다. 이대로 영원히 잠들어도 상관없을 정도로 나른한 행복감이 밀려온다. 낮에 보았던 노동자들의 미소가 떠오른다. 작열하는 태양 아래 검은 탄을 옮기는 노동자들, 그들은 웃고 있었다. 그들의 웃음을 떠올리며 속으로 중얼거렸다. 나는 지금 어디로 가고 있는가. 그러다가 어디로 가고 있는지조차 까마득히 잊고 잠들었다.

눈을 떠 보니 역도 아닌데 기차가 또다시 멈춰 서 있다. 낮이고 밤이고 시시때때로 벌어지는 연착이다. 새벽 두 시, 그것도 허허벌판에서의 연착임에도 어떻게 알고 왔을까. 연착 지점이 따로 있는가 싶다. 어김없이 물건을 파는 사람들이 기차에 올라온다. 아이스크림이며 물 등의 간단한 먹거리를 팔고 있다. 이제 열두어 살가량 먹은 아이들도 보인다.

하르드와르행 열차에서 만난 힌두 성지 순례 가족들

우리의 목적지인 북인도 리시케시에 가려면 먼저 하르드와르Haridwar 역에서 내려야 한다. 안내 방송을 제대로 알아들을 수 없어 우리는 어느 지점에서 내려야 하는지 알 길이 없었다. 무작정 콜카타에서 왔다는 인도 가족들을 따라 내리기로 했다. 이들 역시 리시케시에 간다고 했다. 하르드와르에 가까워지자 열차 안이 쌀쌀해지기 시작했고, 콜카타에서 온 신혼부부 가족들은 어느새 두툼한 겨울옷으로 갈아입고 있었다.

정확한 시간을 기억할 수 없지만, 바라나시에서 오전 8시쯤에 출발해 하르드와르에 새벽 4시쯤에 도착한 듯싶다. 거의 20시간을 달려온 셈이다. 열차에서 내리자마자 콜카타에서 온 인도 가족과 헤어졌다. 이들은 하르드와르에서 며칠 머물다가 리시케시로 갈 것이라고 한다.

하르드와르는 인도의 고대 도시이며 힌두교인들이 가장 신성시하는 성지 중 하나로 알려져 있다. 바라나시에서처럼 힌두교인들이 강가, 갠지스 강에 몸을 담그기 위해 1년 내내 몰려오는 곳이라고 한다. 콜카타에서 왔다는 인도 가족들 또한 힌두교 순례자 중 한 가족이었던 것이다.

날씨가 제법 쌀쌀하다. 새벽 열차 대합실 가득 모포나 숄을 둘러쓴 수많은 사람들이 널브러져 있다. 날이 새려면 최소한 두 시간은 더 보내야 한다. 침낭을 펼쳐 놓고 사람들 틈바구니에서 시간을 보내고 싶었지만, 혼자가 아니었기에 그럴 수 없다. '달려라 하니'에게는 무리였다. 우리는 대합실 밖으로 나와 계단에 걸터앉아 인도 전통 차, 따끈한 짜이 한 잔으로 몸을 녹인다.

바라나시에서 인도 화폐인 루피를 거의 다 써 버렸기에 자동 현금 출납기를 찾아갔다. 하지만 내가 가지고 있던 현금 카드사와 다른 현금 출납기였기에 현금을 뽑을 방법을 알 수 없었다. 때마침 친절한 인도 청년을 만나 그의 손을 빌렸다. 내가 비밀번호를 입력할 때 애써 고개를 돌려 주었던 그는 인턴 과정의 의대생이라고 한다. 이메일 주소를 주고받은 그를 통해 리시케시로 가는 버스 터미널이 하르드와르 역사 코앞에 있다는 것과 리시케시행 버스가 수시로 왕래한다는 사실을 알게 되었다.

날이 밝기 시작할 무렵 우리는 무작정 버스 터미널로 향했다. 리시케시로 떠나는 버스가 곧바로 출발한다고 한다. 첫차인 듯싶다. 우리와 더불어 몇몇 순례자들을 태운 버스가 새벽 도로를 정신없이 내달린다. 얼마쯤 달려가자 도로 한복판을 가로지르는 갠지스 강 줄기가 보인다. 강 주변에는 바라나시에서처럼 수많은 힌두교인들이 강물에 몸을 담그고 있다.

하르드와르를 가로지르는 강물은 바라나시보다 한결 맑아 보인다. 남쪽으로는 갠지스 평야와 접하고 북쪽으로는 히말라야 산맥 기슭과 경계를 이루고 있는 하르드와르. 하르드와르는 히말라야에서 시작된 갠지스 강이 평지에 모습을 드러내기 시작하는 지점이다. 그러고 보면 우리는 바라나시에서부터 기차를 타고 갠지스 강 상류로 거슬러 올라온 셈이다.

우리의 최종 목적지인 리시케시는 하르드와르에서 갠지스 강을 좀 더 거슬러 올라가야 한다. 하르드와르에도 요가 수업을 받을 수 있는 아쉬람이 많지만, 요

가나 명상에 관심이 많은 외국인이
즐겨 찾는 곳은 단연 리시케시라 할
수 있다.

리시케시를 향해 험악하게 내달리던 버스 기사가 중간에 시
바 신에게 바치는 꽃목걸이를 구입했다.

버스 기사, 잠시 멈춰 서서 꽃목걸이를 산다

시소를 타듯 엉덩이가 들썩들썩
튀어 오를 정도로 난폭하게 버스를
몰아대던 기사는 어느 지점에서 잠
시 멈춰 서서 꽃목걸이를 산다. 버
스 기사는 그 꽃을 신줏단지 모시듯 공손하게 백미러에 걸어 놓고 환하게 웃는
다. 운전석 뒷자리에 앉아 있던 내가 꽃다발을 걸어 놓는 이유를 물었더니 짧게
대답한다.

"시바! 시바!"

시바 신에게 꽃다발까지 바친 버스 기사는 시바 신이 보호해 주고 있으니 걱정
없다는 듯 더욱더 험악하게 버스를 몰아간다. 생사의 중간 지점을 갈라 나가듯
무지막지하게 내달리던 버스는 '신의 가호'로 리시케시에 무사히 도착했다.

리시케시 버스 종점에 도착하자 틈틈이 창문을 열어 담배를 피우던 버스 차장
이 거스름돈 10루피를 잊지 않고 내준다. 우리는 오토릭샤를 잡아타고 무작정
아쉬람 주변의 게스트하우스로 가자고 했다.

오토릭샤 기사가 값비싼 게스트하우스에 내려 주는 바람에 우리는 다시 짐을
챙겨 강 근처로 걸음을 옮겨 저렴한 게스트하우스를 잡았다. 방 한 칸에 250루
피 정도, 처음 기사가 내려 준 곳보다 2배의 가격 차이가 났다.

'달려라 하니'는 강이 훤히 내려다보이는 전망 좋은 방을 잡고 나는 그 아래층

방을 쓰기로 했다. 우리는 각자 짐을 풀어 놓고 아쉬람이 몰려 있다는 강 건너편으로 향했다.

나중에 알게 된 것인데 리시케시는 락쉬만 줄라와 람줄라, 크게 두 지역으로 나뉜다고 한다. 우리는 락쉬만 줄라인지 람 줄라인지 알 수 없는, 소들이 어슬렁거리거나 누워 있는 폭 좁은 구름다리를 건넜다. 다리를 건너자 과일 가게와 기념품이나 숄이나 옷가지를 판매하고 있는 작은 상점들 그리고 카페와 식당들이 도로 양편으로 줄지어 있었다.

1960년대에 비틀즈 멤버가 그들의 영적 스승인 마하리시 마헤시 요기를 만나러 오고부터 서구 세계에 널리 알려져 유명해진 리시케시. 리시케시에 가면 쉽게 만날 수 있다는 요기들, 긴 수염에 긴 머리, 허름한 옷 한 벌에 맨발로 강가에서 명상에 잠겨 있는 인도 수행자들을 만나고 싶었지만, 강가 주변을 몇 시간째 둘러보았는데 요기들이 쉽게 눈에 보이지 않는다.

돈이 많아야 명상?
비틀즈의 스승은 없다

금강산도 식후경이라 하질 않던가. 요기들을 만나기 전 먼저 요깃거리를 찾아 나서야 했다. 어제 아침부터 열차를 타고 오면서 거의 24시간 동안 오렌지와 바나나 몇 개로 배를 채우고 있었다. 우리는 갠지스 강이 훤히 내려다보이는 한 카페를 찾아 갔다. 그녀가 인도 안내서에서 찾아낸 곳, 외국인들이 즐겨 찾는다는 카페였다.

눈 맑은 요기는 어디에 있을까?

갠지스 강 줄기가 보기 좋게 펼쳐진 창가에서 식사를 하고 있는데 뒤편에서 한국말이 들려온다. 한국인 아줌마와 일본인 여자다. 한국인 중년 여성은 패키지 여행을 왔는데 비수기라서 혼자라고 한다. 젊은 일본인 여자는 여행 가이드라는데 한국말을 곧잘 한다.

나는 나도 모르게 한국 아줌마를 마주 대하는 시선이 자꾸만 움츠려 들고 있는 것을 알았다. 인도에서 만난 낯선 여자와 풍경 좋은 카페에서 단둘이 앉아 식사를 하는 일이 편치 않았다. 아는 사람 하나 없는 낯선 인도 땅이었지만, 여자와 단둘이 마음 편하게 시간을 보내는 일을 아무나 하는 것이 아닌가 싶었다. 손 한 번 잡아 본 사이도 아니었지만, 공연히 바람피우다가 들킨 놈처럼 마음 한구석이 내내 편치 않았다.

요가와 명상의 본고장 북인도 리시케시

　우리는 카페에서 아침 겸 점심을 먹고 나와 따로 떨어져 각자 주변을 둘러보기로 했다. 부처의 눈에는 부처만 보인다고 했던가, 내 눈빛이 맑지 않아서일까? 아무리 눈을 크게 뜨고 둘러봐도 자비심 가득한 눈 맑은 요기는 보이지 않았다. 강기슭이나 나무 그늘에서 평화롭게 명상에 잠긴 요기들의 모습조차 내 눈앞에 나타나지 않았다.

　명상에 잠긴 요기는 보이지 않고 요가 센터와 아쉬람이 곳곳에 널려 있었다. 아쉬람은 수행자들이 한자리에 모여 먹고 자고 수행하는 우리의 선원이나 수도원 등에 해당하는 수련 공동체라 할 수 있다. 인도 전역에 수십 만 개의 크고 작은 아쉬람이 운영되고 있는 것으로 알려져 있다.

　구름다리를 통해 강을 오가며 내가 기웃거린 아쉬람은 몇 군데에 불과했지만 대부분 상업화된 시설들이다. 칸칸이 들어서 있는 방들과 여럿이 함께 모여 요가를 배울 수 있는 너른 강당으로 꾸며져 있었다. 아쉬람과 요가 센터가 즐비한 갠지스 강 주변 전체가 명상적인 분위기로 조성돼 있을 것이라는 애초의 생각은 큰 착각이었다. 내가 찾고 있는 아쉬람은 초막을 짓고 무소유로 생활하는 지혜로운 구루스승로부터 가르침을 받는 순수한 수행자 공동체였다. 거기에서 나는 언어가 필요없는 무언의 가르침을 받고 싶었다.

리시케시의 작은 마을에서 만난 요기. 그는 수염을 땅에 닿을 만큼 기르고 있었다.

그녀를 다시 만나 복잡한 상가에서 벗어나 한적한 강가 마을 주변을 둘러보다가 땅바닥에 닿을 정도로 수염을 기른 요기를 만났다. 종일 돌아다닌 끝에 처음 만나는 요기였다.

"당신은 요기입니까?"

내가 감당할 수 없는 영어, 이런 저런 복잡하고 가식적인 수식어를 빼고 다짜고짜 단순무식하게 묻자 그가 말 없이 웃음으로 대답했다. 나는 짧은 영어로 혼자 생활하고 있다는 그의 신상 조사부터 했다.

"리시케시에서 얼마나 오래 있었습니까?"

"30년 됐습니다."

그는 리시케시에 자리를 잡고 영적 수행을 해 온 지 30년이 됐다고 했다. 그의 말을 이리저리 꿰맞춰 보면 리시케시의 아쉬람들이 대형화되고 상업화돼 예전과 다른 분위기라고 했다. 영적인 가르침조차 돈으로 환산돼 가고 있다는 것이다.

"이곳 마을에 수행자들이 얼마나 계십니까?"

"리시케시의 많은 것이 변했습니다. 예전처럼 순수하게 수행에 전념하는 요기들도 많지 않습니다."

리시케시 강가 주변의 작은 마을에서 요기를 만나 손짓 발짓으로 대화를 나눴다. 요가의 본고장 리시케시는 이미 30여 년 전부터 변화되기 시작했다고 한다.

　리시케시는 1960년대에 비틀즈 멤버가 그들의 영적 스승인 마하라시 마헤시 요기를 만나러 올 무렵부터 서구 세계에 널리 알려져 유명해진 곳이기도 하다. 그 후 수많은 외국인이 몰려들었고 그에 발맞춰 요가 센터나 아쉬람들이 곳곳에 들어섰다. 하지만 사람들이 몰려드는 만큼 해를 거듭할수록 점점 그 순수성을 잃어 왔다는 것이다.

　그의 말이 리시케시 모습의 전부라 할 수 없다. 하지만 명상과 요가의 본고장이라 일컬어 오고 있는 리시케시의 순수성이 30여 년 사이 변하고 있는 것만큼은 사실인 듯싶다. 그 어느 곳이든 자본이 들어오기 시작하면 변화의 급물살을 타기 마련이다. 리시케시 강가 곳곳에서 진리의 세계를 찾아 나서는 무소유의 요기들이 명상을 하고 있다고 묘사돼 있는 책, 《히말라야의 성자들》정신세계사 1989년 번역에 소개돼 있는 리시케시의 모습은 찾아보기 힘들었다.

　"요기들은 어디에서 수행을 하고 있나요?"

"대부분 히말라야 주변에서 수행하고 있습니다."

나는 그에게 어떤 수련을 하는지 묻고 싶었지만, 영어가 짧아 깊이 있는 의사소통을 할 수 없었다. 그렇게 긴 수염의 요기와 함께 손짓 발짓으로 몇 마디 얘기를 나누고 있는데 지나가던 몇몇 사람이 몰려들었다. 낯선 외국인에 대한 인도 사람들의 호기심은 외국인들의 발길이 잦은 리시케시에서도 예외가 아니었다.

한국의 수련 단체들에서도 자본화되어 가고 상업화돼 가는 모습들을 쉽게 접할 수 있다. 단적인 예로 어느 수련 단체에서는 돈을 많이 내는 만큼 많은 것을 배울 수 있다고 여긴다. 수련비가 싸면 제대로 수련에 전념하지 않기 때문이라는 것이다. 물질을 멀리해야 마음공부를 제대로 할 수 있음에도 돈과 마음 수련을 하나로 연결하고 있는 것이다.

또한 '대통령이 수련한 ○○○'식으로 현수막을 내거는 수련 단체도 생겨났을 정도다. 대통령이 수련하든, 거지가 수련하든 몸과 마음을 다스리는 데 신분의 높고 낮음이 무슨 상관이 있단 말인가. 더구나 그 수련법을 익혔다는 대통령은 거짓말을 밥 먹듯이 하면서 고통 받는 사람을 더욱 고통에 몰아넣는 악질이었다. 그 수련법을 가르친 사람이 엉터리이거나, 그 대통령이 엉터리 수련자인 것이다.

몸과 마음을 다스리는 수련의 기본은 거짓 없는 참 마음으로 고통 받는 사람에게 베푸는 마음, 자비심에 있기 때문이다. 그렇게 참 마음을 다스리는 수련 단체조차 사람들의 눈을 현혹시켜 눈앞에 닥친 물질적인 이익만을 바라는 자본화, 상업화가 돼 가고 있는 것이다.

아무리 좋은 마음 수련법이라 하더라도 상업적으로 이용하려 든다면 그 마음 수련은 그 순간 퇴색되기 마련이다. 예로부터 제자들을 현혹시켜 먹을거리를 구걸하는 스승은 없었다. 돈을 요구하며 누군가를 가르치려 든다면 그가 어떻게 진정한 스승이라 할 수 있겠는가.

수염 긴 요기의 집을 빠져나와 걷다가 너른 정원이 펼쳐진 낡고 오래된 건물을

오래된 아쉬람 건물에서 세 들어 살고 있는 네팔 부부. 수행자인 장인을 모시고 사는 남편은 운전기사 일을 하고 아내는 꽃을 팔고 있다.

만났다. 낡은 건물 뒤로는 숲이 있었고 그 너른 정원 앞에는 우뚝 솟은 고목이 있었는데 그 아래 열두어 살쯤 먹은 인도 아이가 오래된 정물화처럼 앉아 있었다.

소년은 부모와 함께 작은 방 한 칸을 얻어 살고 있다고 한다. 집 안으로 들어서자 일 나갔다는 소년의 부모는 만나 볼 수 없었다. 그 대신 소년네와 한 건물에 세 들어 산다는 또 다른 가족을 만났다. 남자는 운전기사, 여자는 꽃을 팔아 생활하고 있는 네팔 부부였는데 수행에 전념하고 있는 50대 후반쯤 돼 보이는 장인과 함께 살고 있었다. 그는 우리에게 자신들이 생활하는 아주 작은 방으로 안내하더니 인도의 전통 차, 짜이를 내왔다. 그가 장인을 모시고 이 집에서 머물게 된 것은 2년도 채 안 됐다고 한다.

"20여 년 전까지만 해도 이 집에 요기들은 물론이고 명상 수련을 하는 수많은 외국인이 머물렀다고 합니다."

그의 말에 따르면 이 집은 규모는 작지만, 200년 전통을 자랑하는 아쉬람이었다고 한다. 지금은 그 기운을 잃고 건물조차 칙칙하게 변해 버렸지만, 20여 년 전까지만 해도 집

20여 년 전까지만 해도 수많은 외국인 수행자들이 몰려들었다는 200년 전통의 아쉬람. 지금은 이 낡은 건물에서 두 가족이 세 들어 살고 있다.

앞의 너른 정원, 커다란 고목나무를 중심으로 요가나 외국인이 명상을 했다는 것이었다.

네팔 부부가 내주는 짜이를 마셔 가며 달콤한 상상을 해 보았다. 지금의 분위기와는 전혀 다른, 밝고 화사한 색을 칠한 건물, 곳곳에 꽃이 피어 있는 정원, 푸르게 그늘진 고목나무 아래 평화로운 얼굴로 명상에 잠겨 있는 사람들을 상상해 보았다. 더러는 꽃 향기를 맡아 가며 너른 정원과 집 뒤 숲을 한가롭게 걸었을 것이다. 얼마간의 수련 기간을 마치고 나면 고국으로 돌아가 명상을 통해 얻은 평화로운 자비심을 주변 사람에게 베풀었을 것이다.

"이 마을에 그 많던 수행자가 다 어디로 갔을까요?"

"이 마을 곳곳에는 이런 작은 아쉬람들이 많았다고 합니다. 하지만 지금은 대부분의 수행자가 편의 시설이 갖춰진 큰 아쉬람에 머물고 있지요."

그 많던 사람이 방마다 뜨거운 물이 나오는 욕실이 갖춰진 시설 좋은 아쉬람으로 자리를 옮긴 것이었다. 돈만 있으면 좀 더 편리하고 좀 더 속성으로 배울 수 있는 요가 시설들이 늘어나면서 이 마을에 점점 외부 사람의 발길이 사라져 갔던 것이다.

"내가 알고 있는 요가 아쉬람을 소개해 드릴까요?"

"고맙지만 괜찮습니다."

눈 맑은 요가 수행자를 만날 수 있다면 이 마을에서 한 달 이상을 머물고 싶다는 생각이 들었지만 상업화된 아쉬람이나 요가 센터에서 패키지 상품을 선택하듯 사나흘 길게는 일주일가량 요가를 배운들 무엇하겠는가 싶었다. 마음 자리를 갖추지 않은 상태에서 요가나 그 어떤 수련법을 배우게 된다면 기계 체조를 배우는 것과 다름없다. 하지만 짧은 여행 기간 동안 이것저것 볼 것 많고, 경험해 보고 싶은 거 많은 그녀는 나와 다를 수밖에 없었다. 그녀는 리시케시에 오기 전부터 며칠 동안만이라도 요가를 배우고 싶어 했다.

강가에 띄울 꽃등을 앞에 두고 기도하는 인도 아낙네

"원하시면 여기 남아서 요가를 며칠 배우고 가시죠. 나는 강고뜨리로 가야 할 것 같네요."

그녀는 어떻게 해야 할지 고민하고 있었다. 이름을 알 수 없는 작은 마을을 빠져나와 그녀와 잠시 헤어져 상가에 자리 잡은 여행사를 찾아갔다. 나는 그 어떤 목적도 없이 단순히 눈 맑은 요가 수행자들을 만날 수 있을 것이라 여기고 히말라야 설산이 인접해 있는, 강가갠지스 강의 발원지 강고뜨리로 떠나고 싶었다. 하지만 강고뜨리로 향하는 버스 길이 끊겼다고 했다. 4월 초순임에도 히말라야 기슭으로 들어가는 길은 눈길로 막혀 있다는 것이었다. 4월 말이나 5월 초순이 돼야 버스 길이 열린다는 것이었다.

히말라야 설산과 눈 맑은 요기들을 만날 수 있는 강고뜨리를 오가며 리시케시에서 최소한 일주일 이상 머물고자 했던 계획이 어긋났다. 가는 길이 다르고 생각이 다른 그녀, 하지만 함께하는 시간이 더 할수록

저녁 무렵 리시케시 강가, 모래사장에 몰려나온 사람들

단순한 여행 동반자가 아닌 존재로 다가오는 그녀와 헤어져 단독 여행길에 오르려 했지만, 그마저 쉽지 않았다. 내 머릿속은 그녀에 대한 갈등으로 오락가락했다. 그녀에게 집착할수록 한시라도 빨리 그녀로부터 벗어나고 싶었다.

저녁 무렵 그녀를 다시 만났다. 저녁 요기할 빵 몇 개를 사 들고 숙소로 들어서기 전에 강가로 나섰다. 외국인과 인도 사람이 한데 어울려 모래사장에 누워 있거나 편한 자세로 앉아 고즈넉한 강줄기를 바라보며 한가로운 시간을 보내고 있었다. 한 옆에서는 강기슭에 있는 물고기들에게 먹이를 던져 주고 있었다. 연못도 아닌 이 너른 강가에 물고기들이 푸드득 떼로 몰려들고 있는 것이 신기했다. 또 한옆에서는 각자의 염원을 담아 꽃등을 피워 강물에 띄우기도 했다.

모래사장 주변에 개들도 누워 있다. 우리는 개들과 사람들 사이에 앉아 묵묵히 흘러가는 강줄기를 바라보았다. 평화 그 자체였다. 강줄기를 앞에 둔 저녁 풍경, 그 자체가 평화로움이 담긴 눈 맑은 요기처럼 다가왔다.

내 옆으로 개 한 마리가 다가왔다. 녀석은 내게 몸을 부벼 댔다. 녀석을 어루만지고 있는 사이에 하늘은 시나브로 어둠으로 바뀌어 가고 하나둘 별들이 보이기 시작했다. 어둠이 짙어지기도 전에 주변 사람들이 하나둘 자리를 털고 일어서 불빛이 새어 나오고 있는 건물 쪽으로 발걸음을 옮겨 간다.

별빛 박힌 어둠을 이불 삼아 이 평화로운 공간에 내내 누워 있고 싶었지만 함께 여행길에 나선 그녀가 문제였다. 그녀는 낯선 곳에서의 어둠이 두려울 것이었다. 나는 자리를 털고 일어나면서 개를 만지고 눈병으로 고생했던 바라나시가 떠올라 차가운 강물에 손을 씻었다. 손을 씻고 있는데 어머니의 강, 강가^{갠지스강} 가 내게 이렇게 말하고 있는 듯했다.

"별빛 아래 잔잔하게 흘러가는 강물을 보게나, 이 평화로운 강가 자체가 그대가 만나고 싶어 하는 눈 맑은 요기가 아닌가. 그동안 그대가 만난 사람들, 그대에게 미소를 건넨 모든 사람이 그대의 내면을 바라보게 하는 요기였다네. 하물며 그대에게 눈병을 옮겨 준 개들조차 요기였다네. 그대 발걸음마다 눈 맑은 요기들을 만날 수 있으니 마음 가는 데로 떠나시게나."

벽 너머 그녀가,
욕정이 꿈틀거렸다

　배낭을 꾸리고 있는데 그녀가 방문을 두드렸다. 버스 길이 막힌 강고뜨리 대신 알모라Almora로 가기 위해 이른 아침 버스를 타기로 했던 것이다. 그녀는 리시케시에 남아 요가를 배우는 일을 포기하고 나와 함께 며칠 더 동행하기로 했다. 혼자 남아 있기에는 무리라 생각했던 모양이다.

　알모라로 향하는 특별한 목적은 없었다. 그 어디든 히말라야 설산 가까이로 가고 싶었고 히말라야 설산이 보인다는 그곳이 알모라였던 것이다. 북인도 우타란찰 주에 속해 있는 알모라는 최종 목적지가 아니었다. 나의 최종 목적지는 알모라를 거쳐 들어가는 코사니Kausani였다.

　히말라야 설산을 사시사철 눈앞에 펼쳐 놓고 있다는 코사니는 인도에 오기 전에 내가 묵고 있던 토굴에서 하룻밤을 같이 보냈던 소설가 송기원 선생이 적극 추천해 준 곳이었다. 20여 년 전 선생의 인도 여행길에서 가장 인상 깊게 남았던 곳 중에 하나가 바로 간디 아쉬람이 자리한 코사니라는 것이었다. 이것이 내가 알고 있는 알모라와 코사니에 대한 정보의 전부였다.

형편없이 낡은 버스, 무사히 도착할 수 있을까?
　흔히 로컬 버스라 부르고 있는 시골 버스는 형편없이 낡아 있었다. 외형은 접

얼핏 보기에는 멀쩡해 보이지만 자세히 보면 여기저기 찌그러지고 녹슬어 있는 시골 버스. 녹슨 부분에 흰 페인트를 칠한 이 버스와 장장 10시간 동안 함께했다. 열차에서보다 좀 더 가까이에서 인도를 만날 수 있었다.

촉 사고로 여기저기 찌그러져 녹슬어 있었고, 그 녹슨 부분을 하얀 페인트로 조악하게 감추고 있었다. 게다가 좌석 시트는 죄 뜯겨져 있었고, 나무 판때기로 마감한 등받이도 보였다.

폐차장에 들어가기 일보 직전인 낡은 시골 버스였지만 심장은 끄떡없이 살아 있다는 것을 시위하듯, 요란한 엔진 소리와 함께 출발했다. 순간 나는 숙소에 타월을 놓고 왔다는 것을 알았다. 세탁한 지 오래된 숙소 침대 시트 위에 깔거나 명상할 때 숄처럼 어깨에 두르기 위해 어제 구입했다. 거금 400루피8000원 정도에 구입한 것이라서 아쉬웠다. 아침부터 서두른 탓이다. 느려터진 내가 서두르게 되면 꼭 후회할 일이 생기곤 한다.

장거리 버스라고는 하지만 시내버스나 다름없었다. 시골 곳곳을 돌면서 중간 중간에 수없이 내리고 타기를 반복했다. 버스 종점에서 자리를 잡았기에 망정이지 중간에 탔다면 서서 가는 시간들이 더 많았을 것이었다. 아침부터 반나절을 달려 온 버스는 주변에 집 한 채 없는 허허벌판, 외떨어진 식당 앞에 멈춰 섰다.

달릴 때는 그나마 차창 사이로 바람이 들어왔는데 멈춰 서 있는 버스 안은 후덥지근했다. 버스에서 내리는데 누군가 등 뒤에서 부른다.

"헤이!"

나와 통로를 사이에 두고 옆자리에 앉아 있던 인도 청년이었다. 인도 안내서에는 시골 버스에서 내리고 탈 때 분실한 사례가 많으니 소지품을 잘 챙기라는 말이 있다. 하지만 적어도 이 버스에서만큼은 통하지 않는 말이었다. 환한 미소로 나를 부르고 있는 그 청년 손에는 내가 깜빡하고 좌석에 놓고 온 모자와 사진기 보호집이 들려 있었다.

식당을 찾는 버스 손님들은 그리 많지 않았다. 버스 승객들 대부분 한 푼 두 푼이 아쉬운 시골 사람들이라서 그런가 싶다. 파리 떼가 들끓는 허름한 식당이었지만 펩시콜라 간판만큼은 번듯했다. 이곳뿐만이 아니었다. 버스 길에서 만난 시골 곳곳을 코카콜라와 펩시콜라 간판이 화려하게 점령해 있었다.

나와 좌석을 따로 잡고 앉아 있던 여행 동행자인 그녀는 버스 안에 내내 앉아 있었다. 시설이 형편없는 다 낡은 버스, 쉬다 가다를 반복하는 장거리 여행길이 고단한 모양이었다. 나무 그늘 밑에서 바나나와 어제 저녁 먹다 남은 빵으로 대충 허기를 때우고 앉아 있는데 열 살쯤 돼 보이는 아이가 내 주변에서 머뭇거리며 히죽히죽 거린다. 버스가 도착하자마자 손님들을 불러 모으기 위해 식사 메뉴를 큰 소리로 외쳐 댔던 식당 아이였다. 그 큰 눈망울로 나를 뚫어지게 쳐다본다. 외국인을 처음 보는 모양이다.

"나마스테."

"나마스테……."

내가 공손히 합장을 하며 인사말을 건네자 녀석이 해맑게 웃는다. 웃음은 어느 장소에서건 기분 좋게 만드는 묘약이다. 도무지 출발할 생각조차 하지 않던 버

민가 한 채 없는 허허벌판 휴게소에서 점심 식사를 하고 거의 한 시간 만에 다시 출발했다.

스가 요란하게 시동을 건다. 식당 앞에 멈춰 선 지 1시간쯤 지나서였다.

"종점까지 얼마나 더 가야 하나요?"

"노 프라블럼."

영어를 할 줄 모르는 젊은 차장이 '문제없다.'며 배시시 웃는다. 동문서답이었지만 따지고 보면 그의 말이 맞다. 비록 폐차 일보 직전의 버스지만 도착 지점을 향해 아무런 문제없이 잘 달리고 있는데 걱정할 게 무엇인가. 5시간이 걸리든 10시간이 걸리든 사고가 없는 한 버스는 목적지에 도착할 것이었다.

사실 우리는 버스 도착 시간을 미리 알아보지도 않고 무조건 알모라로 가는 버스를 잡아탔다. 하지만 우리가 탄 시골 버스는 알모라가 최종 종착점이 아니라 내니딸Nainital이라는 곳이었다. 거기서 다시 알모라로 향하는 버스를 갈아타야 했다.

내가 버스 안에서 조급한 마음을 내든, 여유로운 마음을 내든 시간은 똑같이 흘러간다. 내니딸에 도착한다 해도, 딱히 기다리는 사람도 없고 둘러볼 곳이 따로 정해져 있지 않다. 조급하게 서두를 것이 없다. 조급한 마음은 내 자신만 불편하게 할 따름이다. 버스 도착 시간에 아무런 영향을 주지 않는다. 나와 상관없이 버스가 알아서 갈 것이다.

시간은 존재가 없다. 텅 빈 공간이나 다름없다. 한정된 공간에서 이유 없이 시간을 인식하는 순간 우리는 그 시간의 공간 속에 꼼짝없이 갇히게 된다.

시골 버스는 두 가닥의 레일 위를 달리는 열차와 또 다르다. 꼬불꼬불한 길을 따라, 서고 가기를 반복한다. 장거리 시골 버스를 내리고 타

산길로 접어들면서 버스 덮개를 열어 물을 부었다. 얼마나 열이 받았는지 수증기가 올라왔다.

는 다양한 인도 사람들과 눈빛을 마주쳐 가며 미소를 주고받을 수 있다. 열차보다 좀 더 가까이에서 인도를 읽을 수 있다. 인도를 보다 가까이에서 만나게 해 주는 수단이 흔히 말하는 로컬 버스, 바로 이 시골 버스인 것이다.

물 뿌리니까 바로 올라오는 수증기, '열 받은' 버스

버스는 사탕수수와 보리 수확이 한창인 4월 초순의 들판을 내달린다. 어느 지점에서는 울창한 숲이 보이고, 어딘가에는 너른 평원에 보리밭이 펼쳐져 있다. 한쪽에서는 모내기를 하고 한쪽에서는 보리를 수확하는 곳도 보인다. 하르드와르행 열차에서 보았듯이 논밭 주변에는 어김없이 농부들에게 푸른 그늘 쉼터를 제공하고 있는 고목이 서 있다. 소달구지가 지나가는 길 한옆에는 거적때기로 엮어 비바람을 겨우 가린 움막들이 곳곳에 늘어서 있다. 한국 같으면 미관을 해친다고 산속 깊은 곳으로 내쫓았을 것이다.

도로 공사가 한창인 먼지 풀풀 날리는 울퉁불퉁한 신작로를 달릴 때, 버스 안은 온통 먼지 구덩이가 되고 엉덩이가 통통 튀어 오른다. 이제 비로소 인도에 깊

숙이 다가가고 있다는 느낌이 든다.

내니딸로 들어서는 길목, '하리드와니Haidwani' 라는 곳에서 버스가 멈춰 섰다. 수많은 버스들이 무질서하게 얽혀 있는 주차장을 견주어 본다면, 하리드와니는 제법 큰 도시인 듯하다. 버스 승객들을 물갈이 하듯 함께 달려 왔던 승객들 대부분이 내리고 다시 올라탄 사람들이 좌석을 얼추 메웠다.

버스가 잠깐 멈춰 서 있는 사이에 오래전 우리네 시골 버스에서처럼 약장사가 올라와 힌디 어로 뭐라뭐라 큰 소리로 말한다. 그의 양손에는 약통과 목걸이가 각각 들려 있었는데 그 목걸이가 얼마나 단단한지를 보여 주기 위해 아무데나 대고 후려쳐 보고 칼로 긁어 보이기도 한다. 그럼에도 목걸이는 말짱하다.

하리드와니의 도심을 벗어나자 버스는 가파르고 고불고불한 산길을 타고 오르기 시작했다. 그 비좁은 산길에 접어들자 앞차가 조금이라도 해찰을 부리면 너나 할 것 없이 귀가 따갑도록 경적을 울려 가며 추월을 감행한다. 추월할 때마다 자동차와 자동차가 아슬아슬 비껴간다.

정신없이 내달리던 버스는 산악 도로 중간쯤에서 멈춰 섰다. 트렁크를 열어 엔진 부위에 물을 부어 댄다. 얼마나 열이 받았을까. 장작불에 물을 부을 때처럼 수증기가 솟구친다.

눈 뜨고 보기 힘들 정도로 지저분한 간이 화장실에서 오줌을 뽑아 내고 나오는데 하리드와니에서 올라탄 녀석들이 내게 기념 사진을 찍자고 요구한다. 고등학교 과정을 밟고 있다는 녀석들은 단체 사진을 찍더니 다시 한 놈 한 놈 차례로 다가와 사진을 찍자고 한다.

"좋다. 한 사람 당 10루피씩만 내라."

"좋아요. 좋아요."

졸지에 사진 모델이 된 내가 녀석들에게 10루피씩 내라고 농담을 건네자 환하게 웃는다. 녀석들의 웃음이 장기간의 고된 시골 버스 여행길을 가볍게 해 주었다.

버스는 다시 고불고불한 산비탈을 달린다. 버스 승객들의 운명은 운전기사에게 달려 있다. 생사여탈권을 거머쥔 염라대왕의 든든한 '백'이라도 있는 것처럼 사정없이 핸들을 잡아 돌려 가며 마구마구 달린다. 가끔씩 추월하다가 앞에서 달려오는 차와 간발의 차이로 빗겨 나기도 한다. 한국이었다면 먹살잡이와 욕설이 난무할 것 같은 아슬아슬한 상황이 벌어지곤 했지만 그러거나 말거나, 다들 무덤덤하다. 인도 운전자들은 이런 상황들이 일반화되어 있는 듯 보인다.

무질서 속에 나름 질서가 있어 보인다. 경적을 울려 가며 추월하는 것은 이들에게 있어서 나름의 질서인 것이다. 그 '추월의 질서'를 인정하지 않게 되면 싸움이 벌어질 것이다. 따지고 보면 이들은 질서와 무질서 모두를 인정하고 있는 것이다.

드디어 아침 8시 무렵에 리시케시를 출발하여 거의 10시간 만인 오후 5시 30분쯤에 지리산 천왕봉 높이의 고지대에 자리한 내니딸해발 1938m에 도착했다. 흉폭한 운전이었지만 폐차 직전의 낡은 버스를 사고 없이 용케 몰고 와 준 운전기사가 고맙다. 운전기사에게 고맙다며 '나마스테' 인사를 했더니 환한 웃음으로 화답한다.

유럽풍 호반 도시 내니딸, 그곳에서 만난 '치느님'

해발 2000m에 가까운 내니딸 한가운데 호수가 들어서 있다. 호수를 끼고 있는 관광지에서 흔히 볼 수 있는 놀이용 물오리 몇 마리가 떠 있는 호수 주변 산비탈에는 크고 작은 숙소들이 촘촘하게 박혀 있다. 어딘지 모르게 사진에서 본 유럽 분위기다. 나중에 자료를 통해 알게 된 것인데 내니딸이 유럽 분위기를 갖추게 된 것은 영국 식민지 시절부터였다고 한다. 영국인들이 향수를 달래기 위해 영국 캠브리아 지방의 호수를 떠올리며 꾸민 도시라는 것이다.

이곳 내니딸에 비해 그 규모는 작지만 한국에서도 어렵지 않게 볼 수 있는 풍

호반의 도시 북인도 내니딸. 알모라로 가는 버스가 끊겨 하룻밤을 묵어야 했다.

경이었다. 나는 한국에서도 볼 수 있는 유럽식 풍경을 보기 위해 인도에 온 것이 아니었다. 주차장이 들어서 있는 호수 앞 좁은 광장에 서 있는 간디 동상을 제외하고는 '여기는 놀고 먹고 즐기는 관광지'라는 딱지를 곳곳에 붙여 놓은 듯했다.

버스에서 내리자마자 알모라로 가는 버스 편을 알아봤다. 오후 6시도 채 안 됐는데 알모라로 가는 버스 편이 뚝 끊겼다고 한다. 어쩔 수 없이 호반의 도시, 내니딸에서 하룻밤을 묵어야 했다.

우리는 비교적 가격이 저렴한 숙소를 잡아 놓고 식당부터 찾았다. 사흘 동안 밥 한 끼 사 먹고 나머지는 과일과 빵으로 대신하고 있었다. 게다가 사흘 동안 20시간의 장거리 열차에 10시간 동안 시골 버스를 타고 왔기에 다소 지쳐 있었다. 먹고 자는 것을 가벼이 여기는 내 방식에 동참하고 있는 그녀에게 미안한 마음이 들어 저녁을 닭고기로 해결하기로 했다.

내니딸이 유럽풍의 도시라고 하지만 식당이 들어서 있는 골목길은 혼잡한 인도풍이었다. 우리는 허름한 식당에 찾아들어 인도식 전통 닭구이라 할 수 있는 '탄두리 치킨'을 주문했다. 카레 등의 양념을 바른 닭고기를 꼬챙이에 꿰어 화덕에 구워 내는 탄두리 치킨의 맛은 일품이었다.

식사를 마치고 숙소로 돌아와 그녀와 할 일 없이 베란다에서 주변 풍경을 내려다보고 있는데 어디선가 기합 소리가 들려왔다. 누군가 앞서 구령을 붙이면 뒤이어 기합 소리를 일제히 쏟아 내고 있었다.

"잠깐 내려갔다 올게요."

"어딜 가시는데요?"

"어딘가에서 태권도를 하는 거 같아서……."

그 익숙한 기합 소리는 생각과 맞아떨어졌다. 도복과 운동복 차림으로 태권도를 배우는 아이들의 우렁찬 기합 소리였다. 30여 년 전 군 입대 전에 태권도 사범을 했던 적이 있었는데 그때와 거의 같은 구령과 기합 소리였던 것이다.

낯선 인도 땅, 그것도 그 이름조차 인도에 와서 처음 접했던 내니딸이라는 곳에서 태권도를 배우는 아이들을 만날 것이라고는 상상도 못 했다. 반가운 나머지 사범으로 보이는 젊은 인도 청년에게 불쑥 다가갔다.

"나는 한국 사람입니다. 잠깐 얘기 좀 나눌 수 있을까요?"

"이제 운동을 시작했어요. 기다려 주셔야겠네요."

인도 청년은 태권도 수업을 받고 있는 아이들 저만치에 앉아 있는 아줌마들의 눈치를 보며 끝날 때까지 기다려 달라고 한다. 획획 허공을 가르는 아이들의 멋진 발차기를 흡족하게 바라보고 있는 그 아줌마들은 자식들을 따라나선 듯했다. 한국에서처럼 자식들 챙기는 극성 아줌마들은 어디를 가나 만날 수 있는 모양이다.

숙소에서 나와 태권도를 보러 온 것에는 또 다른 이유가 있었다. 그녀 때문이었다. 초저녁부터 아무도 아는 사람 없는 낯선 장소에서 유일하게 아는 그녀, 그

사범의 구령에 맞춰 태권도를 배우고 있는 북인도 내니딸 아이들

녀와 베란다에서 마주 앉아 있다는 것이 부담스러웠다. 각각 방을 따로 쓰고 있지만 한 지붕 밑에서 벽 하나를 사이에 두고 숨 쉬고 있다는 것이 내내 거북했다. 나의 탐욕스러운 속마음이 튀어나올 것 같아 두려웠다.

　그녀와 바라나시에서 처음 만나 벽 하나를 사이에 두고 방을 이웃해서 지낸 지 벌써 일주일이 넘어서고 있었다. 하루하루가 지날수록 나는 점점 그녀에게 집착하면서 '불온한 로맨스'를 꿈꾸고 있었고, 다른 한편으로는 그 '불온한 로맨스'에서 하루 빨리 벗어나고 싶었다.

　하지만 태권도 수업을 보고 숙소로 돌아오는 길에 내 손에는 어느새 술병이 들려 있었다. '그녀와 미리 이별주를 나누기 위한 것이다.'라고 스스로에게 다짐을 놓고 있었지만 마음 한편에는 그녀와 좀 더 가까워지고 싶은 욕망이 자리 잡고 있었다. 베란다에서 술잔을 앞에 놓고 그녀와 마주 보고 앉았다. 그녀를 만난 이후 처음으로 술잔을 놓고 단둘이 마주 앉은 것이다. 나는 그녀의 시선을 피해 야경이 반사되는 호수를 바라보았다.

여신의 에메랄드 눈빛을 닮은 호수, 그리고 그녀

이곳에 와서 휴대 전화로 인터넷 검색을 하여 알게 된 것이 있다. 내니딸의 '내니'는 힌디 어로 눈을 의미하는 나인nain에서 유래되었단다. 내니딸 호수는 시바 신의 첫 번째 부인인 사티의 에메랄드 빛 눈을 의미한다는 것이다. 산기슭 곳곳에서 쏟아져 나오는 문명의 불빛이 시바 신의 부인 사티의 눈에 반사되고 있었다. 나는 그녀의 눈빛을 마주 보고 싶었지만 차마 그러질 못했다.

"야경이 좋네요."

"예, 밤 풍경이 참 좋네요."

"먹는 것도 시원찮고, 숙소도 싼 곳만 찾아다니고……, 괜히 나를 따라나서서 고생만 하시는 거 아닌지 모르겠네요."

"덕분에 걱정 없이 여행하고 좋은데요 뭘. 저 때문에 신경 많이 쓰이시죠?"

"아뇨, 혼자 다니는 것보다 좋죠 뭐."

나는 손사래를 쳐 가며 거짓말을 하고 있었다. 이제 따로따로 제 갈 길을 가자고 말하고 싶었던 자리였는데 자꾸만 엉뚱한 말이 튀어나오고 있었다. 내 속마음은 다중 인격자처럼 오락가락 했다. '헤어질 때 헤어지더라도 저 황홀한 야경처럼 그녀를 아름답게 바라보며 순간을 즐기자.'고 가슴이 요동치고 있었고 다른 한편에서는 고행 수도승처럼 스스로를 질타하고 있었다.

'이런 화려한 밤 풍경이나 감상하러 인도까지 온 것인가. 욕정을 품어 가며 여자의 환심이나 사려고 여기까지 왔단 말인가.'

나는 애초에 몸과 마음이 걸림 없는 자유로운 수행자가 되고 싶었다. 니코스 카잔차키스의 소설《그리스 인 조르바》에서처럼 끊임없이 자유를 추구하는 조르바가 되어 거침없이 떠돌고 싶었다. 관념에 사로잡혀 있는 나 자신을 훌훌 던져 버리고 끈 풀린 개처럼 자유롭게 떠돌며 집착 없는 사랑도 해 보고 싶었다.

　그렇다고 욕망에 푹 빠져 허우적거리는 돼지처럼 자유를 누리자는 것은 아니었다. 자본으로 뒤룩뒤룩 살찌운 돼지들 또한 자유분방한 '조르바'를 추종하기도 한다. 하지만 조르바의 자유분방은 분명 자본으로 살찌운 돼지들이 생각하는 그런 자유분방과 다르다.

　자본의 돼지들은 조르바의 자유분방, 그 이면에 무엇이 담겨 있는지를 생각하지 않는다. 인연 닿는 대로 사랑을 나누는 '조르바'의 자유분방함에는 인간에 대한 연민과 자비심, 사선을 넘나들었던 피의 혁명이 있었고 생사를 초월한 삶의 여정이 있었다. 하지만 자본의 돼지들에게는 그런 조르바의 삶은 불필요하다.

　먹고 마시고 즐기는 본능에 충실한 자유분방함만을 추구한다. 내 마음 한편에도 그런 겉만 번지르르한 자유를 내세워 욕정에 집착하고 있는 돼지 한 마리가 자리 잡고 있었다. 나는 고행승처럼 '탐욕스런 돼지에서 벗어나야 한다.'고 마음을 다잡아 나갔다.

　두어 잔의 술잔을 비운 그녀는 자신의 방으로 먼저 들어가겠노라며 자리를 털고 일어선다. 나는 기다렸다는 듯이 "그럼 그러시라." 하면서 홀로 남아 술병을 마저 비운다. 내 머릿속에서는 '내일 아침 일찍 알모라행 버스를 타야 한다.'며 7시 첫차 시간이 맴돌고 있었다. 그렇게 인도에서의 또 다른 하룻밤이 시간의 관념에 사로잡혀 갈팡질팡 갈피를 잡지 못하고 있는 내 자신처럼 맥없이 지나가고 있었다.

남녀의 노골적 성교 장면, 이걸 왜 여기에

"어이구……."

내니딸에서 알모라로 향하는 시골 버스는 발 디딜 틈이 없을 정도로 만원이었다. 운전기사 옆 엔진 부분 짐받이에 3명의 승객들이 엉덩이를 걸치고 앉아 있을 정도였다. 중간중간 승객을 태우며 버스가 두 시간쯤 달려올 무렵이었다. 내 입에서 한숨과 함께 "어이구" 소리가 절로 나왔다.

댕기 머리를 길게 내려뜨린 인디언 아줌마의 엉덩이가 내 두 다리를 압박해 오기 시작했던 것이다. 두 다리를 꼼짝달싹 할 수 없었다. 고문이 따로 없었다. 아줌마는 짐받이와 좌석 사이에 끼워 놓은 내 배낭을 깔고 앉아 내 두 다리를 등받이처럼 기댔다.

'달려라 하니', 그녀의 사정도 크게 다르지 않았다. 버스에 외국인은 그녀와 나, 둘뿐이었다. 나는 주변 풍경을 감상하기 위해 맨 앞 좌석에 앉았고 그녀는 반대편 자리에 앉아 있었다. 창가에 앉아 있던 그녀 옆자리에는 인도 사내가 예닐곱 된 아들과 함께 앉아 있었다. 차멀미가 심한 아이는 달리는 버스 안에서 창을 열고 심하게 구토를 했다. 결국 창가에 앉아 있던 그녀는 팔자에 없는 어린 아들 돌보듯 그 아이를 무릎에 앉혀야 했다.

아줌마가 깔고 앉은 무거운 '고행길'

시간이 흐를수록 두 다리가 저려 왔다. 하지만 내가 할 수 있는 것은 말 없이 두 다리를 꼼지락거리는 게 전부였다. "뭐 이런 여자가 다 있나." 투덜거리며, 아줌마에게 다리가 불편해서 도저히 못 견디겠다고 말하고 싶었지만 입을 떼지 못했다.

나는 그나마 좌석 등받이에 기대고 있었지만 내 배낭에 엉덩이를 겨우 걸치고 앉아 있는 아줌마는 나보다 훨씬 더 불편했을 것이었다. 나뿐만 아니라 버스 안의 승객들 대부분이 불편한 자세로 앉아 있거나 서 있었다. 서로서로 큰 불편을 감수하고 있었다. 누구 하나 자신이 편하겠다고 시비를 걸며 화를 내는 사람은 없었다.

그렇게 버스 안의 인도 사람들은 서로를 배려하는 마음에 익숙해 보였다. 때로는 불편함이 인내심과 배려심을 키워 주기도 한다. 그렇게 버스 안 사람들은 내게, 자신만이 편하겠다는 마음은 이기심에서 비롯됐다는 점을 새삼 일깨워 줬다.

버스 안은 고행 길이나 다름없었다. 하지만 차창 밖으로 수려한 풍경들이 끊임없이 다가왔다.

아무리 타인을 배려하는 마음을 품고 있다 해도 옴짝달싹 못 하고 앉아 있는 것은 그야말로 '고행길'이었다.

하지만 이것이 있으면 저것이 있기 마련이다. 불편을 감수한 대가가 있었다. 차창 사이로 다가오는 수려한 풍경들이 그 힘든 길을 위로해 주고 있었다. 두 대의 차량이 겨우 빗겨 갈 수 있는 비포장도로 옆으로, 물 맑은 계곡이 굽이쳐 흘렀다. 겹겹이 펼쳐져 있는 수려한 산세들이 눈앞으로 끊임없이 다가왔다.

그렇게 한 시간을 더 달려올 무렵, 멀리 히말라야 설산이 보일 듯 말 듯 다가오기 시작했다. 그 아래로 겹겹이 이어져 있는 산세, 그 산비탈에 옹기종기 기대고 있는 소박한 집들과 어우러져 있는 다랑이 논밭은 한 폭의 그림이었다. 호반의 도시, 내니딸의 유럽풍 풍경이 아름다워 관광지로 손색없는 도시라고 한다. 하지만 가공되지 않는 순수 자연의 풍경, '알모라 가는 길'이 나에게는 훨씬 더 아름답게 다가왔다.

내니딸에서 대략 4시간 정도 달려온 버스가 상가 건물들이 너저분하게 늘어서 있는 작은 도시에 도착했다. 버스 차장이 '알모라'에 도착했음을 알려 준다. 하지만 알모라에 도착하면 히말라야 설산이 한눈에 보일 것이라는 예상이 빗나갔다. 주변을 둘러봐도 히말라야 설산은 보이지 않았다.

우리는 이 사람 저 사람에게 물어 외국인들이 이용하는 게스트하우스가 있다는 언덕길을 올랐다. '언덕길에 오르면 히말라야가 보이겠지.' 하고 기대를 했지만 보이지 않았다. 외국인들조차 눈에 띄지 않는다. 무거운 배낭을 짊어지고 거기다가 묵직한 인도 안내서가 들어 있는 작은 가방을 들고 비탈길을 오르는 그녀의 낯빛이 무거워 보였다.

"가방 이리 주세요. 내가 들어 줄게요."

"괜찮아요."

"무겁잖아요."

"에이 참, 괜찮다니까 왜 자꾸만 그러세요."

그녀는 화를 버럭 냈다. 그녀가 화를 낼 만했다. 나를 믿고 따라 온 리시케시나 내 니딸, 거기다가 히말라야 설산이 보일 것이라고 말해 줬던 알모라 역시 감탄사를 내지를 만큼의 도시는 아니었다. 가는 곳마다 '여기가 아닌가 봐.'식으로 고개를 갸웃거리며, 숙소가 어디에 붙어 있는지 관심조차 없는 남자를 따라왔다. 무거운 배낭을 짊어지고 무작정 비탈길을 올라야 하는 게 무척이나 짜증스러웠을 것이었다.

우리는 숙소를 찾지 못하고 말 없이 언덕을 넘었다. 오늘 아침 버스를 탄 후부터 내내 별 말이 없던 그녀였다. 며칠 더 함께 다니기로 했지만, 그녀가 버럭 화를 내는 순간 나는 속으로 '이제 헤어질 때가 되었다, 서로 갈 길을 가야 할 때가 왔구나.' 싶었다.

나는 제대로 씻지 않아 꾀죄죄한 옷에서 땀내가 풀풀 나는 남자였다. 값싼 숙소와 식당을 찾아다니며 식사를 제대로 하는 것도 아니었다. 인도 안내서를

북인도 쿠마온 알모라 시장 골목. 우리네 오일장처럼 좌판을 펼쳐 놓고 있는 사람들이 많았다.

펼쳐 놓고 여기저기 재미거리나 풍물을 찾아 나서는 것도 아닌 '어리바리'한 남자
였다. 게다가 한국 사람은 물론이고 외국인조차 쉽게 만날 수 없는 궁벽한 곳을
찾아다니며, 느릿느릿 시간을 죽였으니 속 터질 만큼 답답했을 것이다.

갈라진 행선지, 헤어질 때를 직감했다

힘겹게 언덕을 넘어 버스 종점 근처에 있는 낡은 숙소를 잡았다. 각자 짐을 풀
어 놓고 내게 대마초를 권하는 숙소 관리자 청년에게 물었다.

"어디에 가면 히말라야 설산을 볼 수 있나요?"

"저 산 너머에 가면 볼 수 있습니다."

청년은 숙소 베란다 저만치에 펼쳐져 있는 산을 손짓하며 말했다. 코사니에 가
려면 저 산을 넘어야 한다는 것이었다. 나는 그녀에게 힘겹게 입을 뗐다.

"여기서 히말라야도 안 보이고, 생각했던 것과 많이 다르네요. 내일 곧장 코사
니로 가야겠어요. 코사니에 가면 히말라야가 눈앞에 탁 트여 있다는데……."

"거기서 얼마나 계실 건데요."

"맘에 들면 열흘 넘게 있으려고요."

"저는 귀국 날짜도 얼마 남지 않아서, 그냥 다람살라로 가야겠네요."

"혼자 가실 수 있겠어요?"

"이제는 괜찮을 것 같아요. 다람살라에 가면 한국 분들도 많이 만날 수 있다니
까."

"그럼 그렇게 하시죠. 괜히 제가 미안하네요. 여기까지 와서 히말라야도 볼 수
없고……."

그녀와 숙소를 빠져나와 각자 주변을 둘러보기로 했다. 나는 골목 여기저기에
좌판을 펼쳐 놓고 있는 시장을 둘러봤다. 인도에 와 있는 동안 어느새 손톱이 길
게 자라 있어 손톱깎기를 구입했다. 과일 깎는 칼도 하나 골랐다.

할아버지가 다양한 채소 씨앗들을 펼쳐 놓고 있다. 농가에서
채취한 씨앗들이라고 한다.

시장 바닥에서 내 눈길을 사로잡은 것은, 할아버지의 좌판에 펼쳐져 있는 씨앗들이었다. 지금은 찾아보기 힘들지만, 오래 전 우리네 오일장에서 심심찮게 볼 수 있었던 채소 씨앗들이었다. 상표가 없는 비닐 포장으로 보아, 적어도 종묘상의 씨앗은 아니었다. 씨앗 장수 할아버지와 손짓 발짓으로 알게 된 것인데, 농가에서 직접 '채취'한 씨앗이라고 한다.

한국에서는 씨앗을 직접 받아 농사를 짓는 농가들이 거의 없다. 한국에서 내로라하는 큰 종묘상들은 죽음을 생산하는 기업이라 불리는 외국 대기업에 넘어간지 이미 오래다. 이들 종묘상에서 내놓는 씨앗들은 거의 다 대를 잇지 못하는 유전자 조작 씨앗, 죽음의 씨앗들이다. 대를 잇지 못하는 것은 씨앗이라 할 수 없다는 게 내 지론이다.

생명은 작은 씨앗에서부터 시작된다. 10년 넘게, 대부분의 씨앗을 '받아' 농사를 지어 온 나로서는 할아버지의 씨앗 좌판을 보자마자 반가움에 두 눈이 휘둥그레질 수밖에 없었다. 하지만 농사에서 손을 놓은 지 2년, 다락방에 숨죽이고 있을 씨앗들이 떠올라 가슴이 답답해졌다.

시장에서 망고와 바나나를 사 들고 숙소에 돌아와 그녀에게 문자를 보냈다. 그녀는 인도 안내서에 따라 어느 박물관에 있단다. 그녀의 설명에 따라 박물관을 찾아갔다. 작은 민속 박물관에는 정교하게 조각한 16~17세기의 힌두신상들이 전시되어 있었고 그 옆에는 알모라 지방의 민속 자료들이 전시되어 있었다. 힌두 조각상은 촬영이 금지되어 있었다.

힌두교 문양 '랑골리Rangoli'는 신에게 가족의 안녕과 복을 기원하는 인도의 종교 미술이다. 불교 미술에서 만다라Mandala는 우주 만물의 본질을 표현한다. 이 둘을 혼합해 놓은 듯한 다양한 문양들이 눈길을 끌었다. 정확한 정보는 없었지만, 이곳 '쿠마온 알모라' 지역이 지리적으로 옛 티베트와 접하고 있어 이 문양에 힌두교와 티베트 불교가 혼합되어 있는 듯 보였다.

보통 만다라는 중앙에 부처를 모시고 있다. 그런데 이 문양은 힌두 신, 난다데비를 모셨다.

나중에 자료를 통해 알게 된 것인데, 흔히 북인도 히말라야 지역을 강가갠지스강가 시작되는 '히말라야 가르왈'과 '히말라야 쿠마온'으로 나눈다. '쿠마온'의 중심 도시는 내니딸과 알모라인데, 알모라는 1560년대에 들어선 찬드 왕조의 수도였다고 한다.

우리는 박물관에서 나와 찬드 왕조 시대의 유일한 유적이라고 하는 난다데비 사원으로 향했다. 기쁨과 복을 안겨 준다는 난다데비는 시바의 아내인 파르바티를 일컫는다. 인도인들이 가장 성스럽게 여기는 히말라야 산봉우리로 유명하다.

석탑이 준 고뇌, 그녀와의 마지막 포옹

왕실 사원인 난다데비 사원에는 그 시대의 유물인 석탑이 남아 있었다. 사람이 들락날락할 수 있는 문이 달려 있다는 이 석탑에는 다양한 문양이 새겨져 있다. 석탑에 새겨진 조각을 자세히 들여다보면 크게 세 부류, 동물 · 인간 · 신의 세계로 나눠 놓고 있다는 점을 알 수 있다.

맨 아래 부분에는 탑을 떠받들고 있는 듯 보이는 코끼리를 비롯해 말 · 호랑이 · 뱀 · 물고기 등 동물의 세계가 차례로 새겨져 있고, 그 위에는 인간 세계, 그리고 힌두신상이 서 있는 신들의 세계가 맨 윗부분에 자리 잡고 있다. 삼지창을 들고 있는 신상은 시바 신, 그 옆에 나란히 서 있는 신상이 바로 난다데비로 보인다.

이 탑에 새긴 조각 중에 특이한 것은 인간 세계를 상징하는 부분에 남녀의 노골적인 성교 모습이 새겨져 있다는 것이다. 이것은 단순히 성적 쾌락을 보여 주는 것이 아니라 음과 양의 조화를 보여 주는 것이 아닌가 싶다.

음과 양은 천지 만물을 운행하는 힘이다. 인간에게 기쁨과 복을 선사한다는 자비의 신, 난다데비는 힌디 어로 '삭티', 힘을 상징하기도 한다. 힌두교에서는 '삭티'의 개념을 무엇보다 중요시하고 있다. 세상에 존재하는 힘은 하나이며 그 힘은 여성과 남성의 에너지로 나타난다고 보고 있다.

따라서 난다데비 사원의 기단에 새겨진 남녀의 성교 장면은 바로 생명을 잉태하는 힘, 천지 만물을 운행하는 음과 양의 조화를 뜻하는 것이라 할 수 있다. 기

알모라 난다데비 사원의 석탑, 16세기 쿠마온 찬드 왕조 시대에 지어진 왕실 사원이라고 한다.

단에 새겨진 남녀 교합상은, 보는 사람의 마음 상태에 따라 성적 쾌락 혹은 생명 사상으로 바라볼 수 있다. 이 두 가지 관점 중에서 나를 자유롭게 하는 것은 무엇일까. 선택은 내게 달려 있다.

석탑에 새겨진 문양을 자세히 들여다보면 크게 세 부분 즉, 동물·인간·신의 세계로 나눠 놓고 있다.

다음 날 우리는 동이 터 오르기도 전인 이른 새벽부터 배낭을 꾸렸다. 다행히 델리로 가는 첫차가 있었다. 그녀에게는 알모라에서부터 장장 12시간 걸리는 버스를 타고 델리에 도착해 다시 카주라호나 다람살라로 떠나야 하는 기나긴 여정이 기다리고 있었다.

버스를 기다리는 그녀의 어깨가 축 쳐져 보인다. 그녀는 '달려라 하니'처럼 패기 발랄했지만, 안으로는 이혼을 앞두고 있는 나만큼이나 말 못 할 아픔이 많았다. 나는 그런 그녀의 아픔과 함께하고자 했다. 자비의 어원이 '함께 상처를 나눈다.'에 있듯이 누군가와 상처를 나누는 것은 동시에 내 상처를 보듬어 가는 것이다.

하지만 그 무렵, 나 자신은 물론이고 그 누구와도 상처를 나눌 만큼 자비심이 없었다. 자비심은커녕 이혼을 요구하는 아내로부터 입은 상처와 분노로 가득했었다. 내 안의 상처를 치유하지 못하면 오히려 누군가에게 상처를 줄 뿐이었다.

버스에 오르기 전, 그녀를 만난 이후 처음이자 마지막으로 포옹을 했다. 그녀의 아픔이었는지 내 아픔이었는지 그녀를 끌어안는 순간, 아픔이 물밀듯이 밀려왔다.

"건강한 몸으로 남은 일정 잘 보내세요."

"건강 잘 챙기세요……."

짧은 포옹과 함께 그녀는 자신의 목적지를 향해 버스에 올랐다. 나 또한 곧바로 출발하는 코사니행 버스에 몸을 실었다. 그렇게 헤어졌다. 만남은 길어도 헤어지는 것은 한순간이었다. 우리는 서로가 알고 있었다. 열흘 동안 함께 다니면서 서로가 가는 길이 다르다는 것을 잘 알고 있었다.

더 이상 함께할 시간도 허락하지 않았다. 나는 인도^{네팔 포함} 체류 기간이 5개월 가까이 남아 있었지만 그녀에게 남은 시간은 보름 정도에 불과했다. 그녀는 짧은 여행 기간 동안 좀 더 많은 곳을 돌아다니며 많은 것을 보고 듣고 싶어 했다.

나는 앞으로 어떤 일이 벌어지게 될지 나 자신조차 알 수 없는 길을 나섰다. 애초에 내가 원하던 길이었다. 하지만 그녀에 대한 아쉬움이 여전히 가슴 한편에 남아 있었다. 열흘 동안의 동행을 한 순간에 지워 버리는 것은 쉽지 않은 일이었다. 콜까타 마더 테레사 '죽음의 집'에서 자원봉사를 마치고 바라나시 화장터, 그 땡볕에서 넋을 놓고 살 타는 냄새를 맡아 가며 한없이 앉아 있던 그녀, 인도 아이들과 티 없는 웃음으로 놀아 주던 '달려라 하니'가 한동안 내 머릿속에서 떠나지 않았다.

그녀와 헤어져 일주일쯤 지날 무렵 휴대 전화로 문자가 날아왔다. '자신을 지켜줘서 고맙다.'는 내용이었다. 나는 '하니는 참 좋은 사람이다, 함께한 시간들이 고마웠다.'라고 답장을 보냈다.

그 방에서 보낸 첫날 밤, 두려움이 빠져나갔다

"거스름돈 주셔야죠?"

콧수염을 기른 버스 차장이 본체만체 딴청을 부린다. 여행 경비를 절약하기 위해 최대한 값싼 숙소와 음식으로 버티고자 했기에 내게 70루피1400원 정도면 두 끼 식사, 하루를 보낼 수 있는 돈이다.

나 몰라라 하는 인간, 먹살잡이를 할 수도 없고 어쩌랴, 허탈한 웃음과 함께 코사니Kausani에 내렸다. 그래도 버스 승객 중에 유일한 외국인인 내게 '코사니에 도착했다며 친절하게 알려 준 것만 해도 고맙지 아니한가.' 싶어 내 머리는 금붕어처럼 금세 거스름돈을 잊었다.

코사니는 주차장이 따로 없을 정도로 아주 작은 마을이었다. 생필품 가게와 몇몇 식당이 늘어선 상가의 총거리는 대략 100m도 채 안 돼 보인다. 묵직한 배낭을 메고 얼쩡거리는 낯선 이방인에게 누군가 숙소를 안내하겠다며 접근할 만도 한데 아무도 접근하는 사람이 없다.

도로 한옆으로 몇 대의 지프차가 줄지어 서 있는 승강장 주변의 몇몇 사람이 그 큰 눈으로 나를 주시하고 있었지만, 낯선 이방인 보듯 하지 않는다. 한 달 가까이 돌아다닌 여행지 곳곳에서 그랬듯이 이들도 덥수룩한 수염에 추레한 옷차림의 나를 네팔이나 티베트 인 아니면 인도 현지인으로 보는 것일까?

265

간디 아쉬람에서 바라본 구름이 오락가락 걸쳐 있는 히말라야 난다데비

　나를 주시하는 순박한 표정들이 어딘가 모르게 낯익어 보인다. 내가 손을 들어 "하이" 하며 바보처럼 웃자 그들도 손을 들어 답례한다. 이들 중에 나처럼 해죽해죽 웃고 있는 사내에게 접근했다.

　"간디 아쉬람은 어디에 있나요?"

　"저쪽 길로 올라가세요."

　사내가 사람 좋은 웃음으로 언덕길을 가리킨다. 북인도 '쿠마온 알모라'에서 코사니까지는 2시간 거리, 코사니는 지도상으로 알모라에서 히말라야 산맥이 자리한 북쪽으로 52km 정도 들어서 있는 지점이다. 코사니해발 1890m에 도착하자마자 히말라야가 훤히 보이겠지 싶어 열려 있는 언덕길을 숨 가쁘게 올랐다.

태양열 전지를 설치한 간디 아쉬람. 1929년에 마하트마 간디가 머물렀던 건물이라고 한다.

파노라마 같은 히말라야 능선이……

"아하! 야~."

숨을 몰아쉬기도 전에 감탄사가 절로 쏟아져 나왔다. 겹겹이 쌓여 있는 산들 끄트머리에 흰 구름 오락가락 걸쳐 있는 히말라야 능선이 파노라마처럼 펼쳐져 있었다. 사진기로도 다 잡아 낼 수 없을 만큼 넓게 펼쳐져 있다. 인도에 와서 처음 마주 대한 다람살라에서의 히말라야 설산하고는 비교할 수 없을 만큼 웅장했다.

간디 아쉬람은 숙소를 잡아 놓고 찾아가기로 작정하고 히말라야 설산을 한 눈에 바라보고 있는 제법 규모가 큰 게스트하우스에 들어갔다. 하루에 700루피를 달라고 한다. 너무 비싸다. 그 건물에서 나오는데 작은 구멍가게 앞에 앉아 있는 사내가 나를 불러 세웠다.

"숙소를 원합니까?"

"예. 아주 저렴한 게스트하우스를 찾고 있습니다."

"우리 집에도 손님방이 있습니다."

그는 구멍가게 옆에 자리한 방으로 나를 안내했다. 한국으로 치자면 시골 민박집이다. 이 방에서도 히말라야 설산이 훤히 보인다. 작고 허름한 방이었지만 내게 안성맞춤이었다.

"하루 묵는 데 얼마나 하나요?"

"450루피요."

"너무 비싸요. 열흘 정도 있을 건데 좀 싸게는 안 되나요?"

"하루에 400루피면 되겠습니까?"

"아, 나는 200루피 정도 하는 방을 찾고 있습니다. 목욕 시설이나 화장실을 공동으로 사용해도 상관없어요."

"여기 코사니에서 그렇게 싼 방을 찾을 수 없습니다."

나는 일단 '간디 아쉬람'을 둘러보고 다시 오마 약속했다. 그냥 가기가 미안해 그의 구멍가게에서 물과 바나나 몇 개를 샀다. 간디 아쉬람은 구멍가게에서 10분도 채 안 걸리는 언덕 위에 자리 잡고 있었다. 좀 더 지대가 높은 간디 아쉬람에서 보이는 풍경은 숨 막힐 정도로 웅장했다. 사진은 대체로 실물을 과장해 보다 아름답게 꾸며 놓곤 한다. 하지만 사진이 실물을 하찮게 담아낼 수도 있다는 것을 그때 비로소 알게 됐다.

나중에 알게 된 것인데 간디 아쉬람 앞으로 펼쳐져 있는 히말라야 봉우리가 '축복 받은 여신'이란 뜻을 지니고 있는 난다데비였다. 해발 7816m의 난다데비는 인도에서 가장 높은 산이다. 한반도 사람들이 백두산을 신성시하는 것처럼 인도인들이 가장 신성시하는 히말라야 설산이다. 그런 난다데비를 조망하기에 가장 좋은 곳, 마하트마 간디가 처음 여기에 와서 한동안 저 난다데비를 넋을 놓고 바라보았다는 얘기들이 실감이 난다.

보일 듯 말듯 구름 옷을 걸쳐 입고 있는 난다데비 자태에 넋 놓고 있다가 태양열 발전기가 설치돼 있는, 소박한 생활의 흔적들이 곳곳에 배어 있는 간디 아쉬람를 둘러보고 있는데 검은 피부의 중년 사내가 나를 부른다.

"어느 나라에서 왔나요?"

"한국요."

"오! 한국이라고요? 내 친구 중에 한국 사람이 있습니다. 여기 오기 전에 델리 대학교의 한국 유학생을 만난 적이 있어요."

한국인 유학생에게 전화를 걸어 나와 연결해 주기도 했던 그의 이름은 가텀 바흐마, 나보다 나이가 세 살 더 많다. 그가 살고 있는 곳은 델리가 아니라 독일이라고 한다. 30년 전 독일 여자를 만나 결혼해 독일로 이민을 가서 명상 센터를 운영하고 있다는데 1~2년에 한 차례 정도 인도에 온다는 그. 그때마다 이곳 코사니에 머문다고 했다. 그는 내가 배낭과 함께 어깨에 둘러멘 붉은 천 가방에 관심을 보였다.

"이것은 티베트 승려들이 메고 다니는 것인데……."

"예, 맞습니다. 내 동생이 티베트 승려인데 그에게 선물 받은 것입니다."

생명 없는 사물에도 기운이 깃들어 있다. 보잘것없는 붉은색 천 가방이었지만, 그와 좀 더 가깝게 인연을 맺어 주고 있었던 것이다. 그의 종교는 힌두교가 아닌 불교라고 한다. 30년 전부터 코사니에 찾아오고 있다는 가텀 씨. 이번에는 티베트 불교의 만트라에 관한 글을 쓰기 위해 간디 아쉬람에 두 달 정도 머물 예정이라고 한다. 영어가 짧아 불교에 관한 심도 있는 대화를 나눌 순 없었지만 우리는 불교를 통해 좀 더 가까워 질 수 있었다.

"숙소는 잡았나요?"

"아니요."

인도의 서민들이 주로 먹는 채식 위주의 소박한 식단

"아, 그럼 잘됐네요. 내 옆방이 비어 있습니다."

"여기서 묵어도 되나요?"

"물론요."

"죄송합니다. 내가 가난한 여행자라서 방 가격을 알아야 될 것 같습니다. 여기서 묵으려면 얼마 정도 내야 하나요?"

"아, 걱정 말아요. 당신이 원하는 만큼 내면 됩니다."

먹고 자고 내가 원하는 만큼 돈 내라?

간디 아쉬람은 마음에서 우러나는 만큼 돈을 지불하는 기부제로 운영하고 있다는 것이다. 전망 좋은 간디 아쉬람에서 묵을 수 있는 것만으로도 충분히 반가운 일이었는데 원하는 기간 동안 먹고 자고 단돈 1루피를 지불해도 상관없다는 것이다 외국인은 일주일. 한낮의 땡볕과 무거운 배낭에 지쳐 있던 나. 만약 무슬림이었다면 하늘을 향해 "알라!"라고 외쳤을 것이다.

신과 같은 그 어떤 존재가 나 같은 가난한 여행자를 위해 가텀 씨를 보낸 것 같았다. 그는 앞장서서 나를 신 앞으로 안내하듯 간디 아쉬람의 매니저에게 데려갔다. 나는 여권을 꺼내 몸짓만큼이나 조용조용한 콧수염의 매니저가 펼쳐 놓은 방명록에 몇 가지 신상을 적어 놓고 여장을 풀었다. 가텀 씨가 묵고 있는 바로 옆방이었다.

내가 일주일 정도 묵기로 작정한 숙소의 창문 사이로 히말라야 난다데비가 훤히 들어왔다. 나는 창문 사이로 펼쳐져 있는 난다데비를 바라보며 이 방에 들어

간디 아쉬람 식당에 딸린 부엌에서 화덕에 불을 지펴 짜파티라는 빵을 굽고 있는 관리인들

서기까지 나의 의지와 상관없이 나를 이끌어 주는 그 어떤 존재, 혹은 내 의지와 연관된 어떤 기운, 불교에서 말하는 연기법에 대해 생각의 깊이를 더해 갔다.

태양열을 이용하고 있는 간디 아쉬람은 넓다란 마당을 사이에 두고 두 동의 건물로 구성되어 있다. 내가 여장을 푼 곳은 간디 홀에 속해 있었다. 간디 홀은 간디의 사진들이 전시되어 있는 너른 공간과 매니저가 묵고 있는 방, 나와 가텀 씨가 묵고 있는 방, 모두 네 칸으로 이뤄져 있었다. 간디 홀 건너편 동에는 한꺼번에 수십 명을 수용할 수 있는 크고 작은 방들이 여러 칸으로 나뉘어 있었다.

가텀 씨를 따라 찾아간 식당에는 사람들이 거의 없었다. 오늘 아침까지만 해도 아쉬람을 찾은 사람들로 식당을 가득 메웠다고 한다. 생각해 보니 나는 운이 참 좋았다. 사람들이 빠져나간 사이 용케 찾아와 방을 얻을 수 있었던 것이었다.

식당 안쪽에선 직접 불을 지펴 음식을 만들고 있었다. 간디 아쉬람에는 매니저를 중심으로 세 사람의 요리사와 주변을 청소하는 관리인 그리고 심부름을 하는 두 명의 소년이 일을 하고 있다고 한다.

저녁 식단은 아주 간소했다. 인도의 가난한 사람들이 먹는, 밀가루를 반죽해서 얇게 화덕에 구운 짜파티와 콩으로 만든 커리의 일종인 달, 그리고 감잣국과 양파와 고추가 나왔다. 모두가 채식이었는데 고추는 아주 매웠다. 나는 감사한 마음으로 말끔하게 식기를 비웠다.

저녁에는 인도 각지에서 찾아온 십여 명의 방문자와 함께 명상과 더불어 진행하는 기도회 시간에 참여했다. 간략한 자기 소개를 통해 힌두교, 불교, 이슬람교, 세 가지 종교들이 한자리에 모였다는 것을 알게 됐다.

이슬람교와 힌두교가 하나 되는 자리……, 감동이었다

기도회엔 장황하게 제 잘난 맛에 설교를 늘어놓는 사람은 없었다. 단지 아쉬람의 매니저가 기도회의 일정한 순서에 따라 진행만 할 뿐이다. 여기서는 마치 자신이 깨달음을 얻은 것처럼 성인들의 말씀을 도용해 말만 앞세우는 말법 시대, 말의 홍수가 없다.

이들 중 힌디 어는 물론이고 영어조차 제대로 알아듣지 못하는 내가 유일한 외국인이었다. 나는 눈 감고 기도하는 시간을 지루해 하는 장난기 넘치는 몇몇 꼬마 녀석들과 눈길을 주고받기도 했다.

귀에 낯선 힌두교 찬가와 무슬림 여인이 부르는 이슬람 찬가를 한자리에서 차례로 들을 수 있는 가슴 뭉클한 감동의 시간도 있었다. 적어도 이곳 간디 아쉬람에서만큼은 생전에 인도와 파키스탄이 갈리는 것을 반대했던 간디의 뜻을 따르고 있었던 것이다. 힌두교인들이 대부분인 자리에서 무슬림 여인의 슬픈 찬가가 울려 퍼질 때 남북으로 갈라서 있는 한반도가 뒤엉켜 떠오르면서 코끝이 찡해 왔다.

저녁 기도회를 마치고 방에서 잠시 명상을 하고 있는데 간간이 기침을 하던 가텀 씨가 불렀다.

"헤이 송! 거기 있소!"

"아, 예……."

"차 한잔 합시다."

나는 그에게 그냥 부르기 쉽게

내가 묵었던 더블 침대가 놓여진 간디 아쉬람 숙소. 마하트마 간디가 바로 이 방에서 묵었다고 한다.

'송'이라 불러 달라 했고, 나는 그를 미스터 가텀이라 불렀다. 그의 방과 내 방 사이에는 얇은 벽 중간에 출입문 하나가 가로막고 있을 뿐이었다. 그러다 보니 그의 잔기침 소리조차 선명하게 들려왔다.

그는 내가 영어를 거의 구사하지 못한다는 것을 알면서도 나의 엉터리 영어에 귀를 기울이며 끊임없이 말을 걸어왔다. 나보다 하루 일찍 간디 아쉬람에 여장을 풀었다는 그는 델리에 있는 동생네 집에서 머물다가 택시를 타고 코사니까지 10시간 넘는 거리를 단숨에 달려왔다고 한다. 그 덕에 영상 30도를 오락가락하는 델리의 여름 날씨에서 침낭에 폭 파묻혀 잠들어야 하는 쌀쌀한 코사니의 밤 공기에 감기가 걸린 것이었다.

그의 웃음소리는 아주 익살스러웠다. 영어가 유창한 그는 내가 알아듣거나, 못 알아듣거나 키득키득 웃어 가며 얘기했다. 그의 유창한 영어를 알아듣지 못해도 나는 장난기 다분한 그의 웃음소리에 웃음이 터져 나왔다. 그럴 때마다 그는 되묻곤 했다.

"키득 키득……, 내가 한 말 알아듣고 웃는 거요? 키득 키득 키득……."

"아니요. 무슨 말을 했는지 잘 모르겠는데요. 나는 다만 당신의 웃음소리가 좋아서 웃었어요."

우리는 서로 눈빛을 마주 보며 배꼽 잡고 웃었다. 그는 내게 따끈한 차를 건네면서 놀라운 사실을 알려 줬다.

"당신이 쓰고 있는 방이 바로 간디가 머물던 방입니다."

"……정말요!?"

"사실입니다. 믿기지 않으면 매니저에게 물어보세요. 본래는 내 방과 하나로 연결해서 썼다고 합니다."

한국에서는 상상할 수도 없는 일이었다. 국부로 추앙받는 사람이 머문 곳에서 아무나 잠을 잘 수 있다는 것이 놀라웠다. 소박한 삶을 살다 간 간디의 정신을 온몸으로 느낄 수 있도록 모든 사람에게 개방해 놓고 있었던 것이었다. 마하트마 간디는 1929년, 내가 쓰고 있는 방에 머물면서 아나샥티 요가를 저술했다는 것이다.

우리는 낯선 시간 속으로 그 어떤 설렘과 더불어 두려움을 짊어지고 여행을 떠난다. 납덩어리처럼 무겁거나 혹은 깃털처럼 가벼운 그 무엇을 가슴에 품고 떠난다. 여행지에 도착하는 순간 그 중 하나를 내려놓게 된다. 나는 마하트마 간디가 머물렀다는 방에 누워 낯선 곳, 그것도 세상에 오로지 나 혼자라는 두려움, 그 납덩어리와 같은 두려움이 빠져나가는 느낌과 함께 나른한 몸이 점점 깃털처럼 가벼워지고 있었다.

창문 사이로 별빛 찬란한 간디 아쉬람, 폭력적인 내 청춘을 평화를 갈망하도록 바꿔 주기도 했던 마하트마 간디. 그가 머물렀다는 방에서의 첫날 밤, 쉽게 잠을 이루지 못했다.

"만약 한 사람의 인간이 최고의 사랑을 성취한다면, 수백만의 미움을 녹일 수 있다."

간디의 가르침이 귓속으로 또렷하게 파고들었다.

나무 껴안은 여자들,
'차라리 내 등에 도끼질을'

이른 아침 해가 뜨기 전이다. 새벽 공기가 쌀쌀하다. 머리에서부터 긴 숄을 걸친 사람들이 간디 아쉬람 앞으로 모여들었다. 어젯밤 기도회에서 보았던 낯익은 얼굴들이다. 눈인사를 하며 그들 틈에 끼어들었다. 모두들 한 곳을 응시한다. 마하트마 간디가 넋을 놓고 바라보았다던 바로 이 자리에서 그 감흥을 느끼기 위해 이들은 인도 각지에서 오랜 시간을 달려왔다.

이른 아침 간디 아쉬람 방문객들이 동터 오르는 히말라야 난다데비를 바라보고 있다.

사람들의 시선이 닿아 있는 곳, 히말라야 난다데비 설산 오른쪽에서 아침 해가 붉게 떠오르기 시작한다. 아침 해의 기운을 끌어모으기라도 하듯 사람들이 두 손 모아 합장을 한다.

기다림의 시간은 길었지만 해가 떠오르는 것은 한순간이다. 지는 해 또한 마찬가지다. 해가 뜨고 지듯이 태어나고 죽는 것은 한순간이다. 살면서 무엇인가를 성취하는 순간도 마찬가지다. 사람들은 한순간에 불과한 그 무엇인가를 이루기 위해 평생을 바치기도 한다.

하지만 저 만년설, 난다데비의 시간은 멈춰져 있다. 신의 존재처럼 영원불멸하다. 그러고 보면 사람들이 난다데비를 바라보고 있는 것이 아니라 난다데비가 사람들을 지켜보고 있는 것이다. 신의 존재가 그럴 것이다. 신은 늘 그 자리에 있다. 신이 내게 다가오는 것이 아니라 내가 신을 찾아 나설 때 만날 수 있는 것이다. 아침 해가 솟아오르는 동시에 난다데비는 먼 곳에서 자신을 찾아온 사람들 앞에 그 모습을 드러내기 시작했다.

인도인들이 성스러운 신으로 여기는 난다데비는 눈에 보이지 않는 신의 존재, 그 이상이다. 히말라야 만년설 난다데비는 인도 사람들의 젖줄이다. 엄마가 아기에게 젖을 물리듯 모든 것을 내주고 있다. 자식을 넉넉한 품에 안고 젖을 먹이는 어머니의 사랑처럼 뭇 생명들에게 모든 것을 아낌없이 내주고 있다. 난다데비에서 흘러나온 생명수는 시내가 되고 강물이 되어 비옥한 옥토를 일궈 낸다. 풍성한 곡식과 열매를 맺게 해 준다. 그래서 기쁨의 신이고 복을 가져다주는 지복의 신이 바로 난다데비인 것이다.

인도 사람들은 난다데비 주변에는 엄청난 에너지 샥티힘가 있다고 믿고 있다. 보통 힘이 아니라 위대하고 거대한 힘 '마하 샥티'가 존재한다고 믿고 있다. 난다데비가 위대한 힘을 지닌 것은 사람을 비롯한 모든 생명을 살리고 키우는 생명수, 생명의 원천이기 때문이다. 한반도 사람들 역시 오래전부터 생명수의 원천

멀리 난다데비가 펼쳐져 있는 코사니 마을의 숲

이며 또한 죽어서 돌아갈 곳인 산을 무엇보다 신성시 여겨 왔다. 생사의 안식처인 산, 인간에게 이처럼 위대한 신이 또 어디에 있겠는가.

어느 철학자의 말대로 벌레 한 마리 만들어 내지 못하는 인간들은 수많은 신들을 만들어 낸다. 그 수많은 신화 속 신들에게도 품격이 있다. 품격이 높을수록 위대한 힘을 발휘한다. 산 또한 다양한 품격을 지니고 있다. 산은 크고 넓을수록 많은 생명을 품에 안을 수 있다.

눈앞에 펼쳐진 저 만년설, 난다데비와 같은 대자연이 내주는 위대한 힘을 믿지 못하면서 수많은 신들을 믿고 있다. 그게 인간이다. 인간들이 대자연을 훼손시키는 것은 자신들이 절대적으로 믿는 신을 모신 신전을 파괴하는 것이나 다름없다.

200원짜리 길거리 짜이를 마시며 시작하는 하루

아침 해가 훤하게 밝아 올 무렵 아쉬람에서 일하는 사람이 난다데비 일출을 보러 나온 사람들에게 따끈한 짜이를 한 잔씩 돌린다. 식사는 물론이고 짜이 역시 돈을 받지 않는다. 암리차르의 시크교도들이 자신들의 성지인 황금사원의 방문객들에게 아낌없이 베풀고 있듯이 이곳 간디 아쉬람 역시 모든 것을 무료로 제공하고 있다. 다만 아쉬람을 나설 때 자신이 원하는 만큼 성의껏 기부금을 내면 된다.

아쉬람 손님 중에서 유일한 외국인인 내게 젊은 인도 청년 둘이 다가와 함께 사진을 찍자고 한다. 그들이 숙소로 떠나자 아쉬람 근처에는 인디언 할머니 한 분이 남아 있다. 여전히 만년설 난다데비를 응시하며 명상에 잠겨 있다. 할머니가 두르고 있는 다양한 문양이 새겨진 밤색 숄과 아침 햇살, 그리고 난다데비의 아름다운 자태가 하나로 다가온다. 평화로운 얼굴로 명상에 잠겨 있는 사람을 보면 저절로 평화가 스며든다. 명상에 잠겨 있는 할머니를 지켜보면서 이런 생

간디 아쉬람 근처에 있는 '포장마차 찻집'. 간디 아쉬람에 머무는 동안 거의 매일 아침마다 기텀 씨와 함께 이 찻집에서 짜이를 마셨다.

각을 했다.

'대자연의 위대함을 믿고 의지하며 지켜 나가는 것은 신을 믿고 따르는 것이며 또한 자기 자신을 지키는 것이며 나 아닌 다른 사람에게 평화를 선사하는 것이다.'

짜이를 마시고 방으로 들어왔다. 옆방에 묵고 있는 가텀 씨의 기침은 어젯밤보다 더 심해졌다. 얇은 벽 사이로 그의 목소리가 들려온다.

"헤이 송! 아침 식사는 했소?"

"아침 식사를 하지 않고 간단하게 과일을 먹습니다."

"아침 명상 마치고 1시간 후에 봅시다."

매일 아침마다 한두 시간 정도 명상을 한다는 그는 나처럼 아침 식사를 따로 하지 않는다. 바나나 두 개로 간단하게 배를 채우고 가텀 씨와 함께 아쉬람을 빠져나왔다.

"내가 잘 아는 좋은 찻집이 있는데 함께 갑시다."

"아침에 짜이 한 잔 마셨는데요."

"그래도 갑시다. 당신도 그 찻집을 좋아할 겁니다."

근사한 찻집이라도 가는 줄 알았는데 그가 안내한 곳은 작고 허름한 길거리 찻집이었다. 겨우 비 가림만 해 놓은 찻집은 우리식으로 말하자면 포장마차나 다름없다. 입가에 웃음이 붙어 있는 젊은 찻집 주인은 이제 막 문을 열어 놓고 있었다. 가텀 씨가 짜이 두 잔을 주문하자 움막 옆에 마련해 놓은 화덕에 장작개비를 넣고 불을 지펴 즉석에서 차를 끓여 내온다. 짜이에서 달콤한 연기 냄새가 난다.

이른 아침부터 어둠이 깔리기 시작하는 저녁까지 짜이와 샌드위치 혹은 짜파티를 구워 팔고 있다는 20대 중반으로 보이는 찻집 주인은 총각이 아니었다. 결혼하여 어린 두 남매가 있다고 한다. 가텀 씨와 나는 간디 아쉬람에 머물면서 거의 매일 아침 이 찻집에서 짜이를 마셨다. 10루피, 우리 돈으로 200원짜리 짜이를

웃음을 입에 달고 사는 길거리 '포장마차 찻집'의 젊은 주인.
20대 중반의 찻집 주인에게 어린 남매가 있다고 한다.

정성껏 끓여 올리며 무엇이 그리 행복한지 그는 늘 웃고 있었다. 우리는 잔돈이 없을 때 이 찻집에서 가끔 외상으로 음식을 사 먹기도 했다.

짜이를 마시고 나서 우리는 언덕 아래의 코사니 상가로 나섰다. 가텀 씨는 상가 사람들을 만날 때마다 오랜 친구처럼 인사를 주고받는다. 그리고는 한국에서 온 수행자라며 나를 소개한다. 그럴 때마다 나는 수행자가 아니라 그냥 여행자라고 말해 줬지만 그는 예의 그 익살스런 웃음을 흘리며 말했다.

"키득 키득……, 여기 사람들은 수행자라고 하면 좋아합니다."

"나를 거짓말쟁이로 만들 겁니까?"

"당신 모습이 수행자인데……, 왜 그게 거짓말이란 말이오?"

"겉모습만 그럴 뿐이지요."

그는 20대 후반의 젊은 나이 때부터 1~2년에 한 차례씩 이곳 코사니에서 1~2개월씩 머물다 가곤 했다고 한다. 30년 세월 동안 오고 가면서 어지간한 코사니 역사를 꿰고 있었다. 처음 자신이 이곳 코사니에 왔을 때는 몇몇 상가를 제외한 마을 주변이 지금보다 더 울창한 숲이었다고 한다.

"지금은 언덕 위에 호텔들이 많이 들어서 있는데 거기가 다 숲이었지요. 밤이 되면 멀리서 호랑이 소리가 들려왔고, 레퍼드가 마을까지 내려와 개를 물어 가곤 했습니다. 지금도 마을 근처 숲에 레퍼드가 있습니다."

"레퍼드요?"

"레퍼드 몰라요? 당신 모바일에 있는 번역기를 이용해 봐요."

그가 한 자 한 자 불러 준 알파벳을 번역기에 찍어보니 '레퍼드 leopard'는 표범이었다. 우리는 그렇게 인도에 오기 전 큰아들 녀석이 휴대 전화에 깔아 준 번역기를 이용해 대화를 나누기도 했다.

코사니 상가를 둘러보다가 한 상가 건물의 낡은 벽면에 그려진 그림

코사니 상가에서 우연히 발견한 칩코 운동(나무 껴안기) 벽화. 1970년대 코사니에서도 숲을 지키는 운동이 여성들을 중심으로 활발히 이뤄졌다고 한다.

한 폭이 내 눈길을 사로잡았다. 한 여성이 도끼를 들고 있는 남자를 붙잡고 다른 한 여성이 나무를 껴안고 있는 그림이었다. 나무, 숲을 지키는 환경에 관련된 그림이라는 것을 쉽게 짐작할 수 있었다.

코사니의 숲을 살린 '나무 껴안기 운동', 벌목 저지시켜……

"이 작은 마을에도 환경 운동 단체가 있는 모양이네요."

"아마 그럴 겁니다. 거기에 관해 잘 아는 선생을 오후에 만나기로 했어요. 그에게 물어봐요."

나는 그로부터 또 다른 사실을 알게 되었다. 코사니에 락시미 아쉬람이라는 여성들만이 다니는 학교가 있는데 오후에 만나게 될 사람이 바로 그 학교의 유일한 남자 선생님이라는 것이었다.

오후에 우리는 5루피100원짜리 야채 튀김을 팔고 있는 구멍가게 앞에서 턱수염이 멋진 부림이라는 락시미 아쉬람의 선생을 만났다. 나는 그를 만나자마자 상가 벽에 그려진 나무를 지키는 그림에 얽힌 얘기와 코사니의 환경 운동에 관해

물었다. 그는 코사니의 환경 운동은 여성 운동과 밀접한 관련이 있다는 것을 알려줬다. 그의 말을 대충 정리해 보면 이랬다.

"1970년대 숲을 지키고자 하는 여성들의 '칩코 운동'이 이곳 락시미 아쉬람을 중심으로 활발하게 이뤄졌고, 그 덕분에 코사니의 숲을 살릴 수 있었다."

하지만 그때까지만 해도 나에게 '칩코 운동'은 낯설기만 했다. 나중에 인터넷 검색 등을 통해 칩코 운동에 관한 다양한 자료를 접할 수 있었다. 칩코 운동 Chipco Andolan은 힌두어로 '칩코 안돌란'이라고 한다. 힌디 어로 '껴안기'라는 의미의 '칩코'와 '운동'을 의미하는 '안돌란'의 합성어라고 한다.

1973년 갠지스 평야 지방에 위치한 목재 회사가 호두나무와 물푸레나무를 벌채하는 것을 막기 위해 여성들이 벌목 대상으로 표시된 나무들을 감싸 안았다. "나무를 베려면 나의 등에 도끼질을 하라."고 외치며 시위를 벌여 벌목을 저지시킨 운동이다. 인도의 대표적인 환경 운동이자 여성 운동이라 할 수 있는 이 칩코 운동은 우리나라를 비롯한 전 세계의 친환경, 산림 보호 운동에 큰 영향을 끼쳤다. 인도의 칩코 운동 당시 다음과 같은 노래를 불렀다고 한다.

나무꾼들이여 내 말 좀 들어 보소
도끼질 당하지 않은 푸르고 아름다운 나무와 숲의 이야기를 들어 보소
가지를 잘라 나무가 흉한 모습으로 변하게 만들지 마시오
나뭇잎들을 죽여 없애지 마시오
나무꾼들이여 숲은 우리에게 물이요 식량이요 또한 생명이라오

나뭇잎은 우유를 내주는 소를 먹이고 나뭇가지는 땔감으로 요긴하게 쓰이는 나무, 이들에게 울창한 숲은 신의 선물이었을 것이다. 또한 이들에게 숲은 코사니 언덕 앞에 훤히 펼쳐져 있는 생명의 젖줄 히말라야 난다데비나 다름없었을 것

이다. 이들이 숲을 지키는 것은 신전을 지키는 것이고 또한 자신을 지키는 것이었을 게다.

부럼 선생의 말에 의하면 1970년대 인도의 칩코 운동에 큰 역할을 한 사람이 바로 이곳 코사니의 락시미 아쉬람을 창립한 사라 벤1901년~1982년이라는 여성과 락시미 아쉬람에서 교육을 받은 여성들이라는 것이었다. 인도의 농촌 여성들을 위한 여성 운동가이자 환경 운동가인 사라 벤은 마하트마 간디의 비폭력 독립 운동을 도왔던 영국 여성이었다.

락시미 아쉬람의 홈페이지 자료에 의하면 그녀는 1932년 31세의 나이에 영국 리버풀에서 배를 타고 간디의 민족주의 운동에 참여하기 위해 인도에 왔다. 영국의 식민 통치에 대한 자유 투쟁에 적극적으로 참여하여 두 차례에 걸쳐 투옥되기도 했다.

마하트마 간디의 비폭력 운동과 칩코 운동은 닮아 있다. 인도에서 벌목 저지 운동, 칩코 운동이 성공적으로 확산될 수 있었던 것은 비폭력 시위에 있었다. 칩코 운동의 중심에 있었던 '사라 벤'은 물론이고 '순데랄 바후구나' 역시 간디의 정신을 이어받은 사람이었다. 특히 '순데랄 바후구나'는 음악 연주가들, 노래하는 가수들과 함께 수천km를 걸어 히말라야 산간 마을을 돌며 칩코 운동을 이끌어 온 지도자였다.

다음 날 나는 부럼 선생의 안내로 1946년 교육 환경이 열악한 인도 농촌 여성들을 위해 사라 벤이 세웠다는 락시미 아쉬람을 방문하기로 했다.

공부는 곧 '생활', 간디의 제자가 세운 여성 학교

    그는 창틀에 걸터앉아 있고 그 앞에 여자 아이들 셋이 열심히 귀를 기울이고 있다. 그는 락시미 아쉬람 학교에서 과학을 가르치는 부럼 선생이다. 보통 나무 그늘 아래에서 야외 수업을 하곤 한다는데 아직 밖으로 나서기에는 날이 차다. 그는 내가 전혀 알아듣지 못하는 힌디 어로 열심히 설명하다가 뭔가 중요하다고 여겨지는 대목에서는 칠판 앞으로 다가가 단어 몇 자를 적어 놓고 다시 설명한다.

    나는 세 평도 채 안 돼 보이는 작은 교실 문 밖에서 기웃거리고 있다가 그가 설

창틀에 걸터앉아 수업을 하고 있는 부럼 선생

명을 마치고 한숨을 돌리는 틈을 이용해 슬그머니 교실 안으로 들어서 사진기를 내보였다.

"사진 좀 찍어도 될까요?"

그는 빙그레 웃으며 문제 될 것이 없다는 뜻으로 고개를 좌우로 갸웃거린다. 인도에서는 고개를 좌우로 흔들면 긍정의 뜻이다. 그는 내가 사진기를 들이대거나 말거나 빛살 좋은 창틀에 걸터앉아 다시 수업을 진행한다.

양탄자가 깔려 있는 또 다른 교실에서는 중년의 여선생과 고학년들의 수업이 진지하게 진행되고 있었다. 조선 시대 서당의 댕기머리 학동들이 연상될 정도로 엄숙했다. 그런데 여섯 명의 학생이 세 권의 책을 펼쳐 놓고 있다.

선생은 책을 읽으며 뭔가를 조용조용하게 설명하고 학생들은 두 사람씩 짝지어 한 권의 책에 집중하고 있다. 물자를 아끼기 위한 것인지 아니면 책을 구입할 만한 자금이 없어서 그런 건지 묻고 싶었지만 나는 말 한 마디 꺼내지 못하고 수업 분위기에 눌려 서둘러 사진을 찍고 밖으로 나섰다.

하지만 또 다른 교실은 전혀 다른 분위기였다. 이 학교에서 가장 나이 어린 아

댕기머리 학동들과 서당 선생을 연상케 하는 고학년 수업 시간

이들이 가장 나이 많은 할머니 선생님과 머리를 맞대고 둘러앉아 뭔가에 집중해 가며 이야기를 나누고 있었다.

할머니 선생님의 안경 사이로 보이는 눈가의 주름은 지혜의 표상처럼 다가왔다. 할머니 선생님은 인자한 표정으로 천방지축 아이들의 말을 일일이 받아 주고 있었다. 자유로우면서도 열정이 묻어 나오는 학교, 북인도 코사니의 락시미 아쉬람 학교의 첫 인상이 그랬다.

자유로우면서도 열정이 묻어 나오는 학교, 락시미 아쉬람

락시미 아쉬람은 여성들만 다니는 숲 속의 학교다. 학교와 기숙사를 비롯해 모두 6동의 건물로 구성된 아쉬람 전체 면적은 11에이커1만 3천여 평. 학교 건물 전체 사진을 찍기가 불가능할 정도로 주변이 온통 굴참나무 숲으로 뒤덮여 있다. 모두 10개 학년, 60명으로 구성된 이곳 여학생들 대부분이 기숙사 생활을 하고 있고 선생님들 또한 대부분 여성이다. 부럼 씨는 7명의 선생님들 중에 유일한 남자 선생님이다.

인자한 할머니 선생님과 자유로운 수업을 하는 학생들

락시미 아쉬람은 마하트마 간디의 영국인 제자 사라 벤인도 독립운동가이자 여성 운동가이며 환경 운동가이 1946년에 설립한, 소외된 농촌 여성들을 위한 학교다. 간디의 정신을 이어받은 농촌 활동가로서 갖춰야 할 기본 교육 프로그램을 배우는 농촌 여성 운동가의 실습 양성소이기도 하다. 학생들 중에는 가난한 가정에서 태어난 13세 이상 소녀들과 미처 학교 교육을 받지 못한 기혼 여성들도 있다.

이곳 학생들은 북인도의 작은 마을 코사니뿐만 아니라 우타란찰 주 곳곳에서 찾아온 학생들인데, 이들 중에는 부모가 없는 고아와 장애아들도 있다. 거의 모든 학생들이 덴마크에 기반을 둔 비영리 자선 단체인 '베너' 그룹에서 후원하는 장학금을 받고 있고, 가정 형편이 어려운 학생들에게는 학비뿐만 아니라 기숙사가 무료로 제공되고 있다.

수업을 마친 부럼 선생이 내게 학교 주변을 안내했다. 그가 처음 나를 안내한 곳은 주방. 몇몇 여학생들이 화덕이 놓인 주방에서 점심 식사 준비를 하고 있었다.

"학생들이 직접 식사 준비를 합니까?"

"예, 학생들이 순번을 정해 돌아가면서 직접 식사 준비를 합니다."

락시미 아쉬람 학교 건물에서 수업을 마치고 나오는 학생들. 10개 학년에 60명의 여학생, 7명의 선생님으로 구성되어 있다.

"농사도 짓습니까?"

"물론이죠."

식사는 너른 강당에서 한다. 식단 역시 간디 아쉬람에서처럼 쌀밥과 짜파티, 달로 소박하게 차려진다. 부럼 선생은 학교 근처에 자리한 자신의 집으로 식사하러 갔다. 강당을 겸하고 있는 식당 안에 남자는 내가 유일하다.

식당에는 세 명의 외국인 여성이 보인다. 한 명은 독일 출신이고 다른 두 명은 덴마크에서 왔다고 한다. 21살인 독일 여성은 학생들과 함께 6개월째 공부하고 있고 덴마크에서 온 두 여성들은 한 달 정도 락시미 아쉬람의 교육을 참관하러 왔다고 한다.

인문학 공부에 농사짓고 소 키우는 공부까지……

점심 식사를 마치고 부럼 선생이 안내한 곳은 학교 주변에 자리한 밭이었다. 어림짐작으로 200평쯤 돼 보이는 밭 가운데에는 펌프가 설치돼 있었고, 수확을 앞둔 마늘과 양파를 비롯한 채소들이 심어져 있었다. 모두가 화학 비료조차 쓰지 않는 유기농으로 재배하고 있다고 한다. 보통 한 선생이 두 가지 과목을 맡아 하기 일쑤인 한국의 대안 학교에서처럼 과학과 농사를 담당하고 있다는 부럼 선생은 내게 큰 통을 열어 보여 주었다.

"이것은 무엇입니까?"

"이것은 유기농 작물을 강하게 만듭니다."

그의 영어를 깊이 있게 알아듣지 못했지만 10여 년에 걸쳐 유기농을 해 온 나로서는 그의 손짓 발짓을 통해 그것이 농작물에 뿌리는 액비임을 짐작할 수 있었다. 밭 주변의 허름한 건물 옆에는 태양열 발전기가 설치돼 있었고 건물 처마에서부터 흘러내리는 물을 받아 가둬 놓았다가 밭으로 흘려보내는 수로까지 설치돼 있었다. 학교 주변에 설치돼 있는 시설물들 하나하나가 생태적인 순환 농법

락시미 아쉬람 곳곳에 밭이 펼쳐져 있는데 모두 유기농으로 농작물을 재배하고 있다. 학생들은 농작물을 직접 재배하여 먹고 있다.

과 관련이 있어 보였다.

　태양열 발전기가 설치돼 있는 건물에서는 장작불을 피워 직접 빵을 굽고 있었고, 그 옆에는 재봉실이 있었다. 재봉실에서는 몇몇 학생들이 재봉틀을 돌려 옷을 만들고 있었다. 부림 선생은 다시 나를 건물 뒤편에 자리한 외양간으로 안내했다.

　"학생들이 소를 돌보고 있는데, 여기서 짠 우유로 음식을 만들고 있습니다."

　"이 소들에서 나오는 똥은 거름과 연료로 쓰겠네요."

　"물론입니다."

　락시미 아쉬람 학생들은 영어, 수학, 과학, 예술, 역사에서부터 명상과 요가, 저

재봉질을 배우는 학생들. 수학, 영어, 과학에서 저널리즘에 이르기까지 다양한 인문학 수업을 비롯해 농사, 음식 만들기, 옷 만들기 등 졸업 후 스스로 자립할 수 있는 수업을 받고 있다.

널리즘에 이르기까지 다양한 인문학 공부는 물론이고, 농사와 음식, 뜨개질, 옷 만들기 등의 기본 교육을 받고 있다고 한다.

"여기 졸업생들은 사회에 나가 어떤 일을 하나요?"

"알모라에는 숄, 트위드 옷, 카페트를 만들고 주변 마을에서 재조된 양모, 실크 등의 섬유를 제조하는 지역 공동체 기업이 있습니다. 거기서 주축이 되고 있는 여성들이 바로 락시미 아쉬람 졸업생들입니다."

알모라는 락시미 아쉬람이 자리한 코사니에서 2시간 거리에 있다. 내가 코사니에 오기 전에 하룻밤을 묵은 중소 도시 알모라에는 농촌 지역의 소녀들과 여성들에게 카페트 짜는 기술, 뜨개질부터 마케팅 교육까지 시켜 주는 비정부기구 NGO가 있다고 한다. 이 단체 또한 락시미 아쉬람 학교에서 그 뿌리를 찾을 수 있다고 한다. 이들 단체에서는 이 고장에서 나오는 모직을 비롯한 꿀이며 수공예품 등을 판매하는 상점까지 운영하고 있다.

농촌 공동체를 이끌어 가는 여성 운동가 양성

북인도 코사니의 작은 마을에서 우연히 만나게 된 락시미 아쉬람. 지역 공동체를 이끌어 나가고 있다는 이 작은 학교에 대해 구체적인 자료를 접하면서, 우리나라의 풀무 농업 기술 고등학교 충남 홍성군 홍동면, 아래 풀무 학교를 떠올렸다. 농사 짓는 일을 중요하게 여기며 인문학을 가르치고 있는 풀무 학교와 락시미 아쉬람 학교가 유사한 교육 시스템을 갖추고 있었기 때문이었다.

농사를 구체적으로 배우고 작물을 생산하는 교육 과정인 전공부를 갖춰 놓고 있는 풀무 학교. 풀무 학교의 '농촌 수호'라는 애초의 폭넓은 설립 취지와 락시미 아쉬람의 농촌 여성 운동이라는 한정된 슬로건이 다를 뿐, 이들 두 학교가 지향하는 바는 크게 다르지 않아 보였다.

풀무 학교가 자리한 홍동면은 생태적인 농촌 공동체 마을의 중요한 사례지로 널리 알려져 있다. 홍동면 역시 코사니 마을처럼 작은 농촌 마을이다. 하지만 이 작은 농촌 마을은 협동조합, 유기 농업, 귀농·귀촌 운동을 주도해 왔고, 최근에 이르러서는 경제와 녹색 정치 운동을 실천해 나가고 있다. 히말라야 쿠마온 알모라 지방의 지역 공동체 중심에 락시미 아쉬람이 존재하는 것처럼, 홍동면의 농촌 공동체 중심에 풀무 학교가 있는 것이다.

또한 인도에서 농촌 여성 활동가들을 배출해 온 민간 단체 교육 기관의 선두 주자라고 할 수 있는 곳이 70년 역사의 락시미 아쉬람이라면, 50년 역사의 풀무 학교 또한 한국 대안 교육의 선두 주자라 할 수 있다.

아쉬람이 공동체의 의미를 지니고 있듯이 '진리와 이웃과 자연과 더불어 사는 삶'을 추구하고 있는 풀무 학교 역시 학우회, 교사회, 운영회, 학부모회, 학생회 등 다섯 바퀴가 각자 제 역할을 맡아 협력하고 상생하는 유기적 공동체의 실현지라 할 수 있다.

하지만 풀무 학교 졸업생들 대부분이 대학에 진학하여 사회 곳곳에서 다양한 활동을 벌이고 있는 것에 반해, 락시미 아쉬람의 졸업생들 대부분은 바로 자신, 농촌 여성으로서 삶의 질을 향상시키는 것은 물론이고 지역 농촌 여성의 권익을 위해 활동하고 있다는 데 차이점이 있다.

1946년 락시미 아쉬람을 세운 영국인 여성 '사라 벤'

락시미 아쉬람 출신 여성들은 1970년대에 이르러서는 농촌 여성들에게 가장

히말라야의 딸, '우타라칸 여성 사회 운동의 어머니'로 불렸던 락시미 아쉬람의 설립자 사라 벤(sarala behn, 1901년~1982년). 그녀는 마하트마 간디의 영국인 제자였다.

소중한 생활 근거지인 숲을 지켜 냈고, 나아가서는 북인도 가르왈과 쿠마온 지역의 히말라야 숲을 지켜 낸 칩코 운동나무 껴안기 운동에 큰 역할을 했다.

그 중심에는 히말라야의 딸, '우타라칸 사회 운동의 어머니'로 불린 락시미 아쉬람의 설립자 사라 벤 Sarala Behn, 1901년~1982년이 있었다. 부림 선생은 락시미 아쉬람의 숲에 자리한 사라 벤 추모비를 보여 주며 그녀에 대해 설명했다.

"마하트마 간디를 도와 인도 독립운동에 헌신한 사라 벤은 훗날 인도의 환경 운동에 커다란 영향을 미쳤습니다. 하지만 그녀를 아는 사람은 그리 많지 않습니다."

간디를 도와 영국의 식민 통치 투쟁에 적극적으로 참여한 그녀는 두 번의 투옥으로 건강이 악화되었다고 한다. 이에 간디는 1941년 그녀를 한때 자신이 머무른 히말라야 쿠마온의 작은 마을인 바로 이곳 코사니로 보냈다. 그녀는 코사니에서 건강을 되찾아가며 반식민지 운동과 함께 농촌 여성들의 생활 조건 개선에 힘썼고, 그러다가 1946년 락시미 아쉬람을 설립한 것이다.

나는 사라 벤에 대해 좀 더 자세히 알기 위해 인터넷을 뒤적거렸지만 한국어로 된 기사는 단 한 줄도 찾아내지 못했다. 결국 락시미 아쉬람 홈페이지에 영문으로 소개된 기사를 지인을 통해 번역할 수밖에 없었다.

그녀는 우타라칸드 주의 풀뿌리 조직에 영감을 불어넣어 '사라보다야 운동산스크리트 어로 '모두의 깨달음'이란 뜻. 간디가 붙인 이름으로 나만이 아니라 '모두'를 위해 일과 생각과 에너지를 나눠 행복한 공동체를 이뤄가는 운동'이 주 전체에 확산되는 데 결정적인 역할을 했다고 한다. 인도의 역사학자인 라마찬드라 구하는 그녀에 대해 다음과 같이 언급했다.

"그녀의 활동주의와 그녀가 설립한 락시미 아쉬람은 새로운 세대의 사회 운동가들이 등장하는 데 기여했다."

이들 중에는 혁혁한 활동가로 이름을 드높인 찬디 프라삿 밧, 라다 밧, 그리고 순더랄 바후구나가 있다. 1970년대 이들 활동가들은 칩코 운동을 주도했고 다음 세대의 활동가들을 교육시켰다. 이들이 양성한 활동가들은 훗날 우타라칸드 주의 환경 운동을 주도해 나갔다.

자본의 노예에서 벗어나 영혼의 숲을 지키는 공부

학교 곳곳을 안내하던 부럼 선생은 시간에 맞춰 수업에 들어갔고, 나는 홀로 남아 학교 주변을 어슬렁거리다가 나무 그늘 밑에서 한가롭게 앉아 뜨개질을 하는 여성들을 만났다. 중년 여성과 젊은 여성 둘이 앉아 뭔가 재미있는 이야깃거

그늘 아래에서 뜨개질 수업을 받고 있는 중년 여성들. 젊은 여선생은 국어(인도어)를 가르치고 있다.

리를 풀어 놓고 깔깔거리고 있었다.

젊은 여성은 이제 막 대학을 졸업한 국어인도어 선생이라고 했다. 그녀의 손에는 뜨개질 실 뭉치가 아닌 받아쓰기 공책이 들려 있었다. 거기에 군데군데 수정한 흔적들이 보였다.

"어떤 분 것입니까?"

"저분인데요. 잘못 쓴 게 더 많아요."

여선생이 지적한 공책의 주인은 부끄러운지 입을 가리고 깔깔거리더니, 옆에 앉아 있는 여성의 무릎을 툭 치며 힌디 어로 뭐라고 말했다. 그러자 여선생을 비롯해 모두가 까르르 웃는다. 나도 덩달아 웃었다. 그리고 여선생에게 물었다.

"뭐라 말했습니까?"

눈 맑은 여선생이 환하게 웃으며 내게 되물었다.

"무슨 뜻인지 모르면서 웃었어요?"

"예. 무슨 뜻인지……, 모르겠어요."

"이분이 자신의 노트가 아니라 저분의 노트라고 말했어요."

"나도 그럴 것이라 짐작하고 웃었는데요."

락시미 아쉬람의 학생인 중년 여성들은 깔깔거리며 이야기꽃을 피우면서도 뜨개질에서 내내 손을 떼지 않고 있었다. 이들이 뜨개질한 목도리는 알모라에 자리한 상점에서 판매할 것이라고 한다.

이들의 학교 공부는 생활 그 자체였다. 농촌 여성들이 가난에서 벗어나 자립할 수 있도록 돕는 학교, 이들의 손은 멈추지 않고 바삐 움직였지만 표정 어디에도 한 푼이라도 더 벌겠다는 악착같은 구석은 없어 보였다.

가난하지만 자본의 노예들처럼 숲을 팔아 이익을 챙기기 위한 공부가 아닌, 자본의 노예에서 벗어나 영혼의 숲을 지키는 공부를 하고 있는 락시미 아쉬람의 학생들. 이들의 해맑은 웃음이 그렇듯이 락시미 아쉬람은 가난한 농촌 여성들에게 자존감을 키워 주는 영혼의 학교였다. 이들의 웃음에서 마하트마 간디가 했던 말이 떠올랐다.

노예가 스스로 그 이상 노예가 되지 않겠다고 결심하는 순간 그의 속박은 사라진다. 그는 자신을 해방시키며 다른 노예에게 그 방법을 가르쳐 준다. 자유와 속박은 정신 상태에 달려 있다.

산속의 구름바다,
뼛속까지 황홀했다

　노트북 앞에서 하루 동안 있었던 일들을 메모하고 있는데 또다시 전깃불이 나갔다. 배터리 충전이 되질 않는 구형 노트북이 '픽' 소리와 함께 꺼져 버렸다. 북인도 코사니는 하루에도 수차례, 툭하면 전기가 들어왔다가 나갔다 반복한다. 이제 잦은 정전에 익숙해져 있다. 침대에 누워 두 눈을 감았지만 잠이 오질 않는다.

　요란하게 들이닥쳤던 천둥 번개를 동반한 비도 그쳤다. 별빛도 보이지 않는 컴컴한 세상에 오로지 나 혼자뿐이라는 절대 고독이 엄습해 온다. 얼마나 그러고 있었을까. 갑자기 전깃불이 들어온다. 그리고 30분도 채 안 돼 다시 정전이다. 자정을 넘어 불면증이 찾아오기 시작한 것은 인도 생활에 익숙해지기 시작하고부터였다. 이혼을 요구하고 있는 아내에 대한 갈등 때문이었다. 땀 뻘뻘 흘려 가며 생판 낯선 기차를 타고 낯선 도시에서 낯선 사람들을 만나면서 내 몸 하나 챙기기 버거웠기에 그녀를 어느 정도 잊고 지낼 수 있었다. 그런데 그녀가 다시 수면으로 떠오르기 시작했다.

　그녀는 자신이 원하는 것을 끊임없이 요구했다. 하지만 나에게도 일이 있었다. 자급자족을 위해 천 평이 넘는 농사를 지었고 틈틈이 글을 쓰고 아이들을 가르쳤다. 갱년기 증세가 심해지면서 그녀는 자신이 원하는 일을 받아들이지 않으면 화를 냈다.

안개구름에 뒤덮인 코사니 산 아랫마을

　집을 나서기 전까지 그녀는 "성격이 맞지 않아 못 살겠다"며 1년 내내 화를 냈다. 나는 지쳐 가고 있었다. 그런 그녀를 받아들이지 못하고 오히려 분노의 불을 지피곤 했다. 그 분노의 불꽃은 나를 태워 버릴 듯이 달려들었다. 그녀를 향한 분노의 불꽃은 결국 나 자신을 고통스럽게 할 뿐이었다. 그 사실을 빤히 알면서도 나는 거기서 한 발짝도 벗어나지 못하고 있었다.

　인도에 와서 또다시 그 분노의 화염에 휩싸이고 있었다. 나를 삼켜 버릴 듯 아가리를 쩍 벌리고 달려드는 분노와 함께 찾아온 불면증이 벌써 일주일을 넘어서고 있었다. 내내 불면증의 고통에서 벗어나지 못하고 뒤척이다가 겨우 눈을 붙이고 다시 눈을 뜬다.

　이른 새벽이다. 침낭에서 빠져나와 주섬주섬 옷을 챙겨 입고 산책을 나선다. 어젯밤 천둥 번개가 치고 비가 내린 덕분에 오늘도 산 아랫마을은 온통 안개구름으로 뒤덮여 있다.

내가 머물렀던 4월 초순 ~ 5월 초순의 북인도 코사니에서는 일주일에 두세 차례 느닷없이 비가 내렸다. 비가 내리면 저 멀리 히말라야 설산 난다데비에는 눈이 내려 좀 더 맑은 설산으로 변하는 경우가 많았고 코사니 산 아랫마을은 온통 안개구름에 뒤덮이곤 했다.

눈앞으로 삼삼하게 펼쳐진 산책길을 걷다 보면 무릉도원이 따로 없다. 구름 위를 산책하고 있다는 묘한 기분에 휩싸이게 된다. 구름 위에 떠 있는 기분으로 생각 없이 걷다 보면 그녀에 대한 지난밤의 악몽들은 어느 순간 뇌리에서 사라져 버린다.

언덕 위에 자리한 집 난간에서 어린아이가 바지를 까 내리고 오줌을 누고 있다. 그 아래로 안개구름이 자욱하게 깔렸다. 녀석이 사진기를 들이대고 있는 나를 보더니 계면쩍게 웃는다. 내가 손을 흔들어 주자 앙증맞게 몸을 비틀더니 집 안으로 사라진다.

길을 벗어나 안개구름 아래로 내려선다. 좀 더 가까이 다가갈수록 안개구름은 신기루처럼 흩어진다. 안개구름에 갇혀 있는 나는 어리석게도 주변에 깔린 안개구름을 인식하지 못하고 있다.

구름 속 대자연의 풍경

안개구름 속에 가만히 앉아 지그시 눈을 감고 호흡을 고른다. 차분하게 가라앉은 마음속으로 저만치 히말라야 설산과 운해에 뒤덮인 산들이 부드럽거나 장엄한 음악을 연주하는 오케스트라처럼 다가온다.

저 대자연이 들려 주는 침묵의 연주 소리를 들어 가며 들숨과 날숨 사이에서 오락가락하는 나 자신과 마주 본다. 밤만 되면 그녀에 대한 분노에 얽매여 몸과 마음을 옴짝달싹 못 하는 나를 바로 본다.

저 대자연이 장엄한 오케스트라라면 자연의 일부인 인간인 나는 하나의 악기다. 그 악기를 가장 아름답게 연주할 수 있는 연주자는 바로 나 자신이다. 그런데도 나는 평화로운 연주는 고사하고 악기의 줄 하나 제대로 맞추지 못하고 늘 불협화음을 내고 있다. 그 불협화음에 악기의 줄을 끊어 버리려 화를 내고 있었다.

성인들은 인간이라는 악기를 가장 아름답게 연주하는 지휘자가 아닐까 싶다. 나는 아내와 더불어 그 지휘자의 몸짓에 따라 악기를 연주하는 연주자가 되고 싶었다. 하지만 그녀는 내가 생각하는 성인들의 지휘, 성인들의 말씀에 따라 살아가는 것을 버거워 했다.

어쩌면 내가 알고 있는 성인들의 말씀들 가운데 내 자신에 맞는 상을 만들어 놓고 그녀에게 강요했는지도 모른다. 물질보다는 사람이 먼저라는 것을 내세워 스스로 진보주의자라 자처해 가며 그녀를 사람보다는 물질에 의존하는 보수주의자로 몰아붙였는지도 모른다.

자비심을 품은 부처의 마음이라 단정하는 순간, 그것은 부처의 마음이 아닌 나의 주관적인 마음자리가 되고 만다. 내가 만들어 낸 부처의 상에 의존하게 된다. 그 상을 깨뜨리지 못하면 부처의 마음자리에 한 발짝도 다가갈 수 없듯이 진보 또한 마찬가지가 아닐까 싶다. 나는 내가 만들어 놓은 진보라는 상을 만들어 그 틀에 갇혀 있었다.

그런 어리석은 나 자신을 바라보고 있었다. 하지만 밤이 되면 모든 것이 허사가 되고 만다. 그녀는 어리석음을 반성해 가며 무릎 꿇었던 나를 용서하지 않았다. 그녀는 끊임없이 이혼을 내세워 가며 모든 것을 파국으로 몰아갔다. 나는 그런 그녀에 대해 분노했다. 나를 고통 속에 빠뜨린 그녀를 용서했다고 스스로 자위하고 있었지만 나 또한 그녀를 용서하지 못하고 있었다.

귀중품이 들어 있는 전대를 놓고 오다니……

올드 코사니 깊숙이 걸어 들어갈수록 꿈에서조차 느낄 수 없는 황홀한 운해가 전신을 흔들어 댄다. 그 황홀감은 뼛속 깊숙이까지 파고들어 온다. 저 운해 속에 몸을 던져 이대로 죽어도 여한이 없을 것만 같다. 사진기로 내 모습을 찍다가 불현듯이 '하룻밤 사이에 지옥과 천당의 세계를 오가는 내가 정상인가? 라는 물음 앞에서 키득키득 웃음마저 흘러나온다.

하룻밤 사이에 마음이 엎치락뒤치락 요동치는 나는 정상이 아니었다. 겉으로는 히말라야 설산 아래 무릉도원으로 펼쳐진 풍경 속에서 평화를 누리고 있었지만 안으로는 고통의 늪에서 허우적대고 있었다.

무릉도원처럼 펼쳐져 있는 안개구름 속에는 고통스러운 삶을 살아가는 인간의 마을이 있듯이 나의 내면에는 음습한 고통의 늪이 있었다. 그 음습한 늪에는 똬리를 튼 불면증이라는 뱀들이 우글거리고 있었다. 세상의 불빛이 다 꺼지고 어둠 속에서 나 홀로 남게 되면 그 불면증이라는 잔혹한 뱀들이 대가리를 빳빳이 쳐들고 내게 달려들었다.

숙소로 돌아오는 길목에서 숙소 침낭 밑에 여권이며 돈이며 카드며 모든 귀중품이 다 들어 있는 전대를 놓고 왔다는 사실을 알게 되었다. 전대를 놓고 다니는 것은 도난에 대한 두려움을 떨쳐 낸 것이 아니라 현실 감각을 망각하여 정신 줄을 놓고 다니는 반증이기도 했다. 이게 벌써 몇 번째인가, 전대를 도난당하기라도 하면 당장 빈털터리가 되고 만다.

숙소로 향하는 발걸음이 빨라진다. 눈앞에 펼쳐진 길에 익숙해지면서 내면의 길을 찾지 못하고 갈팡질팡하고 있었다. 그러거나 말거나 저 히말라야 설산 아래 안개구름으로 펼쳐져 있는 무릉도원은 그런 나를 무심히 바라보고 있었다.

에
필
로
그

　일상을 피해 어디론가 그것도 멀리 해외로 배낭 하나 짊어지
고 떠난다는 것은 기쁜 일이다. 동시에 그만큼 고통스러운 일이
다. 어디론가 떠난다는 것은 일상에 만족하지 못했기 때문이다.
일상이 즐거우면 떠날 이유가 없다. 여행은 '고통스런 도피처'가
아니라 '즐거운 도피처'가 되어야 한다. 그럼에도 나는 델리에서
다람살라, 암리차르를 거쳐 바라나시에서 요가의 고장 북인도
리쉬케시와 내니딸, 알모라, 그리고 간디가 극찬했던 코사니에
여장을 풀 때까지 내내 '고통스런 도피처'에서 벗어나지 못하고
있었다. 그런 나를 제대로 알기 위해 오롯이 나를 바라보아야 했
다. 나를 좀 더 가까이 마주 대할수록 고통스럽게 살아가는 모습
이 보였다.

　그 어떤 생명체를 현미경을 통해 바라보듯 세심하게 들여다보
게 되면 저마다 고통을 안고 살아가는 것을 알 수 있다. 고통과
마주 대 할 때 비로소 그 고통의 원인을 알게 될 것이고 또한 그
고통에서 벗어날 수 있는 출구를 찾게 될 것이다. 마찬가지로 인

도를 제대로 알려면 인도 깊숙한 곳으로 들어가야 한다.

　이번 이야기는 내 안의 고통을 바라보고 그 원인을 찾아가는 과정이라 할 수 있다. 다음에 나오게 될 책은 인도와 네팔 깊숙한 곳, 안나푸르나 아랫마을 돌카, 세계에서 가장 높은 마을로 알려진 스피티 키베르^{해발 4200m}, 그리고 세계에서 가장 높은 도로 라다크 카르둥라^{해발 5600m}를 오토바이를 타고 넘어 파키스탄 국경에 이르기까지 히말라야 설산을 머리에 이고 떠돌아 다니며 그 길 위에서 만난 인연들을 통해 고통을 치유해 가는 여정이 담겨지게 될 것이다.

구례에서 송성영